Vor Tagesanbruch an einem Maimorgen: Das Schwarz des Himmels geht in Blau über, der Duft des Weißdorns liegt in der Luft und die ersten Vögel singen, als es auf einer Landstraße zwischen zwei Feldern zu einem schrecklichen Unfall kommt – und die Schicksale von vier Menschen kollidieren. Howard und Kitty sind nach dreißig gemeinsamen Jahren in London in das kleine Dorf Lodeshill gezogen. Während Kitty glücklich zu sein scheint, sehnt Howard sich nach dem pulsierenden Leben in der Metropole zurück. Der Einzelgänger Jack war einst ein Rebell, der seit jeher nur eines will: in Freiheit leben. Nachdem er eine Haftstrafe wegen Hausfriedensbruchs abgesessen hat, macht er sich mit seinem Rucksack auf den Weg Richtung Norden. Jamie ist vor neunzehn Jahren in Lodeshill geboren. Seine Kindheit hat er damit verbracht, mit seinem Großvater angeln zu gehen und durch die Wälder zu streifen; heute träumt er davon, der dörflichen Enge zu entkommen. Es sind vier Menschen, die unterschiedlicher nicht sein könnten und doch das gleiche suchen: einen Platz im Leben.

Melissa Harrison ist Schriftstellerin, Kritikerin und Kolumnistin u.a. für The Times, die Financial Times und den Guardian. Für ihren hochgelobten Roman ›Vom Ende eines Sommers‹ (DuMont 2021) erhielt sie den European Union Prize for Literature 2019. ›Weißdornzeit‹ stand auf der Shortlist für den Costa Novel Award sowie auf der Longlist für den Bailey's Women's Prize.

Werner Löcher-Lawrence war lange als Lektor in verschiedenen Verlagen tätig. Heute ist er literarischer Agent und Übersetzer. Zu den von ihm übersetzten Autor*innen gehören John Boyne, Nathan Englander, Hilary Mantel, Hisham Matar und Louis Sachar.

Melissa Harrison

Weißdornzeit

Roman

Aus dem Englischen
von Werner Löcher-Lawrence

DUMONT

Von Melissa Harrison ist bei DuMont außerdem erschienen:

Vom Ende eines Sommers

Dieses Buch wurde klimaneutral produziert.

Juni 2023
DuMont Buchverlag, Köln
Alle Rechte vorbehalten
© 2015 by Melissa Harrison
Die englische Originalausgabe erschien 2015 unter dem Titel
›At Hawthorne Time‹ bei Bloomsbury Publishing, London.
Illustrations by Lucy Fitzmaurice
© 2022 für die deutsche Ausgabe: DuMont Buchverlag, Köln
Übersetzung: Werner Löcher-Lawrence
Umschlaggestaltung: Lübbeke Naumann Thoben, Köln
Umschlagillustration: The Farm by Charles Tunnisclife
Satz: Angelika Kudella, Köln
Gesetzt aus der Arno Pro
Druck und Verarbeitung: CPI books GmbH, Leck
Gedruckt auf säurefreiem und chlorfrei gebleichtem Papier
Printed in Germany
ISBN 978-3-8321-6680-9

www.dumont-buchverlag.de

*Ich fühle mich wie ein Geist
in einer fremden Welt.*

Sergei Rachmaninow

Prolog

Hier endet es, auf einer langen, geraden Straße zwischen Feldern. Um halb fünf an einem Maimorgen, Schwarz wird zu Blau, und irgendwo hinter den Bäumen im Osten sammelt sich die Dämmerung.

Stell dir eine römische Straße vor. Nein, geh noch weiter zurück: Stell dir einen breiten Pfad vor, der jahrhundertelang von den Stämmen benutzt wurde, die auf diesen Inseln lebten, kämpften und starben und deren Blut in unseren Adern weiterfließt. Als die Römer kamen, haben sie den Pfad gepflastert, und für eine Weile zogen ihre Armeen und Händler darüber. Als sie fortgingen, verfiel ihre Straße, geriet aber nicht in Vergessenheit, sondern markierte die Grenze, hinter der die Wikinger mit ihrem eigensinnigen dänischen Glauben lebten. Später nutzten sie Tierhändler und Viehtreiber, Schafe und Kühe trotteten darüber. Dann wurde sie zur Mautstraße für Reisende und für Post bis nach Wales und darüber hinaus. Heute ist sie eine Landstraße, in diesen Breiten als Boundway bekannt, auf Karten aber nur mit einem Buchstaben und einer Zahl verzeichnet.

Stell dir vor, du fährst über diese alte Straße. Das Morgenlicht steigt hinter dir auf, die verschatteten Felder links und rechts liegen noch im Schlaf. Bald erreichst du die Abzweigung mit dem Schild nach Lodeshill – jedes Mal wenn du hier vorbeikommst, siehst du dieses Schild, folgst ihm aber nie. Dann scheint etwa einen Kilometer voraus etwas die Straße zu versperren, etwas, das du noch nicht genau erkennen kannst, obwohl ein Teil von dir bereits weiß, was es ist, denn was sollte es sonst sein? Wie ein Pfeil läuft die Straße darauf zu, und als du näher kommst, als du langsamer wirst und anhältst, wird aus dem Traumgleichen das Unglaubliche und schließlich Realität.

Du machst den Motor aus, und während sein Geräusch verklingt, begreifst du, wohin dich all die Tage deines Lebens getragen haben – zu diesen zwei Autos vor dir, zerstört, zerschmettert, Gewalt wabert in der Stille um sie herum. Ein Rad ragt in die Luft und dreht sich noch.

Deine Hände zittern, du machst einen Anruf. Du kämpfst gegen deine Angst an, öffnest die Tür und trittst in Millionen winzige Glasscherben. Zögerlich tragen dich deine Beine zum Unfallort. Wer sonst soll es tun, wenn nicht du?

Ich sehe alles von dort, wo ich bin, die Bremsspuren, das zerdrückte Blech, Münzen und CDs auf dem Asphalt. Der kleinere Wagen mit dem riesigen Spoiler und der knalligen Lackierung liegt auf dem Dach und präsentiert dem Himmel sein martialisches Fahrwerk. Der andere, ein großer Audi, steht mit halb offener Tür da, und ich kann den banalen persönlichen Inhalt der Seitentasche sehen: Tempos, eine Thermoskanne, eine CD von Simon & Garfunkel.

Der scharfe Grasgeruch des aufgerissenen Randstreifens steigt mir in die Nase, und ich sehe, was dich erwartet: ein junger Bursche in einem getunten Wagen, kopfüber hängend, blutüberströmt, im Audi eine in sich zusammengesunkene, völlig reglose Gestalt und neben der offenen Tür ein dritter Körper, bäuchlings auf der Straße.

Sieben endlose Minuten sind seit dem Zusammenstoß vergangen. Der Himmel hellt weiter auf. Das Rad wird langsamer und kommt schließlich zum Stehen. Vögel, einer nach dem anderen, kehren in die Weißdornhecken zurück und schütteln schwere Blüten zu Boden. Ohne zu singen. Leben ringt und zaudert, Zukunft steht neben Zukunft, entfaltet sich. Der Unfall beherrscht die Szenerie.

Ich sehe zu, wie du von einem zum andern gehst, ob verletzt oder tot. Du hältst eine Hand, sanft, und fast holt es mich zurück. Ich verweile noch, als die Sirenen erklingen, als wir alle versorgt werden, auch du. Am Ende werde ich Teil des Sirenengeheuls, Teil des Flimmerns der Luft über der Haube des Krankenwagens, weder erdgebunden noch ganz frei.

Später wirst du dich nur in Bruchstücken an die Dinge erinnern, die du gesehen hast. Und ich mich an gar nichts.

1

*Die Kirschblüte ist vorbei, Narzissen welken.
Weißdornknospen bersten.*

Es war ein milder, klammer Aprilabend, als er aus der Stadt floh, aber die Wettervorhersage war gut. Es hatte früher am Tag ein wenig geregnet, und die feuchte Abendluft lockte Tausende unselige Schnecken auf die schmutzigen Londoner Gehsteige.

Er zog seinen uralten Armeemantel an, holte seinen Rucksack hinter der Tür hervor und füllte eine Plastikflasche mit Wasser aus dem Hahn in der Gemeinschaftsküche. Der Rucksack war voller Buttons und Anstecknadeln, drinnen steckten siebzehn zerfledderte Notizbücher, ein paar Kochutensilien und ein kleines Zelt. Sein alter brauner Schlafsack war auf den Rucksack gebunden, und an Gurten hingen verschiedene Kleidungsstücke herab wie Gebetsfahnen.

Er verließ das Hostel und warf den Schlüssel in den Briefkasten. Ging nach Norden. Wenigstens trug er diesmal keine Fußfessel, und er wusste, für die Mobilfunkmasten, an denen er vorbeikam, war er unsichtbar genauso wie für die Satelliten hoch über sich. Nach drei Monaten des Eingesperrtseins loszuziehen gab ihm ein Gefühl, wie ein Flugzeug vom Boden abzuheben, hinauf in die Höhe, weg von aller Erdenschwere.

Wer wollte, konnte in der Zeitung über Jack lesen. Er war bei den Protesten am Greenham Common dabei gewesen, bevor er von den Frauen dort vertrieben wurde. Er gab einem örtlichen Radioreporter in Newbury eine kurze Erklärung, und sein Gesicht ist auch auf Bildern von den Poll-Tax-Krawallen zu erkennen – allerdings ziemlich körnig, da muss man schon wissen, wonach man sucht. Zudem kursierte sein Name unter den zwangsgeräumten Travellern in Dale Farm, wobei es sich da auch um jemand anderen gehandelt haben mag.

Jack war ein Autodidakt und überzeugter Bibliotheksgänger, er wanderte von Stadt zu Stadt, über vergessene Wege und alte Pfade, die niemand mehr benutzte, blieb meist allein und lebte, wenn er konnte, vom Land. Er wurde immer wieder festgenommen, wegen Landstreicherei oder weil er Hasch verkaufte, dann wieder, weil er gegen Bewährungsauflagen verstieß, und so hatte er schon fast überall zwischen Brixton und Northumberland eingesessen, Knasttätowierungen gesammelt und die Vorzüge eines rasierten Schädels und selbstsicheren Auftretens kennengelernt. War er draußen, arbeitete er meist auf Farmen, pflückte Obst und half bei der Ernte. Er mied Städte, schlief unter freiem Himmel und vergaß nach und nach, dass er einmal ein Protestler gewesen war – vielleicht verkörperte er seinen Protest heute auch ganzheitlicher. Geboren war er, wie er sagte, in Canterbury, aber über sein Leben vor der Straße war kaum etwas bekannt.

Jack entfernte sich immer weiter von allem, was dem Rest von uns Halt zu geben scheint, wurde mit jeder Verhaftung sturer, sonderbarer und elliptischer in seinem Denken. Über die Jahrzehnte entwickelte er sich von einem Menschen unserer Zeit zunehmend zu so etwas wie einem flüchtigen Geist des englischen Bauernaufstandes. Oder, zumindest für manche, zu einem Verrückten.

Nicht lange nach der Jahrtausendwende spürte ihn ein wohlwollender Journalist in einem Wald bei Otmoor auf. Aber Jack hatte mittlerweile kaum noch etwas zu erzählen – ganz sicher nicht die große Geschichte von Protest und Ausgrenzung, auf die der Journalist gehofft hatte. Der Mann verbrachte zwei Tage mit Jack, unterbrochen von einer Nacht im Premier Inn, wo eine sehr betrunkene Hochzeitsgesellschaft ihn kaum schlafen ließ, und in seinem Artikel kam Jack am Ende kaum vor.

Fern von den Hauptstraßen war es nachts ruhig. Hier und da sah Jack jemanden mit einem Hund, ein paar Feiernde, Füchse, Taxis. Mitunter nickten ihm aus den Vorgärten Blumen zu, vom Licht der Laternen mit einer einheitlichen Blässe überzogen: Schwertlilien, Tulpen und Pfingstrosen, die ihre Blüten über die Mauern hängen ließen.

Er kam auf die Vauxhall Bridge und blieb einen Moment lang stehen, um hinunterzusehen ins schwarze Wasser voller Schiffsnägel, Tonrohre, zerbrochener Flaschen und Knochen. Kurz wünschte er sich, dass er die Schlüssel mitgenommen hätte, um sie hineinwerfen zu können, als eine Art Opfergabe oder Abschiedsgeschenk – wobei sie, noch bevor der Fluss sie hätte aufnehmen können, von der Dunkelheit verschluckt worden wären. Und von so weit oben hätte er sie auch nicht ins Wasser platschen hören können. Woher diese seltsamen Impulse kamen, war unmöglich zu sagen.

Durch die Stadtmitte zu finden war ein Leichtes. Pimlico war ruhig. Er machte einen Bogen um die geschäftige Victoria Station, und weiter ging es, Green Park hinter einer hohen Mauer zu seiner Rechten. Wie kam es, dass die Namen so viel mehr hermachten als die Straßen oder Straßenkreuzungen, die sie bezeichneten? Belgravia, Park Lane, Marble Arch, Marylebone: Man sollte nicht glauben, dass solche Orte so leicht hinter sich zu lassen waren, aber einer nach dem anderen blieb im Straßengewirr zurück.

In den frühen Morgenstunden machte er an einer Tankstelle in Hendon halt, ging über den erleuchteten Platz an das kleine Fenster vorn und gab einem Mann aus Bangladesch, der durch die schusssichere Scheibe zwischen ihnen umso verletzlicher wirkte, ein paar Münzen. Zwei Jungen und ein Mädchen mit riesigen Pupillen hockten auf dem Bordstein am Rand des Vorplatzes und redeten hastig und abgehackt aufeinander ein. Das Mädchen hatte Glitter an den Schläfen, und einer der Jungen knetete geradezu manisch seine Wange.

Jack aß die Chips und die Schokolade, die er gekauft hatte, und ging weiter. Lange Zeit waren kaum Passanten zu sehen, nur Schichtarbeiter, Taxifahrer und Müllmänner. Er blieb auf derselben nach Norden führenden Route, überquerte Straße um Straße, bog kein einziges Mal ab.

Als es hell wurde, sah er, dass er die Stadt langsam hinter sich brachte. Später, fast schon taub für den Lärm des Berufsverkehrs, kam er an Superstores, Produktionshallen, Fußballfeldern, Golfplätzen und Ödland vorbei. Schließlich, er vernahm vor ihm schon das Dröhnen der M1, machte die Straße zwischen Feldern eine Kurve nach Nordwesten.

Es reichte. Er verließ den Asphalt und durchquerte das Unterholz eines Waldstreifens, in dem sich der sonnengebleichte Müll vieler Jahre gesammelt hatte: Bierdosen, Beutel mit Hundedreck, Chipstüten und Radkappen. Etwa zwanzig Schritte weiter kam er auf ein Stück Grasland, von dem Karnickel flohen. Ihre weißen Stummelschwänze verschwanden hoppelnd zwischen ein paar Bäumen auf der anderen Seite. Er ließ sein Gepäck von der Schulter rutschen, sank zu Boden und lehnte sich mit dem Rücken gegen eine Eiche.

Er lauschte dem Verkehr hinter sich, spürte, wie eine Brise mit den Haaren auf seinen Armen spielte, und sah langsam die Sonne aus einem fernen Wolkenriff aufsteigen. Da er den Blick nicht gleich abwandte, tanzte und zuckte ein blauer Fleck vor seinen Augen, und er schüttelte den Kopf wie ein Pferd, das eine lästige Fliege loszuwerden versucht, kniff die Augen zusammen und wartete, dass die Störung auf seiner Netzhaut verging. Als er die Augen wieder öffnete, war der Horizont einen Moment lang verschwommen, und das Licht schien sehr hell.

Einfach nur dahin gehen zu dürfen, wo ich sein mag, dachte er. Einfach zu leben, wie es mir beliebt. Ich tu doch weiß Gott keinem was, anders als viele da draußen. Lasst mich also bitte gehen, lasst mich in Ruhe.

Nach einer Weile begann eine Grasmücke, am struppigen Rand des Feldes zu singen, und die Morgensonne trocknete den Tau auf dem Gras. Jack nahm sein Bündel und sah sich nach einem Schlafplatz um.

Das Feld war öde und nichtssagend, ein trapezförmiges Stück

Land mit verwilderten Hecken an den Seiten. Hier hatte schon lange kein Tier mehr gegrast und keine Mähmaschine mehr ihre Runden gedreht. Schösslinge – Eichengebüsch, Ahorn und Eschen – stahlen sich langsam vor. Es gab keinen Pfad, nur Spuren von Karnickeln und Füchsen, und auch keinen besonderen Blickfang, keine Orchideen oder seltenen Schmetterlinge. Aber im Sommer schäumte Mädesüß in den Ecken, und im Herbst sprossen Pilze wie blasse goldene Eier aus dem Boden.

Jack entschied sich für eine Stelle bei einer Hecke weit weg von der Straße, rollte seine Matte aus und holte ein Sandwich und eine Cola aus dem Rucksack, seinen letzten gekauften Proviant. Zum Essen setzte er sich mit dem Rücken zur Stadt.

Es war immer noch möglich, Arbeit auf dem Land zu finden, fast das ganze Jahr über. Das Narzissenpflücken begann im Februar, und die Bauern suchten oft Hilfe in der Ablammzeit. Im Sommer galt es, Heu zu machen und Obst zu pflücken, sosehr er die Folientunnel mit ihrer stickigen, abgestandenen Luft hasste. Im September gab es Arbeit bei der Apfelernte, und später beim Weihnachtsbaumschlagen. Einmal hatte er fast den ganzen Dezember mit dem Flechten von Stechpalmenkränzen zugebracht. Aber die Feldarbeit mochte er am liebsten, und jetzt war Frühling, fast schon Spargelsaison. Er dachte an die Farmen, die er kannte und auf denen man ihn kannte. Er wollte den Kopf unten halten und keine Papiere unterzeichnen, was die Möglichkeiten etwas einschränkte.

Im Januar war er in Devon aufgebrochen und grob nach Nordosten gewandert. Nach London hatte er gar nicht gewollt, aber die Festnahme und Verurteilung – weil er auf Privatbesitz gewandert war, dabei wollte er doch nur einen alten Feldweg zwischen zwei Dörfern nehmen – hatten ihn vom Kurs abgebracht.

Jetzt beschloss er, die alte Römerstraße hinaus aufs Land zu nehmen. Sie würde ihn nach Norden zu einem kleinen Dorf namens Lodeshill bringen, in dem es vier Farmen mit Spargelbeeten gab. Eine von ihnen hatte er gelobt, nie wieder zu betreten, doch er war sich sicher, dass ihn eine der anderen für ein paar Wochen nahm, ohne irgendwelche Fragen zu stellen. Es gab ein paar schöne Ecken in der Richtung, ruhig und ungestört und nicht zu voll mit Tagesausflüglern, nicht so wie in Cumbria oder Cornwall. Es war eine eher abgelegene, unscheinbare Gegend.

Neben den Geräuschen von der Straße war das leise Pritzeln in der aufgerissenen Coladose das Lauteste, was Jack hören konnte. Schließlich legte er sich hin, dankbar für das Essen und das Wetter, und fragte sich, wann er wohl einschlafen würde. Und schon schlief er.

Während die Sonne langsam über Jacks Kopf aufstieg, spürte ein Weißdorn in der Hecke hinter ihm das Licht auf seinen frischen grünen Blättern und dachte mit seinem grünen Geist ans Blühen.

2

*Rosskastanien, Schwalben,
Schwarzdorn (Schlehen).*

Kaum dass seine Frau das Haus verlassen hatte, ging Howard von Zimmer zu Zimmer und schloss die Fenster. Es war ein warmer Tag, aber nicht so warm, dass sie alle offen sein mussten, und er ertrug den Lärm der Straße nicht. Fliegen mussten auch nicht unbedingt hereinkommen, er hatte schon eine in der Küche erschlagen. Kitty würde sich zur Schlafenszeit nur beschweren, wenn Insekten in ihrem Zimmer waren.

Es war nicht die Straße durch Lodeshill, gegen die er etwas hatte. Auf der fuhr kaum jemand. Warum auch, es gab keinen Laden mehr im Ort, und der Green Man war nicht unbedingt der Pub, der die Leute von außerhalb anzog. Selbst die Kirche hatte kaum noch Anhänger, und die wenigen verbliebenen Gläubigen kamen zu Fuß. Kitty gehörte natürlich dazu.

Es war die Landstraße, die ihn nervte. Schnurgerade wie ein Lineal führte sie keine achthundert Meter am Dorf vorbei, und die örtlichen Rowdys knüppelten mit ihren aufgemotzten Karren darüber, besonders am Wochenende. Selbst wenn sie noch kilometerweit entfernt waren, konntest du hören, wie sie ihre Motoren hochtrieben, dieses irrsinnige Aufheulen. Man sollte glauben, sie hätten bessere Dinge zu tun, aber nein. Trotzdem, dachte er und schob eine alte Kinks-CD in die Anlage im Wohnzimmer, es könnte schlimmer sein. Er hatte gehört, dass es in der Nähe früher mal Quad-Bike-Rennen gegeben hatte, aber die Strecke war, lange bevor sie hergezogen waren, wieder geschlossen worden. Arkadische Arschlöcher, dachte er und ging zur Vorratskammer, um sich etwas zu trinken zu holen.

Er wusste, es war noch ein Sixpack Bier da, vom letzten Besuch ihres Sohnes Chris, aber er wollte ein dunkles Ale. Im nächsten Monat mussten sie reichlich Alkohol kaufen, denn da kam ihre Tochter Jenny aus Hongkong zurück, und zum ersten Mal seit Ewigkeiten würden beide Kinder wieder zu Hause sein. Wodka für Jenny, dachte er. Wahrscheinlich.

Kein dunkles Ale. Seufzend drehte er um und stieg hoch in den Radioraum. Da stand ein Marconi 264, das eine neue Röhre brauchte. Unten stieß eine Hummel zweimal gegen das Küchenfenster und flog davon in die warme Frühlingsluft.

Die meiste Zeit hatte Kitty das große Schlafzimmer für sich. Howard nächtigte auf der Schlafcouch unten im ehemaligen Arbeitszimmer. Bevor sie vor einem Jahr aus Nordlondon nach Lodeshill gezogen waren, hatten sie nur gelegentlich getrennt geschlafen. Aber jetzt blieb er unten – außer wenn die Kinder zu Besuch waren. Das war etwas, was sie nicht diskutierten.

Oben gab es drei Zimmer. Eines war Kittys, und eines war, bis sie mit der Uni fertig war, kurz Jennys gewesen – und das war es auch heute noch, wenn sie zu Besuch kam. Das Licht im dritten war gut, und so hatte Howard beim Einzug den alten rosa Teppich herausgerissen, an zwei Seiten Arbeitsflächen eingerichtet und seine Werkzeugkästen darunter verstaut. Er hatte eine Arbeitslampe und einen Hocker gekauft, seine Radios aus der Garage geholt – er hatte nur vier, eines davon in Einzelteilen – und sich an die Arbeit gemacht. Mittlerweile besaß er dreizehn alte Radios, alle von vor dem Krieg. Voll funktionsfähige Apparate, keinen Flohmarktschrott. Fünf weitere hatte er verkauft oder eingetauscht. Wo hört es auf? Es gab Leute, die hatten zweihundert.

Natürlich fand man so was im Internet, aber er fühlte – ohne dass er den Finger genau darauf hätte legen können, warum –, dass das nicht die richtige Art und Weise war. Er ging zu Tauschbörsen, mitunter auch zu kleinen Messen, kaufte aber lieber auf örtlichen Auktionen und von privat als von anderen Sammlern, auch wenn es mehr Aufwand bedeutete. Zugegebenermaßen gab es da meist nur Plunder, billig, vermurkst und nicht mehr zu reparieren, höchstens wegen der Einzelteile etwas wert. Aber es gab Ausnahmen.

Sich umzuhören hatte ihm schon mehr als einmal was Hübsches eingebracht. »Oh, ich kenne da jemanden, der so ein Ding hat.« So war er an ein Ferguson 366 Superhet gekommen, das eine Familie aus der Gegend oben auf dem Speicher des neu gekauften Hauses gefunden hatte. Es war völlig zugestaubt gewesen, fünf Pfund hatte er dafür bezahlt. Das Marconi, an dem er gerade arbeitete, stammte aus einer Scheune bei Deal und war ewig kaum angerührt worden, das Gehäuse voller Mäusekot, die Knöpfe voller Spinnweben und Häckselgut.

Soviel Spaß die Suche machte, die Arbeit selbst war das, was er wirklich liebte: die Knöpfe erneuern, gesprungenes Bakelit instand setzen, hier und da eine neue Röhre einbauen. Er war kein Experte, aber er kam zurecht, und seine Erfahrung mit Gitarren und Verstärkern half ihm dabei. Es hatte fast schon etwas Magisches, ein altes Radio zu nehmen und zu neuem Leben zu erwecken – es ganz gleich, in welchem Zustand es war, dazu zu bringen, lebendige Töne aus der Luft zu holen. Die alten Kästen enthielten so gut verstehbare Innereien. Und allein schon das Gewicht in den Händen zu spüren …

Es war nach vier, als der Briefkasten klapperte. Er versuchte gerade, an die Kondensatoren heranzukommen, die tief unter einem Block Widerstände saßen, arbeitete vorsichtig und konzentriert. Er überlegte, ob die Post warten konnte, doch da klapperte es wieder, und etwas landete auf der Fußmatte. Howard legte sein Werkzeug beiseite und ging nach unten. Himmel noch mal, ein Telefonbuch. Als würde irgendwer die Dinger noch benutzen.

Wieder oben, untersuchte er den Schaltkreis mit der Lupe, stellte aber fest, dass er ihn nicht wirklich scharf bekam, und so konnte er den Verlauf des einfach nicht fließen wollenden Stroms nicht richtig ausmachen und keine Fehler oder Hindernisse entdecken. Er setzte den Kondensator wieder ein und musste daran denken, wie er als Kind nach der Schule an Türen geklopft hatte und weggelaufen war, und auch daran, wie er einmal auf dem Kirchplatz Hagedorn mit seinem starken berauschenden Duft gepflückt und mit nach Hause gebracht hatte, worauf ihn seine Mutter schimpfend aus der Tür jagte. Ein halbes Jahrhundert war das her, und doch kam es ihm vor wie gestern. Dass sich solche Momente irgendwo in der Hirnrinde derart festsetzen konnten, dass er mit seinen fast sechzig Jahren immer noch ihren Nachhall zu spüren vermochte. Es war ein Mysterium.

Er drehte die Arbeitslampe zur Seite und dehnte den Rücken. Ein Bier, bevor Kitty nach Hause kam? Warum nicht? Aber nicht im Green Man mit seinen unfreundlichen Bauern und den örtlichen Nichtstuern. Lieber im Bricklayer's Arms in Crowmere. Das waren nur zehn Minuten, und es war ein schöner Tag für einen Spaziergang. Er holte die Zeitung aus dem Wohnzimmer, stellte die Kinks aus und ging los.

Lodeshill war kaum ein Dorf, eher ein Dörfchen. Neben der Manor Lodge gab es ein herrschaftliches elisabethanisches Haus mit Koppelfenstern und einem Buchsbaumirrgarten am Ende einer langen privaten Zufahrt, eine hübsche Kirche, die in den einschlägigen Verzeichnissen kaum genannt wurde, ein georgianisches Pfarrhaus (der Pfarrer selbst war für etliche Gemeinden zuständig und wohnte woanders), den Green Man, ein Dutzend moderne Häuser unterschiedlicher Qualität und eine Sackgasse mit hässlichen Bungalows, in denen hauptsächlich Alte wohnten. Was einmal Laden und Postamt gewesen war, war heute ein Privathaus, auch wenn es den roten Briefkasten in einer der Mauern immer noch gab.

Hinter der Kirche folgten den Häusern Felder, die Straße stieg sanft an und führte an den Außengebäuden einer der vier Farmen von Lodeshill vorbei. Hier und da spross Moos in der Mitte der Fahrbahn, hier und da lag Dung, weitgehend getrocknet und von Autoreifen in den Asphalt gerieben. Glockenblumen und Schöllkraut schmückten die Straßenränder, und die Blätter des Schwarzdorns waren sattgrün.

Nach ein paar Hundert Metern nahm Howard links den Fußweg durch den Ocket Wood. Der Pfad folgte einem Graben, der früher einmal den Rand des Waldes gebildet hatte, aber die Bäume hatten ihn irgendwann übersprungen. Es waren hauptsächlich Eichen, Eschen, Erlen und Stechpalmen, die seit dem Mittelalter regelmäßig gestutzt und gefällt worden waren. Der Wald hatte das Gutshaus mit Holz und die Dorfbewohner mit Reisig für ihre Öfen versorgt. Zudem waren die Schweine jedes Jahr einmal hineingelassen worden, um Eicheln und Eichelmast zu fressen. Später dann wurde der Wald ein Jagdrevier, aus dem die Öffentlichkeit strikt ausgeschlossen war. Aber das alles war lange her. Heute gingen hier hauptsächlich Leute mit ihren Hunden spazieren, und das Unterholz war seit Jahren nicht mehr heruntergeschnitten worden.

Jenny sagte ihnen immer, sie sollten sich auch einen Hund zulegen. Sie meinte, die Bewegung würde ihnen guttun. Was seine Tochter noch nicht begriffen hatte, war, dass du dich von einem gewissen Alter an nicht mehr wirklich darum sorgtest, was gut für dich war, besonders wenn du dich, wie in Howards Fall, in jüngeren Jahren ziemlich gründlich zugrunde gerichtet hattest und mittlerweile darauf wartetest, dass der Schaden zutage trat. Jedes Jahr, das ohne Krebs – oder Schlimmeres – verstrich, war ein Bonus, sagte er sich. Wie auch immer, hier war er und machte einen Spaziergang. Und das tat er ein paarmal die Woche. Das ließ sich nicht wegreden.

Der Bricklayer's Arms war aufwendig renoviert worden und innen voll mit hellem Holz und Schiefertafeln. Howard lehnte sich auf die Theke und nickte dem Wirt zu, der ihm ein Newcastle Brown Ale und ein Glas brachte.

»Die Frau nicht dabei?«, fragte er mit seinem gut gelaunten australischen Akzent. Kitty hasste den Bricklayer's und war nur ein- oder zweimal mit hier gewesen, aber es gefiel sowohl dem

Wirt als auch Howard, so zu tun, als wäre er öfter mit seiner Frau hier als allein.

»Sie ist einkaufen«, sagte Howard, und das winzige Anheben einer Braue ersetzte die abgedroschenen Bemerkungen zu Frauen und Einkaufen, die zwischen ihnen schon mehr als zur Genüge ausgetauscht worden waren. Tatsächlich war Kitty keine Frau, die gern einkaufen ging, und Howard hatte keine Ahnung, wo sie war. Gut möglich, dass sie ihre Staffelei dabeihatte, er hatte nicht nachgesehen.

Ein kurzes Gefühl von Trostlosigkeit war schnell beiseitegewischt, und er sah sich nach einem freien Tisch um, setzte sich ans Fenster und schlug die Zeitung auf.

Er ging kurz vor acht, als der Himmel dämmrig zu werden begann. Wenn Kitty malen gewesen war, würde sie nicht bis zum Dunkelwerden bleiben, und es schadete nicht, vor ihr nach Hause zu kommen.

Der Ocket Wood war eine verschattete Masse links und rechts des Weges, und obwohl Howard nur drei Flaschen Brown Ale getrunken hatte, gab ihm der Umstand, dass er nicht viel um sich herum erkennen konnte, das Gefühl, betrunkener zu sein, als er tatsächlich war. Es saß irgendwie in einem drin, dachte er, um eine Erklärung ringend. Wenn man nach Einbruch der Dunkelheit aus dem Pub kam, *sollte* man wanken. Nicht dass es schon richtig dunkel war, aber trotzdem.

Zu seiner Überraschung stellte er fest, dass er seine letzte leere Flasche mitgenommen hatte, spürte zunehmenden Harndrang, verließ den Weg und ging zu einem mächtigen, knapp zwei Meter breiten Wurzelstock, dem Überbleibsel eines Baumes, der über viele Jahre immer wieder beschnitten worden war.

Neue Stämme waren aus ihm hervorgesprossen, jetzt selbst schon uralt, lehnten sich vor und reckten ihre Kronen dem Licht entgegen.

Den ganzen übrigen Weg zurück blieb ihm das Bild seiner sich heiß auf den toten Blättern zwischen den Bäumen sammelnden Pisse vor Augen stehen, als richtete sich ein Licht darauf im dunklen, versteckten Unterholz.

Kittys Auto stand rückwärts eingeparkt neben dem Audi. Sie war im Wohnzimmer und bügelte. »Schöner Tag?«, fragte er, drängte am Bügelbrett vorbei und schaltete den Fernseher ein. »Gin Tonic?«

»Nein danke«, sagte sie. »Warst du im Pub?«

»Kurz«, sagte Howard. »Hast du gemalt?«

»Nein, ich war bei Claire. Hatte ich dir doch gesagt.«

Claire war eine Malerin, die Kitty, lange bevor sie in die Gegend gezogen waren, kennengelernt hatte. Sie stellte in Galerien und auf Kunsthandwerkmärkten überall im County aus, meist Hundebilder, hier und da eine Gruppe Kühe. Sie trug Kupferreife an beiden Armen und Flipflops mit dicken Sohlen, von denen sie behauptete, sie ersetzten ein Fitnessstudio. Howard mochte sie nicht.

»Na dann«, sagte er sachlich. »Bist du sicher, dass du nichts trinken willst?«

»Absolut. Es steht noch Fleischpastete und etwas Kartoffelsalat im Kühlschrank. Ich war beim guten Metzger.«

»Danke.« Howard hatte sich einen Whisky eingeschenkt und ließ sich in einen Sessel sinken, von dem aus er genervt durch die Programme zappte. »Gott, es gibt mal wieder gar nichts.«

»Dann mach aus«, sagte Kitty.

»Nichts als verdammte Wiederholungen«, sagte er, bevor er sich, schlau, wie er fand, der langjährigen Meinung seiner Frau anschloss: »Ich weiß gar nicht, warum wir überhaupt einen Fernseher haben.«

Kitty antwortete nicht.

Howard stand vorm Kühlschrank und aß die Fleischpastete, als Kitty rief, Jenny habe angerufen. »Sie wollte mit dir sprechen. Ich habe ihr gesagt, ich dachte, du wärst im Pub.«

Jenny war für ein Jahr in Hongkong und machte ein Praktikum bei einer Investmentbank, und obwohl es keine drei Wochen mehr waren, bis sie zurückkam, vermisste Howard sie fürchterlich. Dass Kitty damit gewartet hatte, ihm von ihrem Anruf zu erzählen, war, das wusste er, eine subtile Rache dafür, dass er ein Bier trinken gewesen war. Warum es sie etwas angehen sollte, was er mit seinen Tagen anfing, verstand er nicht. Es war schließlich nicht so, dass er sich jemals übermäßig betrank. Nicht mehr.

»Und wie geht es ihr?«, rief er vorsichtig aus der Küche.

»Sie klang okay.«

»Sonst noch was?« Er bewegte sich in Richtung Wohnzimmer.

Kitty schien weich zu werden und sah zur Tür zu ihm hin. »Sie sagte, ich soll dir liebe Grüße ausrichten.«

»Hmm.« Er senkte den Blick. »Und ... kommt sie noch?«

»Soweit ich weiß.« Kitty wandte sich wieder dem Bügeln zu. »Ich bügele übrigens gerade deine Hemden.«

Er schluckte den letzten Bissen Fleischpastete herunter, wischte sich die Hände an der Hose ab und ging an Kitty vorbei zum Sessel. »Danke. Was machst du morgen?«

»Oh, ich dachte, vielleicht einen Spaziergang. Willst du etwa mitkommen?«

»Nimmst du die Malsachen mit?«

»Erst mal nur die Kamera. Ich habe das Bild mit den Hasenglöckchen fertig und suche nach was Neuem. Ich hätte gerne etwas mit ein bisschen mehr Geschichte. Etwas Bedeutungsvolleres.«

Howard knurrte und wechselte zu einem anderen Programm. Seit sie hergezogen waren, interessierte sich Kitty für die örtliche Geschichte und wusste mittlerweile alles Mögliche über die Kirchen der Gegend, verfallene Burgen und darüber, wie Kopfeichen beschnitten wurden. Sie war es gewesen, die wollte, dass sie hierher aufs Altenteil zogen, zwanzig Jahre hatte sie davon geträumt, auf dem Land zu leben, und Howard hatte gewusst, dass ihre Zeit in Finchley nicht ewig dauern würde.

Die Kinder und das Geschäft hatten sie in London gehalten. Howard hatte eine kleine Transportfirma betrieben und lange Zeit jeden Tag im Depot sein müssen, hatte Fahrer und Mechaniker eingeteilt, Treibstoff gekauft und die Bücher geführt, hatte die gesamte Lastwagenflotte gemanagt, Lager und Autohof. Hätte er einen Geschäftsführer eingestellt, hätte er seine Arbeitsstunden reduzieren können, das stimmt, aber die Arbeit machte Spaß, und als es so weit war, fingen die Kinder gerade an, sich auf ihre Abschlüsse vorzubereiten, sodass keine Gefahr bestand, dass sie aus Finchley wegzogen. Trotzdem, Howard hatte immer gewusst, dass er Kitty von dem abhielt, was sie wirklich wollte, von einer obskuren Verwurzelung an einem Ort, die er nicht verstand. »Aber du stammst aus Hemel Hempstead«, hatte er mehr als einmal gesagt, während sie durch die Immobilienanzeigen der *Times* blätterte. »Du bist nicht vom Land. Du pickst dir einfach nur irgendwas Hübsches raus, ohne dass du je dort hingehören wirst, nicht wirklich. Du bist eine Stadtpflanze, ob du es magst oder nicht.« Aber sie schüttelte immer nur den Kopf und sah weg.

Chris hatte das Geschäft, etwa ein Jahr bevor sie nach Lodeshill zogen, übernommen. Da war er bereits seit fünf Jahren dabei und kannte sich aus. Es war nicht kompliziert, aber das sagte Howard seiner Frau nicht. Als Jenny nach ihrem Jahr Pause schließlich mit der Uni anfing, war Kitty ernsthaft auf Haussuche gegangen. Mit nur ihnen beiden darin fühlte sich ihr Zuhause in London merkwürdig ruhig an, und als Kitty die Manor Lodge fand, wusste Howard tief in sich drin, dass er ihr das schuldete: Sosehr er ihre verlotterte, laute Ecke in Nordlondon mochte, ihre Zeit dort ging zu Ende. Und war es so schlimm, irgendwo noch mal neu anzufangen? Ohne das Geschäft am Bein konnte er sich ernsthaft seinen Radios widmen, mit all der dafür nötigen Zeit. Und es war ja auch nicht so, als wäre er in London noch viel unterwegs gewesen. Er war praktisch Rentner, Himmel noch mal. Auch wenn er sich nicht so fühlte.

Die Lodge war schon sehr schön, das sah auch er. Der Vorbesitzer, ein Mr Grainger, hatte sie verkauft, um seine Pflegekosten zu bezahlen. Vorher hatte sie zum Manor House gehört, heute trennte ein Nadelgehölz ihren Garten von den verbliebenen zwei Morgen Grund des Anwesens. Die Lodge war nicht so alt wie das große Haus, sondern stammte aus der Zeit seines Umbaus. Wahrscheinlich war sie für Gäste gedacht gewesen oder auch für einen Jäger. Sie war aus warmem rotem Ziegel, hatte drei spitze Giebel und zwei reich verzierte Kamine. Wilder Wein bedeckte ein Drittel der Fassade bis hoch zum Giebel, grün im Frühjahr und im Herbst dunkelpurpurn, bis die Blätter fielen und das geisterhafte Muster der Reben auf den Ziegeln erkennen ließen. Der Gutachter hatte ihnen geraten, den Wein entfernen zu lassen, aber davon wollte Kitty nichts wissen.

Sie war in der ersten Zeit hier zu etlichen Auktionen in der Gegend gegangen und hatte alte Möbel gekauft, für die sie in London keinen Blick übrig gehabt hätte, die sich aber, das musste Howard zugeben, in ihrem neuen Haus gut machten: eine walisische Anrichte, zwei abgenutzte Eichentruhen und ein halbrunder Dielentisch mit staksigen Beinen. Dazu hatte sie ein halbes Dutzend Bilder mit altmodischen Rahmen erstanden, um die zusätzlichen Wände zu füllen, die sie nun hatten, botanische Drucke, eine Karte des Countys und das Ölbild eines alten Vorfahren von wem auch immer, der beim Essen missbilligend auf Howard herabsah. »Es passt zum Haus«, sagte Kitty mit einem Achselzucken. »Es hat Geschichte.«

Sie hatte recht. Die Lodge besaß eine eigene Spülküche mit einem angeschlagenen großen Keramikbecken, eine Kohlenrutsche mit einer Bleiabdeckung neben der Hintertür, und den Türstock der Küche hatten, bevor er neu gestrichen wurde, etliche Markierungen geziert, die offenbar die Größe ganzer Generationen kleiner Graingers dokumentierten, wahrscheinlich einschließlich der des alten Mannes, von dem sie das Haus gekauft hatten. Jetzt gehörte es ihnen, und es war klar, dass Kitty es über alles liebte genau wie die Landschaft rundum. Sie war hier glücklich, das konnte jeder sehen. Es war das, was sie sich immer gewünscht hatte.

Howard stand in der finsteren Einfahrt, ein leeres Glas in der einen und eine Zigarette in der anderen Hand, als das gelbe Lichtviereck auf dem Kies vor seinen Füßen verlosch, das aus ihrem Schlafzimmer gefallen war. Damit drückte sich die Dunkelheit noch dichter um ihn. Er rauchte nicht mehr, nicht wirklich, steckte sich aber, wenn Kitty zu Bett gegangen war, dennoch hin und wieder draußen eine an, und selbst ohne kam er gerne vorm Schlafengehen noch für einen Moment hier heraus. Mitunter hörte er dabei, wie in der Ferne ein Auto von einem Gang in den anderen wechselte.

Mochte er es hier? Er war nicht sicher. Manor Lodge war eine Errungenschaft, sicher, etwas, das sich vorzeigen ließ für all die Jahre, die es gekostet hatte, ein Geschäft aufzubauen. Es war der Beweis, dass er etwas aus sich gemacht hatte, er, Howard Talling, der die Schule nach der mittleren Reife verlassen und zunächst als Roadie für Bands gearbeitet hatte, die heute keiner mehr kannte. Er dachte an das unsichtbare Dorf um sich herum, all die alten Leute in ihren Betten, das halbe Dutzend Familien, die Reichen im Manor House, die nie einer zu Gesicht bekam, die undurchschaubaren Farmen. Hatten Sie alle echte Gründe, hier zu sein, bessere Gründe als er?

Ein leichter Wind entlockte dem Laubwerk vom Ocket Wood ein Seufzen, und zwei jagende Fledermäuse ritten auf einem Luftzug übers Haus nach Lodeshill ein. Howard sah sie durch die dahingeworfenen Sterne der Milchstraße huschen, ihre feinen Rufe wie nasse Finger auf Glas, unhörbar für ihn, während er den Zigarettenstummel in die Schachtel drückte.

3

*Bärlauch, Hain-Veilchen, Ahornblüte.
Ein Kuckuck ruft.*

Jack schaffte mehr als dreißig Kilometer am Tag, wenn er wollte, aber als er London hinter sich hatte, wurde er langsamer. Wie Tausende vor ihm wanderte er die alte römische Straße in nördlicher Richtung hinauf, wie Fahrensleute, Kesselflicker, Propheten, Narren, die ganze fußlahme Armee, die einst auf der Suche nach Arbeit über Englands Nebenstraßen gezogen war.

Für gewöhnlich orientierte er sich mit einer Art tellurischem Instinkt, einem dunklen Wissen, auf das zurückzugreifen er gelernt hatte, wenn ihm die Gegend, durch die er kam, unbekannt war, spürte dem Wind in seinem Gesicht nach, den Kräften der Wasseradern tief in der Erde, dem Wechsel von Kalkstein zu Grünsand zu Lais unter seinen Füßen. Aber hier, direkt nördlich der Hauptstadt, war es schwierig, solche Dinge zu spüren, wobei er nicht hätte sagen können, warum. Es gab Städte, in denen er die Erde unter den Straßen fühlen konnte, die Narben des Landes, dessen listige Rückgewinne und erneutes Atmen. Hier jedoch war es, als wären die grünen Flächen stumm, und das gab ihm ein ungutes Gefühl.

Die Straße führte schnurgerade durch Wiesen und Weiden, Felder und Golfplätze. Aus einem Auto wirkte die Gegend wahrscheinlich bukolisch, zugänglich, tatsächlich aber war jedes einzelne Stück Land umzäunt, aufgeteilt, genutzt. Landstreicher waren nicht willkommen, und abgesehen von den windigen, gefährlichen Banketten der verkehrsreichen Straßen war alles Privatgrund.

Was ihn das letzte Mal hinter Gitter gebracht hatte: unbefugtes Betreten von Privatbesitz. Ende Januar war er von einer Farm am Rande von Dartmoor aufgebrochen, wo er den Winter über Trockenmauern geschichtet hatte, war grob nach Nordosten gelaufen, langsam, nur ein paar Kilometer die Stunde, und hatte auf Frühjahrswetter gehofft. Das erste Mal hatten sie ihn in Somerset festgenommen, wo er den Besitz eines, wie sich herausstellte, Rockstars durchquerte, das zweite Mal in Wiltshire, wegen Schädigung des dort angebauten Getreides – so zumindest sagten sie ihm. Und dann ging es Schlag auf Schlag. Er war ziemlich sicher, dass die Polizei die Kollegen entlang des Wegs auf ihn vorbereitet hatte. Oder vielleicht hatte sich die Kunde von ihm auch einfach so unter den Leuten verbreitet, wer konnte es sagen? Am Ende hatten sie ihn mit einer Art Verfügung konfrontiert, dass er sich von Privatgrund fernzuhalten habe, was ihn aber nur noch entschlossener werden ließ. So landete er denn vor einem Amtsgericht in Berkshire und wurde zu vier Monaten verurteilt. Was ein Schock gewesen war, auch wenn er nur zwei abgesessen hatte.

Er hätte sich die Sache erleichtern und mit der Polizei kooperieren können, hätte sich schuldig bekennen und einwilligen können, eine Karte zu benutzen, auf der die öffentlichen Wege grün markiert waren – und sich an diese zu halten. Aber es ging ums Prinzip. Alles, was er wollte, war, durch das Land zu wandern, in dem er geboren war, friedlich und von niemandem abhängig. Wenn er diese Vorstellung aufgab, dachte er, könnte er es auch gleich bleiben lassen.

Vor Jahren hatte er ein paar Monate in einem Transporter gewohnt, der einem Marxisten namens Tommo gehörte. Der Wagen stand zusammen mit ein paar anderen auf dem heruntergekommenen Hof einer Elf-Tankstelle. Tommo arbeitete abends als Kloputzer in einer Tittenbar auf der anderen Seite der Straße, wo die Lkws hielten, und Jack hatte sich immer gefragt, wie er das Geld aus der Bar mit seinen Idealen von Freiheit und Gleichheit unter einen Hut brachte. Tommo redete eine Menge über Landeigentum, Privatbesitz, ZÄUNE und DEN MANN, der das englische Proletariat – womit hauptsächlich Jack gemeint war – unterdrückte. Passiver Widerstand, darum gehe es, sagte er. Schließlich war Jack weitergezogen, weil er es nicht ertrug, die Mädchen kommen und gehen zu sehen. Aber hin und wieder dachte er immer noch an Tommo und an die Dinge, die er gesagt hatte.

Jack fühlte die Frühlingssonne warm im Nacken, spürte den Anfang eines Gedichts aufflackern, verheißungsvoll, irgendwo am Rand seines Bewusstseins. Aber das war in Ordnung, er hatte Zeit. Vielleicht würde er später sein Notizbuch herausholen, falls es sich bis dahin ganz gezeigt hatte.

Obwohl die Römerstraße in der einen oder anderen Form fast bis nach Lodeshill mit seinen Farmen führte, wich er nach einigen Kilometern von ihr ab. Lieber wagte er sich auf privates Land, als den ständigen Lkw-Lärm ertragen zu müssen. Er hatte es nicht eilig, und so sah er mehr: ein paar scheue Hopfenstöcke, ein Drosselnest in einer Hecke mit vier blauen Eiern. Aushub aus einem Kaninchenbau voller kleiner weißer Schalen von tief unten aus der Erde. So hatte er vor langer Zeit mal eine Pfeilspitze gefunden, so gefährlich wie schön. Wo sie heute war, stand in den Sternen. Vielleicht war sie nach einer seiner vielen Verhaftungen in den Händen eines Polizistenkindes gelandet. Jack hatte Schwierigkeiten, den Überblick über all die Dinge zu behalten, die ihm gehörten, auch wenn es nicht viele waren: seine Notizbücher, zwei Kulis, die Kochutensilien, ein paar Steine, Federn, Münzen. Im Gefängnis hatte er nichts gehabt, nicht einmal die traurige kleine Sammlung Streichhölzer, Bonbons und Andenken, welche die anderen Männer so eifrig bewachten, oder ihre sich wellenden Fotos, die sie mit Zahnpasta an die Wände klebten. Und als er wieder herauskam, wollte er nichts von drinnen mitnehmen, nichts, was den stickigen Geruch des Eingeschlossenseins an sich trug.

Auf einem Feld war der junge Raps von Tauben und Schnecken dezimiert worden, ein Opfer des nassen Winters und späten Frühlings. Die Bohnenreihen auf dem nächsten waren für die Jahreszeit zu klein, trotz der Düngerkügelchen, die wie Hagelkörner in den Furchen lagen. Eine Reihe Strommasten strebte dem Horizont zu, die Kabel schlaff im Sonnenschein. Schatten von Modellflugzeugen rasten über die Erde, und ihr Heulen übertönte den Gesang der Zaunkönige und Kohlmeisen, die im Dickicht saßen, und ließ Jack sich die Nackenhaare aufstellen.

Während er unter den Kondensstreifen der großen Jets herging und dann wieder weg von ihnen, verbuchte er das Wissen um sie irgendwo im Unerklärten, zusammen mit den Verläufen verlorener Chausseen und unterirdischer Wasserläufe. Einmal hatte er drei Tage lang nicht einen Streifen gesehen, und es hatte ihn so besorgt, dass er sich in der verfallenen Hütte eines Schleusenwärters neben einem Kanal mucksmäuschenstill verkrochen hatte, bis die Flugzeuge zurückgekommen waren.

Jetzt versuchte er, auf dem Gelände vor sich Hinweise auf einen Pfad zu finden, von dem er wusste, dass es ihn einmal gegeben hatte. Seinem verlorenen Verlauf zu folgen würde heißen, einen riesigen gepflügten Acker zu durchqueren, auf dem ein ferner Traktor eine Scheibenegge hinter sich herzog. Das rasselnde Dröhnen trieb mit dem Wind herüber und wurde lauter und leiser. Jack würde deutlich zu sehen sein, doch den alten Weg nicht zu ehren fühlte sich für ihn wie ein Frevel an, selbst hier.

Tief unten war die Erde immer noch nass und schwer, aber ein paar Tage Sonne hatten die obere Schicht zu einer bröckeligen Kruste werden lassen, die wie ein halb gebackener Teig unter seinen Füßen nachgab. Jack überquerte die flachen Furchen in einem Winkel, der einige Konzentration erforderte. Um immer auf die erhöhten Schollen zu treffen, waren die Abstände doch nicht groß genug für seine weiten Schritte. Im warmen Erdreich um ihn herum schimmerten Feuersteine, manche düster, manche leuchteten wie Knochen. Er kannte Feldraine, anderswo, an denen sie hoch aufgetürmt lagen, herausgeklaubt aus den Äckern von Generationen von Frauen und Kindern. Und doch brachte die Erde immer wieder neue hervor.

Über Jack kreisten Rote Milane, stürzten sich unversehens

in plötzliche Luftkämpfe, und irgendwo rechts blitzte die Sonne auf der Windschutzscheibe eines Autos auf der Römerstraße auf. Ein Kuckuck rief, und Jack erstarrte und wartete mit prickelnder Kopfhaut, bis der weiche Ruf ein weiteres Mal erklang und sich einem Paar herabschwebender Federn gleich sanft auf die Erde senkte. Der Sommer kommt, dachte er, drehte eine Münze in seiner Tasche und lächelte. Es fühlte sich wie ein gutes Omen an. Er würde es später in sein Notizbuch schreiben.

In einem kleinen nach Bärlauch stinkenden Wäldchen machte er Rast und aß etwas. Er hatte am Abend mit einem Netz ein Kaninchen gefangen, und es gab noch etwas späten Kohl, den er aus einem Garten in einer der Siedlungen entlang des Weges hatte mitgehen lassen. Schade, dass er keine Zwiebel hatte, aber mit dem Bärlauch reichte es zu einem einfachen Eintopf.

Kaninchen ließen sich leicht fangen, hauptsächlich weil sie so neugierig waren. Wenn er ganz ruhig in der Dämmerung saß, windwärts eines Baus, und das Geräusch eines schreienden Kaninchenjungen nachahmte, gelang es ihm oft, Mütter anzulocken. Ließ er nicht nach, kamen sie näher, die Augen groß, die Ohren aufgestellt. Das Netz hatte er sich aus Bindfäden geknüpft. Vor Jahren hatte ihm ein alter Wilderer mit Taschen voller zappelnder Frettchen gezeigt, wie das ging. Heute hatte er immer eins dabei. Schnell geworfen, aus dem Handgelenk heraus, vermochte er damit ein Kaninchen in ein Bündel aus tretenden Füßen und Schnur zu verwandeln. Er hatte keinerlei Gewissensbisse, sich zu nehmen, was er zum Überleben brauchte. Fand er aber ein Tier in einer Falle, befreite er es, wenn er es für überlebensfähig hielt, zerstörte die Falle und ließ sie am Fundort zurück: als Lehre für den, der sie aufgestellt hatte.

Kaninchen waren eine leichte Beute, und er fing auch Eichhörnchen. Hasen rührte er allerdings nicht an. Sie waren weise und unirdisch, und er hatte das Gefühl, dass sie etwas über ihn wussten, etwas, von dem er selbst keine Ahnung hatte.

Eines frühen Morgens auf irgendeiner Wiese – war es bei Stinsford gewesen oder Selborne?, es war nur noch schwer zu sagen – hatte er, während die Welt langsam hell wurde, mit ausgestreckten Beinen dagesessen, einen orangenen Sonnenstrahl wie eine Nadel durch den Umriss ferner Bäume stechen und ihn schließlich blendend hell aufleuchten sehen. Dann das Geräusch dahinsprengender Schritte, und bevor er auch nur den Blick wenden konnte, war ein brauner Hase über ihn gesprungen und im Nichts verschwunden. Ein halbe Sekunde später folgte ein zweiter Hase, doch der vollführte eine Vollbremsung und kam kurz vor ihm zum Stehen. Jack wich zurück, erstarrte, und eine lange Weile sahen sie einander an, die großen Ohren des Hasen wendeten sich, und seine schönen, goldgefleckten Augen nahmen ihn fest in den Blick. Und dann, ganz ruhig, wie es schien, lief er davon, und Jack ließ den Atem aus der Lunge, ohne überhaupt gewusst zu haben, dass er ihn angehalten hatte.

Nachdem er gegessen hatte, zog er sich aus und tauchte seine Sachen in einen metallenen Viehtrog, der mit einem Schlauch mit Kugelhahn gefüllt wurde. Er steckte auch den Kopf hinein, öffnete die Augen unter Wasser und sah Mückenlarven zwischen Luftblasen in den hereinfallenden Sonnenstrahlen tanzen. Das Wasser war eiskalt, es schmeckte leicht nach Eisen und erinnerte ihn aus einem unerfindlichen Grund an den Melkstall der Culverkeys Farm in Lodeshill, an die geduldigen Kühe zwischen den klirrenden Eisenstangen, die Melkbecher aus Plastik auf den Eutern und die warme Milch, die den Stahltank füllte.

Wenn er nach Lodeshill kam und der Spargel noch nicht so weit war, fand er vielleicht Arbeit als Aushilfsmelker. Feldarbeit war das, was er wollte, aber Melken war auch okay – solange er nur immer weiterziehen konnte, solange er nicht zu lange an einem Ort bleiben musste.

Er wickelte sich in seinen Schafsack und breitete seine Sachen zum Trocknen in der Nachmittagssonne aus. Dann nahm er einen Plastikrasierer aus seinen Sachen, begann, ihn grob über seinen Kopf zu ziehen, und spürte, wie er hier und da an alten Scharten und Narben stockte. Bevor er sich an seinen Bart machte, hielt er inne. Er spülte den Rasierer im Trog ab. Vielleicht ließ er ihn diesmal etwas wachsen.

4

Spitzwegerich, Günsel, Hornklee.

Das war Jamies früheste Erinnerung: ein Magnet an einem Strick, der tropfend aus schwarzem Wasser gezogen wurde. Die starken Hände des Großvaters, die eine blitzende Klinge davon lösten. Die roten Tropfen an seinen Fingerspitzen und wie das warme Blut des alten Mannes, als er sie abschüttelte, auf Jamies Lippen gelandet war und rote Streifen auf seinem Handrücken hinterlassen hatte, als er es wegzuwischen versuchte.

Angeln hatten sie es genannt, und heute kam es ihm vor, als hätten sie es jedes Wochenende gemacht, wobei er natürlich wusste, dass das nicht sein konnte. Der Magnet war riesig, wie eine Trommel. Gott allein wusste, wo sein Großvater ihn herhatte. Gemeinsam ließen sie ihn ins Wasser hinunter, um zu sehen, was er alles heraufholte: Münzen, Schlüssel, verrostete Teile von Metallrädern und einmal eben ein zerbrochenes Messer, der Rest der Klinge voller Kerben, aber immer noch gefährlich. Manchmal stieß der Magnet auf etwas wirklich Großes, zu groß, um nach oben geholt zu werden. Dann ließ ihn sein Großvater den Strick halten, das Gewicht am Ende fühlen, die Schwere, die Blasen nach oben sandte, den einzigen Hinweis, dass da unten etwas lange Verlorenes lag, das sie nie zu Gesicht bekommen würden.

Der alte Mann warf natürlich alles zurück. »Sie würde ausrasten«, sagte er dann und schüttelte reuevoll den Kopf, aber schon als sehr kleiner Junge wusste Jamie, dass seine Nanna Edith bei der Geburt seiner Mutter gestorben war.

Sie durchsuchten alle Flüsse um Lodeshill und Ardleton, und auch ein paar Kanäle. Und den See, der mal zum Manor House gehört hatte, und die alte Zinnmine auf dem Hang von Babb Hill. Einmal war er ins Wasser gefallen, er konnte sich noch an den Schock erinnern, es war so kalt, und wie er mit den Armen gerudert, sich verzweifelt an den rauen, nassen Stock, der den Magnet hielt, geklammert hatte und wie ihn sein Großvater wie einen Fisch aus dem Teich auf das matschige Ufer gezogen hatte. Die Lust an ihren Unternehmungen nahm es ihm nicht, im Gegenteil, es hatte etwas Beruhigendes, Wohliges, wie unbesorgt sein Großvater wegen seines aufgeschürften Knies und der nassen Kleider blieb. Es gab ihm das Gefühl, dass nichts schiefgehen konnte, solange der alte Mann da war. Nicht wirklich.

Jamie fragte seinen Großvater nie, warum er es tat. Warum er das Wasser durchsuchte und dann immer alles wieder zurückwarf. Er zog einfach gerne mit ihm los, und das reichte. Der kleine Junge, der sich am Lenker festhielt, der Großvater hinter ihm, der in die Pedale trat. Die starken Arme links und rechts.

Jamie war ein echter Lodeshiller Junge, vor neunzehn Jahren im überheizten Schlafzimmer eines 50er-Jahre-Bungalows geboren, dessen kleiner Garten an die Culverkeys Farm grenzte. Eigentlich war er auf dem besten Weg gewesen, an jenem ruhigen, klirrend kalten Novembertag im Queen Elizabeth Hospital auf die Welt zu kommen, hatte dann aber offenbar die Meinung geändert. Seine Eltern waren nach Hause geschickt worden, sie sollten warten, bis die Wehen regelmäßiger kämen. Fest entschlossen, so erzählte man es sich in der Familie, wie schon sein Großvater in Lodeshill geboren zu werden, war er, kaum dass sie zurück im Bungalow waren, stumm und schnell auf die Bettdecke gerutscht, während seine Mutter weinte und die Kühe nebenan im Stall mit ihr fühlten.

Sein Vater arbeitete ein paar Kilometer außerhalb des Dorfes auf einer Mülldeponie, seine Mutter in der Kantine der örtlichen Grundschule, zusätzlich putzte sie den Green Man, das Gemeindehaus und manchmal auch den Bricklayer's Arms in Crowmere. Oft arbeitete sie aber überhaupt nicht, weil sie niemanden sehen wollte, saß auf dem Sofa, bestellte Sachen per Teleshopping oder ging wegen ihrer Puppensammlung auf eBay.

Fünf ihrer Puppen drängten sich auf der Fensterbank im Wohnzimmer, während zwei, ihre beiden Lieblinge, auf einem gepolsterten Hocker in der Ecke des Elternschlafzimmers saßen. Es gab noch mehr in einer Kiste in der Dachkammer. Jamie nahm sie kaum noch wahr, aber als er jünger gewesen war, waren sie mit einer der Gründe, warum er nie jemanden aus der Schule zum Spielen zu sich einlud. »Es ist ein Hobby, mein Junge, nichts weiter«, sagte sein Dad.

Selbst wenn sie okay war, wie es meist den Anschein hatte, war sie nicht wie die Mütter anderer Kinder. Es war nicht nur ihr Gewicht, man musste vorsichtig sein, um sie nicht aufzuregen, musste überlegen, was man sagte, damit sie nicht explodierte. Es wurde leichter, je älter er wurde, und war ihm mittlerweile zur zweiten Natur geworden. Unzählige Dinge sagten ihm, wie sie sich fühlte – was sie morgens anzog, wie sie sprach, wie lange es dauerte, bis sie antwortete. Aber es war schwer, es anderen außerhalb der Familie zu erklären, und selbst er und sein Dad sprachen nicht wirklich darüber. War alles in Ordnung, dachte er lieber nicht darüber nach, und wenn nicht, wollte er es nicht thematisieren.

Lange Zeit hatte Jamie sich als Teil noch einer anderen Familie gefühlt, nicht nur der eigenen. Bis zu ihrer beider dreizehntem Lebensjahr hatte Alex Harland nebenan gewohnt, auf Culverkeys, und sie waren unzertrennlich gewesen. Das Farmhaus war so anders als Jamies Zuhause, immer heiter und voller Leben. Alex hatte eine kleine Schwester, Laura, die er mal neckte und mal ignorierte, Mr und Mrs Harland besprachen alles offen beim Tee, ob es nun um die neuesten Nachrichten ging oder den Preis des Viehfutters, und den ganzen Tag über gingen die Farmarbeiter im Haus ein und aus. Jamie erschien diese Art Familienleben laut, aufregend und sorglos. Er blieb immer auf der Hut, ob des unvorhersehbaren Trubels, gleichzeitig jedoch war es, als löste sich etwas in ihm, wenn er bei Alex war. Zum Beispiel war ihm in der Küche einmal eine Tasse hingefallen und der Henkel abgebrochen, und er hatte sich zu Alex und seiner Mum umgedreht, die beiden Teile hochgehalten und gesagt: »Ich krieg die nicht in den Griff«, und alle hatten gelacht. Zu Hause wäre das nie gegangen.

Culverkeys selbst – die Felder und Wälder, der Bach, die Scheunen, die Wege und der Regenwasserteich – war ihr gemeinsamer Besitz gewesen, den sie sich mit allem, was dazugehörte, mit kindlicher Selbstverständlichkeit teilten. Doch dann, als Jamie dreizehn war, wurden ihm Alex und Laura genommen, und alles – *alles* – änderte sich.

Er hatte es in der Schule immer schon nicht wirklich leicht gehabt, und jetzt, ohne Alex an seiner Seite, ging es heftig bergab. Fast alles langweilte ihn und schien dumm, und er sah kaum einen Sinn in den Dingen, die er tun sollte. Die Lehrer meinten, er sei nicht sehr akademisch, was immer das heißen sollte, und als er die Schule schließlich mit sechzehn verließ, tat er es mit einem recht mäßigen Abschluss.

Er hatte einen Samstagsjob in einer Bäckerei, aber keine wirkliche Vorstellung davon, was als Nächstes kommen sollte. Den ersten Sommer vertat er im Bungalow, spielte in seinem Zimmer Computerspiele, während Fliegen übers Fenster brummten, oder sah mit seiner Mum fern. Die Wiesen um das Dorf herum wurden gemäht, das Heu zu Ballen gepresst oder als Gärfutter eingepackt. Andere Familien fuhren in die Ferien und kamen gebräunt zurück, ein neues Schuljahr begann. Die Lücke in der Weißdornhecke, die er als Abkürzung zur Farm genutzt hatte, wucherte zu und verschwand. Jamie fühlte sich wie gestrandet, in einer Flaute, als verlöre er all seine Kraft und die Luft um ihn herum geränne und verlangsamte alles. Wenn er sich ins winzige Bad des Bungalows einschloss und sich ins Waschbecken ergoss, geschah das ohne Erregung oder gar Lust, und er tat alles, um sich dabei nicht im Spiegel zu sehen.

Sein Dad wollte einfach nur, dass er Arbeit fand, ganz gleich, welche, aber auch wenn er einen Lebenslauf verfasste und jeden Morgen die Job-Websites checkte, es gab kaum etwas. Irgendwann gab ihm jemand den Tipp, es in Mytton Park zu versuchen, einem riesigen Distributionszentrum direkt bei der Autobahn.

Tags darauf zog sich Jamie seine Schulhose und ein Hemd an und fuhr mit seiner 125er Enduro hin, tuckerte durch die Abgase von Sattelschleppern und folgte über Kilometer, wie es ihm vorkam, Schildern zu einem Büro, wo ihn eine sauertöpfige Personalfrau verschiedene Formulare ausfüllen ließ und ihm anschließend zu seiner völligen und andauernden Überraschung erklärte, seine erste Schicht fange in zwei Tagen an.

Das Ausmaß von Mytton Park war ein Schock. Sein ganzes Leben hatte er keine zwanzig Kilometer entfernt verbracht, aber in den sieben Jahren, seit das Zentrum errichtet worden war, nie davon gehört. Die nichtssagenden fensterlosen Hallen bedeckten laut Plan fast vierhundert Morgen, ihre niedrige graue Masse war jedoch von der Autobahn aus nicht zu sehen, sie lag hinter Bäumen versteckt, und wenn die Lkws sich auch wie Arbeitsameisen zwischen ihnen hin und her bewegten, ebenerdig – auf Wild-, Jungen-, Dorfebene – schien die Landschaft, in die sie hineinkrochen, ihren Angriff doch so gut wie zu schlucken und mit sich übereingekommen zu sein, nicht davon zu reden. Fast.

Zwei Jahre später dann war Mytton Park so sehr zu einem Teil von Jamies täglichem Leben geworden, dass es ihm schwerfiel, sich an eine Zeit zu erinnern, da es noch nicht zu seiner Welt gehört hatte. Jamies offizielle Bezeichnung war Lagerarbeiter, tatsächlich aber nannten sie ihn einen Packer. Von zwei Uhr nachmittags bis zehn Uhr abends bewegte er Güter herum, packte Kisten auf und von ferngesteuerten Gabelstaplern, gelenkt von einem unergründlichen Warenkontrollsystem, das ihn zu einem winzigen Rädchen in einem riesigen logistischen Superorganismus machte, der Läden praktisch ohne Zeitverzögerung mit Waren belieferte und Online-Bestellungen über Nacht erledigte. Manchmal versuchte Jamie, sich vorzustellen, wohin die Lkws die Dinge brachten, sah Geschäfte und Wohnungen überall im Land vor sich, Menschen mit unterschiedlichen Akzenten, Häusern und Leben.

Sein erstes Auto hatte er noch in der Schulzeit gekauft. Was sonst gab es zu tun? Sein Dad hatte ein paar Hundert Pfund beigesteuert und ihn sich den Rest verdienen lassen. Jamie sparte das Geld aus der Bäckerei und blieb auch noch dort, als er in Mytton Park anfing. Er brauchte das Geld für Versicherung und Benzin. Seine Mum war dagegen gewesen, meinte, das Motorrad sei schlimm genug und dass er sich zu Tode rasen würde. Aber ausnahmsweise hatte sein Dad sie überstimmt. Die Fahrprüfung hatte Jamie gleich beim ersten Mal bestanden.

Er hatte den Clio in der Einfahrt neben dem alten Ford Focus seines Vaters stehen und bastelte mit einer jungenhaften Begeisterung daran herum, von der alle meinten, dass er da schon herauswachsen würde. Aber dann, kaum ein paar Wochen nach seinem siebzehnten Geburtstag, überraschte er sie damit, dass er den Wagen mit Gewinn an einen Jungen verkaufte, der in der Klasse über ihm gewesen war, und sich dafür einen Opel Corsa anschaffte, den er über die Lokalzeitung gefunden hatte. Der Corsa machte nicht viel her – sein Vater hielt ihn für ein ziemliches Wrack –, aber Jamie war nicht davon abzubringen gewesen. Er übernahm jede Schicht in Mytton Park, die er bekommen konnte, die Reifen, die er wollte, kosteten fünfhundert Pfund, dazu kamen die Leichtmetallfelgen, der Auspuff, der Turbolader, das Soundsystem. Das Geld, das er für sein Auto ausgeben konnte, kannte keine Grenzen.

»Legst du auch was auf die Seite?«, fragte ihn sein Dad. »Klar«, antwortete er, doch das stimmte nicht. Was er seiner Mum nicht als Haushaltsgeld gab oder zum Ausgehen brauchte, floss in den

Corsa. Es hatte ja auch keinen Sinn zu sparen, er würde sowieso nie in der Lage sein, sich was Eigenes leisten zu können – es gab keine erschwinglichen Häuser in der Gegend, wie seine Mum immer wieder sagte. Es schien also unnütz, etwas beiseitezulegen.

Der Wagen unter der Plane verwandelte sich nach und nach, wobei Jamie feststellte, dass er es falsch angegangen war. Es war ein Fehler gewesen, gleich zu Beginn ein billiges Bodykit zu kaufen, das abgesehen von den Stoßstangen und Türleisten nichts taugte. Und dann auch noch das viele Geld für ein protziges Armaturenbrett. Die Lackierung hatte er sich richtigerweise bis zuletzt aufgehoben, mittlerweile aber wurde klar, dass er sich vor allem um den Motor hätte kümmern müssen. Eine der Türleisten hatte bereits einen Riss, nachdem ihm der Wagenheber darauf gefallen war. Aber er lernte.

Es gab Gelegenheiten, so einen Wagen vorzuführen. Nicht auf Autoshows oder bei Rallyes, aber an Tankstellen und auf Parkplätzen, an bestimmten Abenden. Die Autos hatten die Hauben offen, damit man die frisierten Motoren sehen konnte. Einige drehten ihre Musikanlagen auf, und die ganze Karosse vibrierte, die Motoren heulten auf, Lichter strahlten, und ein Polizeiwagen parkte in der Nähe, falls es Ärger gab. Er war noch nie bei so was gewesen, noch nicht, wusste aber davon. Er wollte mit dazugehören, allerdings hatte das Ganze so von außen auch etwas Einschüchterndes. Nun, wenn er erst mal dabei war, würde das Auto für ihn sprechen, die Leute würden kommen und fragen, ob der Schlitten ihm gehöre und er das alles selbst gemacht habe, und er würde Ja sagen können. Manchmal stellte er es sich vor: ein anerkennendes Nicken, eine beiläufige Frage zum Auspuff oder dem Spoiler. »Ich heiße James«, würde er vielleicht sagen und die Hand ausstrecken. »Und was fährst du?«

Samstags fuhr er immer noch mit der Enduro ins nahe Connorville und verließ das Dorf über Pfade, deren tiefe Furchen ihm bekannter waren als sein eigener Körper. Von neun bis zwei verkaufte er Donuts und Lauchschnitten, aber eines Tages würde er anderswo leben – irgendwo, wo's gut war, wie er es sich selbst beschrieb. Wie es dazu kommen sollte, hätte er allerdings nicht sagen können.

»Dicko. Hey, Dicko!« Das war Jamies Vorgesetzter Dave in seinem Glaskasten in der Ecke der riesigen Halle, der sich fett auf seinem Stuhl drehte und mit einem Ausdruck zu ihm herübersah, der normalerweise bedeutete, dass er irgendeinen Internetscheiß gefunden hatte, mit dem er ihn schocken wollte. »Dicko! Beweg deinen Arsch mal hier rüber!«

Er war nach seinem Großvater benannt worden, James Albert Hirons, aber Jamie Dixon war schon in seiner Schulzeit immer nur Dicko gewesen, und auch jetzt wieder – obwohl er gehofft hatte, den Namen mit Ende der Schule hinter sich lassen zu können.

»Hier, Dicko«, sagte Dave, als Jamie den Kopf durch die Bürotür reckte. »Sieh dir das an ...«, und er deutete auf den Schreibtisch vor sich, auf dem das örtliche Anzeigenblatt aufgeschlagen auf der Computertastatur lag. Dave war Gabelstaplerfahrer gewesen, bis ihn ein Bandscheibenvorfall in seinen späten Vierzigern zum Bürohocker hatte werden lassen. Jetzt wurde er fett, auch wenn er für Jamie, der noch dürr wie ein Welpe war, ein wahres Kraftpaket zu sein schien.

Jamie trat hinter Daves Drehstuhl und warf einen Blick in die Zeitung, froh darüber, dass es zumindest kein Pornokram war. Zu Hause, wenn er für sich war, da war es was anderes, aber bei der Arbeit, zusammen mit anderen Leuten, waren ihm Pornos unangenehm.

»Lodeshill, steht da. Wohnst du da nicht?«

»Yeah.« Jamie langte nach dem dünnen Papier und strich es glatt, damit das Licht vom Bildschirm klarer darauf fiel:

Harford, Rogers & Sturt
FARM-AUFLÖSUNGS-VERKAUF
Culverkeys Farm, Lodeshill, 7. Mai.
Im Namen von P. Harland (verstorben) werden verkauft:
2 Case-Traktoren, Landmaschinen, Viehhaltungs-
ausrüstung, Melkstände und Gerät, Gartenbaugeräte
sowie Diverses und Haushaltsgegenstände. Der Verkauf
beginnt um Punkt 11 Uhr.

»Ist das die Farm, wo …?« Dave sah ihn an und hob eine Braue.

»Yeah.«

»P. Harland steht da. Kanntest du ihn?«

»Ich war mit dem Sohn befreundet. Unser Haus steht direkt neben der Farm.«

»Armer Junge. Ist er okay?«

»Ich weiß es nicht. Er und seine Schwester sind vor sechs Jahren mit ihrer Mum weggezogen. Fast sieben.«

»Sie verkaufen die Farm also. Was ist mit dem Land? Geht das jetzt an den höchsten Bieter?«

Jamie zuckte mit den Schultern. »Mr Harland ist vor zwei Monaten gestorben, und wir haben immer noch nichts gehört.«

»Wahrscheinlich schlägt da ein Bauträger zu, neue Häuser und so. Oder sie graben nach Kohle oder Schiefergas – das schon mal überlegt? Machen sie überall.«

»Vielleicht kommt Mrs Harland zurück und wohnt da wieder, vielleicht gehört es jetzt ihr.«

»So was weiß man dieser Tage nie«, sagte Dave und lehnte sich auf seinem knarzenden Stuhl zurück. »Könnte eine Menge Geld wert sein. Ihr werdet warten müssen, bis die Anwälte damit durch sind, schätze ich.«

Auf dem Nachhauseweg nach der Schicht an diesem Abend über dunkle Wege, Babb Hill lag schwarz und unsichtbar im Osten, dachte Jamie über Culverkeys nach, darüber, was dort geschehen mochte und was es bedeuten würde. Die Kühe – etwa siebzig Holstein-Rinder, hauptsächlich Milchkühe, dazu einige Kälber und trächtige Färsen sowie ein Hereford-Zuchtbulle – waren ein paar Tage nach Philip Harlands Tod auf den Markt gebracht worden, und der Auflösungsverkauf jetzt legte nahe, dass die Farm nicht als solche weiterverkauft werden würde. Was aber noch nichts darüber aussagte, was mit dem Land geschah.

Wenn er an Culverkeys dachte, sah er die Luftaufnahme vor sich, die zu Hause im Flur hing. Eines Tages hatte ein Mann an die Tür geklopft und seiner Mutter gesagt, ein Flugzeug habe ein Foto gemacht, und ein paar Wochen später war es mit der Post gekommen. Das Dorf sah darauf wie ein von Grün umgebenes Gewirr aus grauen Vierecken aus. Man erkannte die Hauptstraße, die Abzweigung nach Crowmere und in einer Ecke ein Stück vom Boundway. Und er konnte sein Haus am Ende der kleinen Sackgasse sehen, mit dem winzigen rechteckigen Garten dahinter. Direkt daneben lag Culverkeys, weit hinauf in den Norden und im Westen bis zum großen The Batch genannten Feld mit der Eiche darauf, lauter grüne Rechtecke mit geisterhaftem Getreide, Gruppen dunkler Bäume und dem Regenwasserteich, der die Sonne reflektierte wie ein Tropfen Quecksilber. Aus der Höhe sah es aus, als wären die Gärten westlich der Sackgasse aus dem Culverkeys-Land herausgeschnitten worden, und vielleicht war es ja so. Vielleicht hatte die Erde in Jamies Garten einmal mit dazugehört.

Und er dachte an Alex' Vater und die schreckliche Art, wie er gestorben war. Jamie war im Februar eines Freitags nach seiner Schicht nach Hause gekommen, alle Lichter im Bungalow hatten gebrannt, und seine Eltern waren im Wohnzimmer. Der Fernseher war aus, und als er hereinkam, standen beide auf. Einen erschreckenden Moment lang hatte er geglaubt, dass sein Großvater gestorben sei.

Was er als Erstes empfand, als sein Dad es ihm sagte, war ein Gefühl der Schuld – als wäre die lange, langsame Auflösung der Familie der Harlands, die mit Philips Tod ihr Ende fand, vor vielen Jahren von Jamie in Gang gesetzt, aus dem Bungalow hinüber ins glückliche Farmhaus getragen worden, wie ein Virus, das ihm an den Füßen haftete.

Es war unsinnig, das wusste er, aber das Gefühl war geblieben. So hätte es nicht kommen dürfen. Er und Alex hätten Freunde fürs Leben sein sollen, und die Landschaft, in die sie beide hineingeboren worden waren, hätte sich nie ändern dürfen.

Wobei Jamie nie ganz Alex' Optimismus geteilt, nie so der Zukunft vertraut hatte, wie sein Freund es offenbar tat. »Was wirst du mal machen, wenn du erwachsen bist?«, hatte er Alex einmal gefragt, in der Grundschule noch. Alex hatte gleich für sie beide geantwortet: »Wir werden hier auf Culverkeys leben. Ich als der Bauer, du kümmerst dich ums Vieh.«

Er hatte es glauben wollen, aber Jamie wusste damals schon, dass das Leben komplizierter war.

5

Brennnesseln, Goldnesseln, Kaninchen.

Jack brauchte lange, um die Autobahn zu überqueren. Die Römerstraße traf mit einer Auffahrt darauf, aber die machte ihm Angst, und so ging er zurück und versuchte es über eine schmale Abzweigung mit dem Schild eines Gartencenters. Einen knappen Kilometer hinter dem Center führte der Weg zu einer Art Wasserturm, umzäunt und monumental, weiß mit einem gelben Schild, auf dem einfach nur ein »A« stand. Der Turm war voller Antennen und Masten. Ein Bürocontainer stand daneben. Jacks Herz pochte irrational, als er daran vorbeiging.

Dann, nach einem kurzen Aufstieg hoch ins Licht, überspannte der Weg den plötzlich dröhnenden Fluss der Autobahn. Beim Überqueren war Jack für die Autos unter ihm kurz eine Silhouette vorm hellen Licht des Himmels, eine flüchtige Gestalt, die nichts hinterließ als ein einzelnes weißes Blütenblatt, das sich von seinem Mantel löste und kurz an einem Scheibenwischer tief unter ihm verfing, bevor es dem Sog des Windes nachgab und in seiner Unendlichkeit aufging.

Auf der anderen Seite der Autobahn führte der Weg an einem Graben entlang, der aussah, als hätte er vor Kurzem noch Wasser geführt, und traf schließlich wieder auf die alte Straße nach Norden. Hinter einem verfallenen Pub, der eindeutig mal ein Viehtreibertreffpunkt gewesen war, wurden zwei alte Weiden von einer Maschinen- und Anlagenvermietung genutzt, und eine provisorische Fußbrücke aus Plastikabdeckungen führte über den Graben. Hinter einem stählernen Gittertor stand ein Schäferhund und bellte Jack an. Eine braune Ratte schoss durch den Schatten unter der Brücke, und sowohl Jack als auch ein über der alten Römerstraße kreisender Bussard, dessen Handschwingen im Licht der späten Nachmittagssonne wie Finger ausgebreitet waren, sahen ihr hinterher.

Abends beschloss Jack, in die Nacht hinein weiterzugehen. Er tat es nicht nur, um ungesehen zu bleiben, sondern vor allem, um in eine Welt einzutauchen, von der die meisten Menschen gar nicht wussten, dass sie existierte. In der Dämmerung erwachte die Landschaft zu neuem Leben, und Jack fühlte sich in ihr ganz besonders zu Hause, als wären die plattnasigen Dachse in ihren jahrhundertealten Bauten, die entlang der Feldraine jagenden Eulen und ruhig die Strömung hinaufschnellenden Otter seine wahren Verwandten. Wenn er irgendwann sterben sollte, dachte er manchmal, dann in der Nacht. Später dann würde sich der Himmel aufhellen und die Morgensonne aufsteigen, um über seinen Bart und die reglosen grünen Falten seines Mantels zu streichen, aber er wäre bereits nicht mehr da.

Aber so weit war es noch nicht – noch lange nicht. Der Frühling gewann an Kraft, erwärmte die Erde, und irgendwo da vor ihm würde es bald schon Spargel zu stechen geben. Er hatte wahrscheinlich bereits ein Drittel des Weges nach Lodeshill hinter sich gebracht und war bisher nicht angehalten worden. Während er unsichtbar den finsteren Parkplatz einer Travelodge überquerte, erlaubte er sich zum ersten Mal, seit er das Hostel verlassen hatte, den Gedanken, frei zu sein.

Später in dieser Nacht, tief in einem Fichtenwald, stieß Jack auf den Hochsitz eines Jägers und kletterte hinauf, um eine Weile dort oben zu sitzen. Der Wind kam aus Südwesten, und die Äste um ihn herum flüsterten und seufzten. Fern am Horizont wetterleuchtete es stumm, obwohl der Himmel über ihm aufklarte.

Er dachte an den Förster, den er – wann?, vor zwanzig Jahren? – gekannt hatte. Der musste damals so alt gewesen sein wie Jack heute, wortkarg, aber mit einem Gefühl für unberührte Natur, das Jacks glich. Er verstand die Wälder, für die er verantwortlich war, wie niemand, den Jack je getroffen hatte, und wenn er ein Stück Wild erlegte, eine Elster und graue Eichhörnchen fing, dann mit tiefem, absolutem Respekt.

Eines Nachts hatte er Jacks Lager entdeckt und ihn sanft mit der Spitze seines Stiefels geweckt. Doch dann, als er sah, wie vorsichtig Jack in seine Stiefel stieg, ging er still in die Hocke und schob Jacks Hände zur Seite. Keinen Widerspruch duldend, setzte er ihn zu seinen zwei neugierigen Hunden auf die Ladefläche seines Pick-ups, fuhr ihn zu seinem Cottage und versorgte dort eigenhändig seine Blasen.

Eine Woche hatte Jack auf seinem durchgesessenen, nach Hunden riechenden Sofa geschlafen und ihm tagsüber im Wald geholfen. Am Ende bot der Förster Jack an, ihm das Schießen beizubringen, ihn vielleicht anzulernen, damit er bleiben und mit ihm zusammenarbeiten konnte. Es war das eine Mal, seit er auf der Straße lebte, dass Jack sich überlegt hatte, Wurzeln zu schlagen. Es war die Vorstellung, ein Territorium zu haben und so gut zu kennen, wie dieser Mann es kannte: jeden Kaninchenbau, jede Spechthöhle, jedes Eichhörnchennest. Auf diese Weise dort hinzugehören, so klar mit allem zu leben fühlte sich richtig an, wie eine Art Gemeinde. Am Ende aber wusste Jack, dass er weiterziehen musste. Da war etwas, das ihn antrieb, ohne dass er ihm einen Namen hätte geben können.

Jetzt, zurück auf der Erde, bewegte er sich leise in den Wind auf einer kahlen Anhöhe und anschließend in die Deckung einer dichten Fichtenschonung. Nach einer Weile ließ er die Bäume hinter sich und wanderte unter einem unglaublich hellen Sternenzelt weiter über offenes Land. Zum ersten Mal seit London fühlte er sich mit sich und der Welt im Reinen.

Er folgte einer Hecke, die eine Kurve beschrieb, sah einen Umriss auf sich zukommen und blieb reglos stehen. Es war ein Fuchsrüde mit etwas Großem, Dunklem im Maul. Das Tier lief so dicht an Jack vorbei, dass er den Fuchsatem durch das Gefieder pfeifen hörte.

In den frühen Morgenstunden näherte sich Jack einer Farm und weckte einen Collie, dessen Bellen aus dem Zwinger stieß und vom Wellblech der Stallungen zurückgeworfen wurde. Kurz erinnerte Jack der Aufruhr ans Gefängnis.

Er verkroch sich hinter einer Hagedornhecke, bis sich der Hund beruhigt hatte. Dann hob er die zerfaserte orangene Schlinge, die das Eisentor geschlossen hielt, über den rauen Betonpfeiler und zog es auf.

Von Anbeginn an hatte hier schon eine Art Behausung gestanden, seit Jahrhunderten. Jetzt war es eine Ansammlung moderner Farmgebäude, aber unter den Brennnesseln, wo einst der Misthaufen gewesen war, und in dem Stück Erde beim Farmhaus, das noch schwarz vom alten Walnussbaum war, in dessen Schatten sie einst ihre Pferde angebunden hatten, erinnerte sich das Land daran.

Auf dem mondhellen Hof brauchte Jack nicht lange, um zu finden, wonach er suchte: einen Plastikeimer, den er unterm Wasserhahn im Melkstall sorgfältig ausspülte. Er nahm den Rucksack ab und stellte ihn an die Wand, ging dann langsam an den Scheunen vorbei und durch ein weiteres Tor auf die Weide dahinter.

Etliche Kühe hatten sich hingelegt, aber einige standen eng beisammen in der nächstgelegenen Ecke der Weide. Sie stampften auf und zuckten mit den Schwänzen, als er näher kam. Jack redete ruhig auf sie ein, sagte seinen Namen und warum er hier war: *Tadamm, tadamm, ich bins, Jack, euer grüner Mann ...*

Es war wichtig, das erste Tier nicht aufzuscheuchen. Jack legte eine Hand auf seine warme Flanke. Die Kuh blies Luft aus den Nasenlöchern, und ihr Fell zuckte, aber sie duldete ihn. Langsam schob er sich in die Gruppe, bis er von ihren warmen, sich sanft bewegenden Körpern umgeben war. Er schloss die Augen und versuchte auszumachen, welches die ruhigste Kuh war, aber im Dunkeln war es ein Glücksspiel.

Er fuhr einer mit der Hand über die Flanke, die am Rand der Gruppe stand. Sie trat beiseite, behutsam, und erlaubte Jack schließlich, sich ins nasse Gras zu knien und die Wange gegen ihren Leib zu drücken. Im Dunkeln hörte er eher, als dass er sah, wie die Milch aus den Zitzen schoss und schäumte. Er musste dem Geräusch lauschen, das sie machte, um sagen zu können, ob sie in den Eimer oder auf die Erde traf. Während des Melkens blickte er an den schnaubenden Kühen vorbei auf den dunklen Horizont, wo ein helles Iridiumlicht vom langsamen Dahinziehen eines Satelliten zeugte.

Schließlich trug er den Eimer zurück auf den Hof, wo ihn der Collie mit gespitzten Ohren durch sein Gitter beobachtete.

»Hallo«, flüsterte er und schüttete die warme Milch vorsichtig in eine Plastikflasche aus seinem Rucksack. »Ich bins, Jack.« Der Collie sah ihn an. Am Ende nahm Jack den Eimer und hielt ihn dem Hund ans Gitter. Er kam vor, den Bauch tief am Boden, und trank. Jack ließ ihn an seiner Hand riechen, bevor er ging, und hoffte, von ihm willkommen geheißen zu werden, sollte er wieder hier vorbeikommen.

6

*Arum (Aronstab, Lords-and-Ladies, Pfaffenpint) –
Kolbenspross. Eschenblüte. Sonnenschein.*

Kitty setzte sich in die Kirchenbank und faltete die Hände auf dem Schoß. Das Echo der schweren sich hinter ihr schließenden Tür verhallte, und alles schien sich erneut in völlige Ruhe zu hüllen. Ganz still war es allerdings nicht – Kitty konnte draußen Krähen krächzen hören, dazu das ferne Geräusch eines Rasenmähers –, aber die Ruhe hier hatte die klare, lauschende Qualität, die sich, wie sie dachte, sonst nirgends so finden ließ. Sie schloss kurz die Augen. Durch den leicht muffig klammen Geruch des Gemäuers und der Kniepolster roch sie die Blumen, die vor einigen Tagen für den Ostergottesdienst gebracht worden waren und in ihren grünen Oasen zu welken begannen.

Über Jahrhunderte hatten Gebete den Raum um sie gefüllt, umschlossen von kühlen Mauern und hohen Fenstern. Hunderte Jahre Dorfatem von Lodeshills Gläubigen umgaben sie, zu ihrer Zeit alle geliebt, bei ihrem Dahinscheiden betrauert, über einige Generationen erinnert, dann vergessen. Ein in die Rückseite einer Bank gekratzter Name, eine Steinplatte, deren Schrift über die Zeiten unter den Schritten der Kirchgänger verschwunden war.

Sie hatte eigentlich nur einen Zettel draußen ans Brett hängen wollen, war dann aber hereingekommen. Es war der Moment der Stille, sonst nichts. Die Möglichkeit, für ein paar Minuten aus deinem Leben zu treten. Wer sagte noch gleich, dass es Orte gab, an denen Gebete Geltung besaßen? Dies war zweifellos einer von ihnen. Der Pfarrer hatte ihr einmal erzählt, dass die geweißelten Wände früher voller greller Bilder von Himmel und Hölle gewesen waren, um die Menschen dazu zu bringen, ihre Sünden zu beichten, wie sie es vielleicht eines Tages tun würde. Es war heute schwer vorstellbar, auch wenn das grinsende vom Eichenlaub umkränzte Gesicht auf einem der Dachbalken von einer kraftvollen, geheimnisvollen Vergangenheit kündete.

Warum hatten diese Orte Bestand?, fragte sie sich. Welche Macht besaßen sie noch über die Menschen? Die uralte Angst vor Verdammnis gab es nicht mehr. Die Billigung der örtlichen Gemeinde zählte kaum noch etwas. Und was war das überhaupt, die Gemeinde? Die schwächelnden Kirchgänger, der Pfarrgemeinderat, die Clique der ewigen Stammgäste im Green Man? Nach einem Jahr kannte sie immer noch erst wenige Leute in Lodeshill näher, wobei das Gefühl blieb, dass es einen Kern, ein Dorfleben gab, zu dem sie als Außenseiterin keinen Zugang hatte. Wo der liegen mochte, wenn nicht in der Kirche, war ihr ein Rätsel. Trotzdem.

Die Tür hinter ihr ächzte, schlug zu, Staubpartikel tanzten im

Luftzug. »Oh, Katherine, hallo«, rief der Pfarrer in kaum ehrfurchtsvollem Ton. Nun, das hier war sein Arbeitsplatz, dachte sie, den konnte er nicht immer als eine Art Monument betrachten. »Ein Moment mit Gott?«

»Etwas in der Art«, antwortete sie und erhob sich. »Ich habe nur einen Zettel ans Brett gehängt«, sagte sie. »Meine Freundin Claire – sie ist Malerin. Sie hat eine Ausstellung in Connorville. Ist das in Ordnung?«

»Natürlich, natürlich. Und wie geht es Ihrer Malerei? Das Wetter war so schön, ideal für Sie, würde ich denken.«

»Oh – ja.«

»Sie werden sicher auch bald ausstellen. Sie müssen uns mal einen Blick vorab gestatten.«

»Oh, ich weiß nicht«, sagte Kitty. Tatsächlich war es so, dass sie nicht wirklich weiterkam. All die Jahre, die sie davon geträumt hatte, aufs Land zu ziehen, all die Jahre mit Stillleben, Malunterricht und Tagesausflügen an idyllische Orte. Jetzt hatte sie das alles vor der Haustür, aber die Landschaften, die sie malte, hatten nichts von den strahlenden Visionen, die sie so lange im Kopf mit sich herumgetragen hatte. Ihrem Gefühl nach waren sie technisch annehmbar, aber es fehlte etwas, etwas, auf das sie nicht den Finger legen, das sie nicht erklären konnte. Wenn sie darüber nachdachte, was sie oft tat, kam ihr, was wenig hilfreich war, immer wieder das Wort »Immanenz« in den Sinn. Aber es war nichts Religiöses, was ihren Bildern fehlte, das ganz sicher nicht.

Am Nachmittag nahm sie ihre Kamera und ging auf Motivsuche. Es sollte nichts zu Offensichtliches sein, aber doch schön. Sie wollte, dass es ihre Gefühle für die Gegend hier ausdrückte, irgendwie, dass es zeigte, wie es wirklich war.

Wie hatte sie sich in all der Zeit in Finchley nach grünen Orten gesehnt. Nach etwas Altem, Beständigem, nach Wäldern und Feldern, in denen die Vergangenheit lebte, Orten, an denen man sich die früheren Generationen vorstellen und sich gleichzeitig mit dem Jetzt verbunden fühlen konnte. Als Chris und Jenny noch klein gewesen waren, hatte sie auf Ferien im Lake District oder in Cornwall bestanden, draußen in der Natur, hatte eine Weite in sich gespürt, hatte gefühlt, wie sich etwas in ihr beruhigte – wenn auch nur kurz. Als die Kinder älter wurden, war es nicht mehr so einfach gewesen. Sie hatten in die Sonne gewollt, wie ihre Freunde, und Howard hatte ihnen nur zu gerne zugestimmt. Also ging es nach Italien, Marokko und auch mal in den Skiurlaub. Währenddessen hängte sie die Wände im Haus voller Landschaftsbilder, Aquarelle, Radierungen, Drucke, egal. Aber als die Kinder dann erwachsen waren, hatte der lange Kreuzzug für die Flucht aus London begonnen.

Kitty fuhr nach Babb Hill und stellte den Wagen auf dem in einem alten Steinbruch angelegten kleinen Parkplatz ab. Der Weg zum Gipfel war wochenends voller Spaziergänger, und morgens gab es Jogger und Leute, die ihre Hunde ausführten, an einem Donnerstagnachmittag jedoch standen kaum andere Autos hier. Sie hängte sich die Kamera über die Schulter, verschloss den Wagen und machte sich auf den Weg.

Der Pfad war breit und lag so gut wie ganz im Schatten der Bäume, die die Flanken des Berges bedeckten. Die Buchen standen fast voll im Laub, aber die Eschenblätter saßen noch in ihren schwarzen Knospen und ließen reichlich Licht durch. Hier und da gab es Ansammlungen von Hasenglöckchen, die, wo die Sonne auf sie traf, geradezu ultraviolett strahlten. Aber Kitty hatte schon Hasenglöckchen gemalt und ging weiter.

Abgesehen von einem Fernsehmasten, einer Vermessungssäule und einem Toposkop war der gewellte Gipfelrücken des Berges kahl. Die uralte Festung bestand aus nicht mehr als zwei Buckeln, zwischen denen ein Pfad hindurchführte. Der Ausblick war atemberaubend. An klaren Tagen wie heute konnte man leicht glauben, dass von hier oben neun Countys zu sehen waren. Kitty stellte die Entfernung der Kamera auf »unendlich« und machte ein paar Fotos, aber sie wusste bereits, was sie da aufnahm, war gleichzeitig zu weit entfernt und irgendwie zu allgemein.

Der Aufstieg hatte sie erschöpft, aber sie wollte den Tag nicht vergeuden, und so holte sie, als sie zurück zum Auto kam, eine genaue Karte der Gegend aus dem Handschuhfach und breitete sie auf der Haube aus. Direkt nördlich von Babb Hill gab es ein kleines Dorf, dessen Namen sie bereits von Schildern kannte, das sie aber noch nicht erkundet hatte. Sie beschloss, hinzufahren und es sich anzusehen.

Wie sich herausstellte, war es größer als Lodeshill, mit einer denkmalgeschützten Kirche und ein paar schönen alten Armenhäusern. Sie parkte neben dem Kriegerdenkmal und ging nach Norden aus dem Dorf auf die Felder hinaus, wo wohlgenährte Lämmer ihre Mütter mit den Köpfen traktierten. Die Kamera schlug ihr gegen die Hüfte. Obwohl es immer noch warm war, begann sich der Nachmittag seinem Ende zuzuneigen: Ihr Schatten wanderte lang an ihrer Seite mit, und die Hecken links und rechts füllten sich mit Vögeln.

Vor Jahren, noch vor Jennys Geburt, hatte sie einen Fotokurs belegt. Gemeinsam hatten sie Ausflüge unternommen, die dazu dienten, ihren Blick zu schärfen, Dinge zu entdecken, die ihnen etwas sagten, und sie auf eine Weise aufzunehmen, die anderen gefallen mochte.

»Darum geht es in der Kunst«, hatte der Lehrer ihnen erklärt. »Die Philosophie sagt, man kann nicht zweifelsfrei wissen, dass es tatsächlich andere Menschen gibt. Die Kunst widerlegt sie.«

Kitty hatte das nicht wirklich verstanden, und es war ein anderer Kursteilnehmer, der es ihr Wochen später erklärte. Sie waren in einem Hotel, seine Hand lag warm auf ihrer Brust, das klamme Laken hatte sich verdreht um sie gewickelt.

»Ich wünschte, ich könnte das jetzt einfangen«, sagte er und sah sie an.

Sie lachte. »Du könntest ein Foto machen.«

»Nein, mehr. Ich meine, wie du bist, wie ich mich fühle. Das Licht. Alles. Das ist Kunst, oder? Und Literatur und so weiter. Die Art, ein Stück Wirklichkeit einzufangen und jemand anderem zu übermitteln, vielleicht Jahre später.«

»Willst du, dass die Leute von uns erfahren?«

»Nein, ich meine ... das jetzt, das ist wirklich, ja? *Wir. Dieser Moment.* Aber bald schon ist er wieder vorbei. Vergangen. Als hätte es ihn nie gegeben.«

Kitty hatte die Hand nach ihm ausgestreckt, und sie hatten noch einmal miteinander geschlafen, später dann war sie zurück nach Hause gefahren, nach Finchley, zu Howard. Aber seitdem spürte sie es manchmal, wenn sie sich Gemälde ansah, und hin und wieder auch, wenn sie ein Gedicht las: den Schauder, die Magie eines anderen Bewusstseins, das sich ihr offenbarte. *Ich habe existiert, ich habe das gefühlt, gedacht: Auch du kannst es fühlen.*

Nicht dass sie dachte, sie könnte es richtigen Künstlern gleichtun, natürlich nicht. Aber sie konnte es versuchen. Jeder konnte das. Jeder hatte die Chance, etwas Bleibendes zu hinterlassen. Sie klemmte sich die Kamera sicher unter den Arm und drängte sich ungelenk durch die Hecke zu ihrer Linken. Hinter ihr verlief ein breiter Graben mit öligem orangefarbenem Wasser. Froh, dass sie ihre Wanderschuhe anhatte, machte sie einen großen Schritt auf den gepflügten Acker dahinter und verzog dabei leicht das Gesicht, weil es eine ziemliche Anstrengung war.

In der Mitte des Ackers stand eine einzelne Eiche, die Krone kahl, die unteren Äste voller junger bronzefarbener Blätter. In ein paar Wochen würde sie perfekt sein, dachte Kitty, ikonenhaft, aber auch wehmütig, die tote Krone, knochenweiß, in perfektem Kontrast zur sattbraunen Erde. Sie ging in ein paar Reifenspuren auf sie zu und blieb immer wieder stehen, um ein Foto zu machen, wobei sie sich an die Drittel-Regel zu halten versuchte. Sie spürte bereits, wie das Bild, das sie womöglich malen würde, in ihr Gestalt annahm.

Es geschah, als sie zurück über den Entwässerungsgraben bei der Straße wollte. Ihr wurde kurz schwindelig, als schwebte sie, dann schienen ihr die Beine den Dienst versagen zu wollen, und unversehens saß sie halb im Graben, die Schuhe tief im Matsch und die Hände und Hosenbeine voll mit öligem Schmier.

Schon wieder, dachte sie, und ein Angstschauer hob ihr die Kehle. Das letzte Mal war es im Schlafzimmer passiert, als sie sich das Haar geföhnt hatte. Ihr Blick war verschwommen, und eine plötzliche Schwäche im Arm hatte sie den Föhn weglegen lassen.

Ganz still und mit geschlossenen Augen saß sie eine Weile am Rand des Grabens und atmete tief durch. Schließlich tastete sie mit einer zitternden Hand nach der Kamera, doch sie war nirgends zu finden.

7

Gundermann, Portulak. Voll belaubte Buchen.
Erste Blüten der Hainbuchenhecke.

Bei Sonnenaufgang ging Jack den überwucherten Weg hinter dem Garten eines Altersheims entlang. Wie eine Handlinie ins Land gefurcht, war er unendlich alt und seine Stille die gesammelte Stille der Geschichte. Brennnesseln, Wiesenkerbel und das tote Laub der Bäume, die ein Dach über ihm formten, verbargen die jahrhundertealten Wagenspuren. Säulen tanzender kleiner Mücken standen in der unbewegten Luft. Ein Teil des Weges bildete die Grenze zwischen Dachsrevieren, und in regelmäßigen Abständen fanden sich ihre Latrinen, aufgerissene, nackte, nach Exkrementen stinkende Erde. Jack grinste zustimmend, als er an einer vorbeikam, und schlug sich eine langbeinige schwarze Fliege von der Wange.

An seinen letzten beiden Schlafstellen hatte er die Unruhe

einer großen Stadt nicht zu weit vor sich gespürt, wie eine statische Aufladung hatte sie seine Träume erfüllt. Er wollte nicht durch ihre Viertel und Einkaufsstraßen laufen, keine Kreisverkehre umrunden, Wohn- oder Gewerbegebiete durchqueren. Es war eine neue Stadt, mehr noch eine Wunde als eine Narbe, und Jack wusste, dass sie nichts für ihn bereithielt – nichts, das nicht etwas kosten würde. So beschloss er denn, einen großen Bogen um sie zu machen, was wahrscheinlich auch sicherer war.

In Berkshire hatte es sich angefühlt, als hätten sie auf ihn gewartet. Warum? Was nützte es irgendwem, ihn einzusperren? Wem schadete es, ihn in Ruhe zu lassen? Während er über den alten Weg ging, hatte er sich vorgestellt, wie er einmal ausgesehen haben mochte, die Bäume jedes Jahr, noch Wochen nachdem die Wagen von den Feldern zurückgekommen waren, voller Heubüschel. Zwischen zwei Farmen führte der Geist des alten Weges durch ein Haselnussgehölz, das in ein paar Minuten zu durchqueren gewesen wäre, hätte man ihn in Ruhe gelassen.

Wie konnte ein Wald überhaupt jemandem gehören? Was bedeutete das eigentlich? Aber schon hatte er eine Vorschrift verletzt. »Du hast es dir versaut, Kumpel«, sagte der Beamte und stieß ihn unsanft in den wartenden Wagen. »Wir haben dich gewarnt.« Aber dieser Mann war nicht Jacks Kumpel, im Gegenteil, es lag Hass in seinem Blick, und das war nach dreißig Jahren auf der Straße neu. »Scheißobdachlose«, rief der Kerl dem anderen Bullen über das Dach des Vans zu. »Ich kann diese Typen nicht ausstehen.«

Im Gefängnis hatten sie ihm seine Notizbücher abgenommen, und das war fast das Schlimmste. So konnte er, erst als er wieder draußen war, alles aufschreiben. Es war mit das Wichtigste, was er tun wollte, als er ins Hostel kam, aber mittlerweile verwischte die Erinnerung an das, was genau geschehen war. Entweder das, oder sein Kopf hatte nicht mehr zurückgewollt.

Wo sind die Schlüsselblumen, die einmal den Boden dieses Waldes bedeckt haben?, hatte er am Ende geschrieben. *Warum schlägst du nicht das Unterholz, wenn du sagst, er gehört dir? Du denkst, es ist egal, es ist einfach nur ein Wald. Du denkst, alles bleibt immer gleich. Du denkst, dass du über die Erde herrschst und kein Teil von allem bist. Wie in jenem Buch. Aber ohne Licht wachsen die Schlüsselblumen nicht. Ist es der Frühling, vor dem du Angst hast, oder etwas anderes? Das Leben findet einen Weg, nur nicht, wie du denkst. Ich bin immer noch hier.*

Schon beim Schreiben war ihm bewusst gewesen, dass das keinen Sinn ergab. Aber es ging ihm auch nicht gut: London brachte ihn durcheinander.

Heute ging es ihm viel besser.

Nach einem knappen Kilometer flammte links von Jack gelber Raps auf, und Sonnenstrahlen stachen hier und da ins dunkle Grün des Weges. Eine Weile lief ein Rest einer gebückten Hecke daran entlang, die so alt war, dass sie nur mehr aus Bäumen mit seltsam schrägen Stämmen bestand. Als er die Hand auf einen von ihnen legte, sah er die Männer, die diese Hecke vor zweihundert Jahren angelegt hatten: die gekrümmten Hippen, wie sie in der blassen Wintersonne glänzten, die schwere Erde an ihren Stiefeln, die Hände weiß vor Kälte. Er sah die brutalen Wunden in den jungen, fast durchtrennten Stämmen, zur Seite gedrückt, gebückt und von Pfählen gehalten, die in den unwilligen Boden getrieben wurden. Das Geschick und den Stolz über die ordentliche Verflechtung. Später, als der Frühling kam, platzten grüne Knospen aus den zerschlagenen Stämmen, die

Hecke füllte sich, eine lebendige Einfriedung aus Dornen. Jahre nützlichen Daseins, dann wurde sie einen Winter nicht beschnitten. Zwei. Am Ende dünnte sie unten aus, Öffnungen bildeten sich, Zweige und Äste entwirrten sich, die Bäume wuchsen in die Höhe und nahmen getrennte Leben auf.

Der Weg war schwer zu begehen, und Jack stieg die Böschung hinauf auf das sonnenbeschienene Feld darüber. Ein Zauntritt am anderen Ende brachte ihn auf einen grob angelegten Feldweg. Rechts und links wuchs Riesen-Bärenklau, dessen purpurn gefleckte Stängel unten obszön viril wirkten. In ihnen gefangen leuchtete etwas Rot-Weißes, das Papier eines Schokoriegels, das ein achtloser Wanderer weggeworfen hatte oder das aus einer der Mülltonnen vom nicht weit entfernten Schulgelände hergeweht worden war. Jack sammelte es ein. Es roch fast sinnesbetäubend nach Zucker, und er steckte es zu ein paar anderen Abfällen, die er unterwegs eingesammelt hatte, in seinen Rucksack.

Je näher er Lodeshill und seinen Farmen kam, desto öfter dachte er an Culverkeys. Zweimal hatte er dort gearbeitet, jeweils nur ein paar Wochen – wobei er, als er das zweite Mal hingekommen war, kaum glauben konnte, dass es noch derselbe Ort war. Die Küche, mehr bekam er vom Haus nicht zu sehen, sie war verschmutzt, Philip Harland bleich und unrasiert. Er hatte sich nicht zu fragen getraut, was mit der Frau und den Kindern geschehen war. Zweifellos trank Philip, auch wenn er es weitgehend unter Kontrolle zu haben schien. Bis zum letzten Tag, als Jack weitermusste, hatte er kaum mehr als das Notwendige gesagt, doch das hatte Jack nicht gestört.

Beim ersten Mal war es völlig anders gewesen. Die Harlands hatten drei Kinder, wenn er sich recht erinnerte: zwei Jungen im Teenageralter, einer groß und ruhig, der andere lebendiger, und ein kleines Mädchen. Obwohl er nicht viel mit der Familie zusammenkam, hatte ihn etwas am älteren der beiden Jungen gestört, vielleicht das Gefühl, dass er sein eigentliches Ich verborgen hielt, unerreichbar – so wie auch er in dem Alter gewesen sein musste, bevor er seinen Weg gefunden hatte. Er hatte sich gefragt, wie eins der Kinder so unnatürlich sein konnte im Gegensatz zu den anderen, und als er zum zweiten Mal nach Culverkeys gekommen war und sah, wie sich alles verändert hatte, da war er in gewisser Weise froh, dass der Junge und die beiden anderen Kinder jetzt woanders waren.

Jack setzte seinen Weg fort und dachte an die anderen Farmen um Lodeshill, auf denen er Arbeit finden mochte, und nach einer Weile kam ihm ungewollt eine Melodie in den Kopf, erfüllte ihn mit einer unbestreitbaren Autorität und trieb die Vergangenheit aus seinen Gedanken. Wo kam sie her? Sie hatte das Einfache, Beschwingte eines Kinderliedes, ohne dass er hätte sagen können, welches es war. Aber dann, nach ein paar Takten, wusste er es: »Uncle Tom Cobley«, und er lächelte und spürte, wie sich, während sein Pfeifen lauter wurde, die Melodie in seinem Gefolge entfaltete. Und dann: »Es ist ein Band«, sagte er laut in einem plötzlichen West-Country-Ton, »ein großes grünes Band!«

Er pfiff etwas leiser, schloss für ein paar Schritte die Augen und spürte, wie die Brennnesseln über seine Stiefel strichen und saftig unter ihnen zertreten wurden. Kurz taten ihm ihre verletzten Blätter leid, aber er wusste, dass es sich ausglich: Seine Wanderung querfeldein wirbelte Samen und Sporen hinter ihm auf, und alles wurde besser, weil er dort durchkam.

Irgendwann mündete der grüne Weg in eine kleinere Landstraße, aber lange vorher schon blieb Jack stehen und dachte voraus. Er spürte die stillen Grenzgebiete der Stadt, die ungenutzten Wege vorbei am Zentrum, die ihm Sicherheit geben würden. Die Straße überquerte er im Schatten von Bäumen, er war nicht mehr als ein Flimmern am äußeren Rand der Windschutzscheibe eines vorbeikommenden Autos, das vor der Kurve herunterschaltete. Im Rückspiegel: nichts. Er war bereits in den sonnengefleckten Bäumen auf der anderen Seite aufgegangen.

8

*Schöllkraut, Kuckucksblume,
Scharfer Hahnenfuß.*

Jamie schlief schlecht, wachte am Freitagmorgen auf und hatte geträumt, er wäre im Garten hinter dem Haus seines Großvaters gewesen, nur dass es auch der Ocket Wood war und der alte Mann wollte, dass er alle Bäume fällte. Er hatte weder eine Axt noch eine Säge und versuchte, das zu erklären, aber sein Großvater wurde immer wütender und drängte weiter, er solle die Bäume fällen. Am Ende drehte sich der alte Mann zu ihm hin, das vertraute Gesicht wutverzerrt, und fauchte ihn an: »Du warst noch nie zu was zu gebrauchen.«

»Du siehst schrecklich aus«, sagte seine Mum, als er in Trainingshose und T-Shirt nach unten kam. »Ich hoffe, du hast dir nicht irgendwas eingefangen.«

»Danke«, gähnte Jamie. »Haben wir Brot?«

»Im Brotkasten. Was ist los, geht es dir nicht gut?«

Als er noch ganz klein gewesen war, hatte er bei einer Halsentzündung fürchterliches Fieber bekommen und fast in die Notaufnahme gemusst. Woran er sich noch erinnerte, war die Ungeduld seiner Mum und dass sein Dad zu Hause geblieben war, um ihm beizustehen, bis die Bananen-Medizin Wirkung zeigte. Jetzt, als Erwachsener, sah Jamie, dass seine Mum nicht anders konnte und es keinen Sinn hatte, sich darüber aufzuregen. Es half niemandem.

»Es geht mir gut, Mum«, versicherte er ihr. »Ich habe nur schlecht geschlafen.«

»Warum, arbeitest du nicht schwer genug?«

»Doch, doch«, sagte er und wandte sich ab. Ihr Haar hing in Strähnen herunter, und sie war noch nicht angezogen. Ihre losen Brüste und der Bauch drückten von innen gegen ihr rosa Pyjamaoberteil mit dem fröhlichen Cartoon.

»Ich bekomme heute mein Geld«, sagte er, und er sagte es mit bewusst positiver Stimme.

»Das ist gut, da kannst du mir etwas Haushaltsgeld geben.«

»Okay. Und ich dachte, es wäre gut, wenn ich Granddad vor der Arbeit besuche.«

»Ich habe ein paar Mahlzeiten für ihn, die du ihm bringen kannst. Und kauf ihm auf dem Weg auch seine Zeitung, ja?« Sie band ihren Morgenmantel zu und schlurfte davon. Die Pantoffeln wischten übers Linoleum.

»Kein Problem, Mum. Muss vorher aber noch was am Auto machen.«

Es hatte keinen Sinn, erst zu duschen, und so zog Jamie, nachdem er seinen Toast gegessen hatte, seine Turnschuhe an, ging nach vorn auf die Zufahrt und zog die Plane von seinem Corsa.

Ein Rotkehlchen sang in den Forsythien, als er die Haube des Autos öffnete und sich an die Arbeit machte.

Jamies Großvater war direkt nach dem Ersten Weltkrieg in Lodeshill auf die Welt gekommen, als ältester Sohn eines Infanteristen, der 1917 beim Pas-de-Calais ein Auge und sein Gehör an eine Stielhandgranate verloren hatte. Heute wohnte er in einer rauverputzten Nachkriegs-Doppelhaushälfte in Ardleton, auf die seine Frau sehr stolz gewesen war. Jamies Mutter und seine drei Onkel waren da aufgewachsen.

Ardleton war einmal eine blühende Marktgemeinde gewesen, doch in den 1960ern war nebenan das neue Connorville herangewachsen und hatte sich alles rundum mit einverleibt. Die Straßenschilder waren abgenommen und erneuert worden, und sogar der Fußballclub hatte seinen Namen geändert. Mittlerweile waren Ardletons Straßen nur mehr ein Teil von Connorville, auch wenn Connorville nicht mal eine richtige Stadt war, wie der alte Mann immer wieder sagte. Letzten Endes war es nicht mehr als eine Ansammlung von Einkaufszentren und Kreisverkehren.

Seit zwanzig Jahren war das jetzt so, aber für Jamies Großvater behielten die alten Orientierungspunkte ihre Geltung, und nach ihnen richtete er sich: dem Viehmarkt, der hübschen Bibliothek aus edwardischer Zeit, die heute ein Jobcenter beherbergte, dem heruntergekommenen Gelände einer einst florierenden Gießerei und den alten Fischteichen des Klosters, die längst verschlickt waren. Als Kind hatte er Brassen darin gefangen, wahrscheinlich Nachkommen der Fische von den Mönchen – zumindest hatte er es seinem Enkel so erzählt, und das mehr als einmal. Es gab niemanden mehr, der ihm hätte widersprechen können.

»Hast du die *Post* mitgebracht?«, fragte er jetzt, als er die Tür öffnete.

»Die habe ich vergessen. Entschuldige. Aber ich habe dir Essen mitgebracht, Rindfleischeintopf und überbackene Thunfisch-Pasta.« Jamie ging in die Küche und stellte die Tupperware-Dosen in den Kühlschrank. Der alte Mann ließ sich vorne im Wohnzimmer zurück in seinen Sessel sinken.

»Die verdammte Kocherei«, murmelte er. »Sie denkt, ich kann nicht mehr für mich sorgen.«

Jamie kam herein. Sein Großvater versuchte, in einem kleinen batteriegespeisten Radio einen Sender reinzubekommen, und drehte es gereizt in den Händen voller Leberflecken hin und her.

»Hast du was gesetzt, Granddad?«

»Noch nicht. Drei Uhr, Kempton Park.«

»Ich könnte es auf meinem Telefon nachsehen, wenn du magst.«

»Auf dem Telefon, Junge? Das reicht mir nicht.«

Jamie seufzte. »Ich geh schnell und hol dir die *Post*. Dauert nur eine Sekunde. Willst du sonst noch was?«

»Nimm dir einen Apfel vom Tisch in der Diele. Und trödle nicht lange herum.«

Das Land mit der Straße seines Großvaters war vor dem Zweiten Weltkrieg mal ein Obstgarten gewesen, und die Wäscheleine hinten ging vom Haus zu einem wilden Worcester-Pearmain-Baum, der aus Fallobst gewachsen war, nachdem man die Bäume selbst niedergemacht hatte. Jeden Herbst lagerte der alte Mann die Äpfel sorgfältig in Zeitung eingeschlagen im Schuppen ein, wo sie den Winter über an Süße gewannen und die Luft mit ihrem Duft erfüllten. Er hatte immer auch ein paar Kisten ans Tor gestellt, aber es kam kaum vor, dass jemand einen der Äpfel mitnahm – zumindest konnte sich Jamie nicht daran erinnern. Er sah auf den Dielentisch, doch da lag kein Apfel. Sie hatten April, fast Mai, viel zu spät im Jahr.

»Hat dich dein Großvater geschickt?«, fragte der Mann im Laden.

Jamie nickte.

»Wie geht es ihm?«

»Okay«, sagte Jamie und fischte in seiner Tasche nach ein paar Münzen. »Bisschen brummig heute.«

»Also alles wie immer.«

Aber nein, das war es nicht. Jamie hatte immer gerne Zeit mit seinem Großvater verbracht und schon mit sieben oder acht angefangen, mit dem Fahrrad zu ihm nach Ardleton zu fahren. Er sah den alten Mann sogar noch öfter als seine Mum, was ihm nie wirklich aufgefallen war, bis Alex es ihm eines Tages gesagt hatte. »Fährt sie eigentlich nie zu ihm nach Hause?«, hatte er gefragt, und erst da war Jamie bewusst geworden, dass sein Großvater zwar oft sonntags zum Essen zu ihnen kam, ihn aber für gewöhnlich nur er und sein Dad zu Hause besuchten.

Er war sich nie sicher gewesen, warum er so viel Zeit dort verbrachte. Es war nicht so, dass sie nie stritten, denn das taten sie – zum Beispiel, wenn Villa gegen City spielte. Aber es änderte nichts, und beim nächsten Besuch war alles wieder wie vorher. Es half, dass sein Großvater offen sagte, was er meinte: Er sprach aus, was er dachte, und man musste nicht erst herauszufinden versuchen, was er wirklich wollte, musste sich keine Sorgen machen, dass sich die Dinge anders verhielten, als es den Anschein hatte.

Aber während des letzten Jahres hatte sich der alte Mann mehr und mehr in sich gekehrt. Oft war er gereizt, und manchmal antwortete er nicht, wenn Jamie etwas sagte, sondern saß mit den Händen auf den Knien da, den Blick starr zum Fenster gerichtet. Es war, als lauschte er etwas anderem, etwas, das Jamie nicht hören konnte.

»Wird er langsam senil?«, hatte er seine Mum vor ein paar Wochen gefragt.

»Red keinen Unsinn«, hatte sie geantwortet.

»Er kommt mir anders vor.«

»Er ist dreiundneunzig«, sagte seine Mutter, und es stimmte, er war weit älter als die Großeltern von irgendeinem seiner Freunde. Trotzdem ging er noch jeden Tag zum Laden an der Ecke und hielt sein Haus in Ordnung. Aber etwas veränderte sich, und Jamie konnte es fühlen.

Einmal, vor Jahren, hatte seine Mutter ihm von den Albträumen erzählt, die der Großvater gehabt hatte, als sie noch ein kleines Mädchen war. »Geschrien und gebrüllt hat er, manchmal jede Nacht«, hatte sie gesagt. Es war verstörend für Jamie, allein schon der Gedanke. »Am nächsten Tag hat er es natürlich nie zugegeben. Es war so, als wäre es nicht passiert.«

»Aber warum?«

»Zu stolz. Er wollte nicht, dass es einer wusste.«

»Nein, ich meine ... warum die Albträume?«, fragte er.

»Der Krieg, Jamie«, sagte sie, verschränkte die Arme vor der Brust und sah ihn an. Er nickte, wusste aber nicht wirklich zu sagen, was sie meinte, wobei er das Gefühl hatte, es wissen zu sollen – aber das eine Mal, als er seinen Großvater gebeten hatte, ihm seine Orden zu zeigen, hatte der ihm gesagt, er wisse nicht, wo sie seien. Am Ende war es Harry Maddock, der Jäger, der Jamie von den Kriegsgefangenenlagern erzählte und ihm erklärte, welches Glück James Hirons gehabt habe, lebend aus

Singapur zurückgekommen zu sein. Er hatte seinem Land als Codierer in der Navy gedient und war fern der Heimat in Gefangenschaft geraten.

Jamie half Mr Maddock hin und wieder aus, und Harry ließ ihn manchmal den Kombi fahren, was wahrscheinlich der Auslöser für Jamies Autoliebe war. Er erinnerte sich noch an die Drohungen des Jägers, bloß nicht die Felder platt zu treten, erinnerte sich auch noch an den Blutgeruch in der Nachtluft von den steif werdenden Kaninchen, die im Käfig hinten im Kofferraum lagen. Der Geruch hatte sich mit dem verbunden, was seinem Großvater passiert war, dieser geheimnisvollen Sache, die ihn unsichtbar brandmarkte und die Jamie, der glückliche, sanfte Junge mit seinem Job drinnen und seinen Computerspielen, niemals verstehen würde. Er fragte sich allerdings, woher Harry das alles wusste und warum er nicht und ob ihm sein Großvater wohl je davon erzählen würde.

Zurück im Haus, legte er seinem Großvater die Zeitung auf den Schoß und setzte sich in den zweiten Sessel. Der alte Mann blätterte lustlos durch die ersten Seiten und studierte die Kleinanzeigen hinten.

»Ich sehe, dass Culverkeys verkauft wird.«

»Hast du die Anzeige gelesen?«

»Da wird einer einen guten Schnitt machen. Das ist nicht recht, sage ich.«

Sein Großvater war sein verheiratetes Leben lang in einer Firma für Haushaltsgeräte beschäftigt gewesen, erst am Band, dann im Büro, vor dem Krieg aber hatte er auf dem Land gearbeitet. Er hatte Jamie mal ein altes Schwarz-Weiß-Foto gezeigt, auf dem sich zwei riesige Pferde, Suffolk Punches, auf die Kamera zubewegten und der Einscharpflug von einem Jungen nicht älter als vierzehn geführt wurde. »Erkennst du das Feld?«, hatte er gefragt und auf das Foto geklopft. Eine mächtige Eiche war hinter dem Pflug zu erkennen. »Das ist The Batch, auf Culverkeys. Da habe ich zu pflügen gelernt, mit meinem alten Herrn. Hab immer gedacht, ich würde da auch wieder anfangen, weißt du, nach dem Krieg. Aber da war die Welt eine andere. Frauen machten Männerarbeit, und überall gab es Traktoren. Und ich musste die TB loswerden.«

»Du glaubst also, sie machen Culverkeys zu Bauland?«, fragte Jamie seinen Großvater.

»Bauen drauf, buddeln drin rum. Die Landwirtschaft bringt kein Geld mehr.«

»Hat er sich deshalb umgebracht? Mr Harland? Weil es nicht mehr gereicht hat?«

»Wer weiß, Junge. Wer weiß. Aber ich hab mal den Verkauf einer Farm miterlebt, da war ich noch ein junger Bursche. Es war so schrecklich für den Mann, sein Land zu verlieren, was für eine Schande. Und Philip war, nachdem ihn seine Frau verlassen hat, nicht mehr derselbe, zumindest habe ich es so gehört. Es hat mich überrascht, wie lange er noch weitergemacht hat. Kann nicht einfach gewesen sein, nur mit angeheuerten Leuten. Und sie sagen, sie hat immer die Bücher geführt.«

»Vielleicht hat er gedacht, sie kommt zurück.«

»Vielleicht. Aber ich sage dir was, Junge: Die Farm gibt es schon ewig. Die Harlands sind eine der ältesten Familien hier. Du findest sie auf dem Friedhof, Dutzende von ihnen. Und natürlich auch auf dem Kriegerdenkmal. Deshalb hat mich das mit dem Krematorium so überrascht. Sie hätten ihn bei der Kirche begraben sollen, wo er getauft worden ist. Gott vergibt alles, wie sie sagen.«

»Die Farm fällt jetzt an Alex' Mum, oder? An seine Frau?«

»Das bezweifle ich. Sie ist keine Harland mehr, nicht wenn sie geschieden wurden. Aber das werden wir sehen. Wir werden sehen, was die verdammten Anwälte anrichten, was?«

»Ich muss jetzt gehen, Granddad«, sagte Jamie. »Bis nächste Woche.«

»Nimm einen Apfel mit!«, rief der alte Mann, als die Tür zuschlug.

Abends, als er von der Schicht zurückkam, schlüpfte Jamie in seine Jacke und verließ das Haus. »Ich geh ein schnelles Bier trinken«, rief er aus dem Flur. Sein Vater, der mit seiner Mum fernsah, hob grüßend die Hand. Aber statt den Hill View zum Green Man hinaufzugehen, zwängte sich Jamie durch die zugewucherte Lücke in der Hecke am Ende der Sackgasse. Es war das erste Mal, seit Alex nicht mehr da war, dass er einen Fuß auf Culverkeys-Land setzte.

Jamie konnte sich noch an die Zeit erinnern, als das Feld, auf dem er stand, zweigeteilt gewesen war, in Hope's Piece und Lower Hope, beide stillgelegt und nicht gemäht. Im Juni war das Gras brusthoch gewachsen, wobei er damals natürlich kleiner gewesen war, wilder Majoran und Pyramiden-Hundswurz färbten es purpurn, und überall waren Schmetterlinge. Stillgelegt war hier nichts mehr, und als er den Blick über das große Feld gleiten ließ, war nicht zu erkennen, wo die alte Hecke verlaufen war.

Am Ende des Feldes stand ein Wäldchen, vor Generationen als Versteck für Füchse angepflanzt und um das Land für die Jagd zu verbessern. Nicht lange bevor Alex gegangen war, hatten die beiden dort das Nest eines Habichtpärchens entdeckt.

Jamie hatte Alex schwören lassen, die Kleinen zu beschützen, und als sie geschlüpft waren, hatten die beiden sich dabei abgewechselt, das Nest mit einem schweren alten Feldstecher zu überwachen, den Alex im Farmhaus gefunden hatte. Es war ihr Geheimnis gewesen, das letzte, das sie je teilen sollten, und Jamie versuchte seitdem, nicht mehr daran zu denken.

Er fragte sich, wann hier das letzte Mal jemand durchgekommen war. Als Alex nicht mehr da war, war ihm die Farm wie verbotenes Territorium vorgekommen. Mr Harland hatte ihn vertrieben und seine Angst. Aber jetzt hier zu stehen, rief alles wieder wach – die Welt seiner Kindheit, das grasbewachsene Hochland und die schattigen Dickichte. Er hatte das alles verloren geglaubt, aber es war natürlich die ganze Zeit da gewesen.

Die Luft kühlte ab, die Sterne leuchteten hell vom Himmel, und Jamie ging los, mit hochgezogenen Schultern, die Fäuste in die Taschen gerammt. Weit rechts konnte er gerade so das Farmhaus ausmachen, in die schwarze Masse der übrigen Gebäude gekauert, und dahinter Great Reave und Five Acres, wo bis vor wenigen Wochen noch die Färsen geweidet hatten.

Langsam überquerte er die sanft ansteigende Flanke des Feldes, auf dem ein silbriges Rund Zeugnis vom nassen Winter gab, den sie gehabt hatten. Es war die letzte Stelle der Farm, an der sich noch Schnee hielt, ein Stück Weiß, lange nachdem es auf den anderen Feldern zu warm wurde. Er fragte sich, ob die neuen Besitzer das wissen würden und ob es sie interessierte. Ob die Felder überhaupt Felder bleiben würden.

9

Nelkenwurzen, Wildhanf, Hasenglöckchen, Wicken.
Otterfährten am Fluss.

Es war nicht das erste Mal, dass Jack von Vögeln bedeckt aufwachte. Er schreckte hoch, und ein Flügelgewirr umgab ihn. Etwa ein Dutzend Vögel fuhren von seinem Körper hoch in die Äste des kleines Wäldchens, in dem er lag, und es war, als striche ihm eine Brise über das Gesicht.

Einen Moment lang blieb er reglos liegen und wollte, dass sie zurückkamen, aber als sich seine Augen an die tief stehende Abendsonne gewöhnten, sah er, dass da Leute über ihm standen, ihre Schatten reichten über seinen Schlafsack. Er stützte sich auf einen Ellbogen, beschattete die Augen, und das Herz schlug ihm bis zum Hals. Aber es waren nur die langen Schatten der Bäume, die sich schwarz über die Erde reckten.

Die Vögel schienen im Nichts aufgegangen zu sein, wie ein

Traum, der sich auflöst, bevor man ihn festhalten kann. Grauammern, dachte er aus irgendeinem Grund, nicht dass man sie in größeren Zahlen noch irgendwo sah oder es wohl je wieder tun würde. Einen Moment lang ließ er sich zurück auf die Erde sinken und richtete den Blick auf einen unsichtbaren Punkt weit über den Ästen. Wenn die Polizei einen einsperrte, weckte sie einen jede Stunde, um zu sehen, ob man noch lebte.

Der Wald, in dem er kampierte, war noch jung. In den 1960-ern hatte er sich im trostlosen Randgebiet von Connorville im Niemandsland zwischen einem Kraftwerk und einem Golfplatz gebildet. 1953 und 54 war die Kaninchenpopulation von Myxomatose weitgehend vernichtet worden, und ohne ihre knabbernden Zähne hatten weit mehr Bäumchen als gewöhnlich die ersten Jahre überlebt. Auf dem Golfplatz wurden sie ausgerissen, und auf dem Grund um die Kühltürme wuchs sowieso kaum etwas, aber im Bereich dazwischen hatten ein paar Hundert in aller Stille ihre Wurzeln ins Erdreich gesenkt. Mittlerweile war es praktisch ein Wald, auch wenn er auf den Karten der Gegend noch nicht verzeichnet war und man ihm bislang keinen Namen gegeben hatte. Jack gefiel seine Prinzipienlosigkeit und dass überall Golfbälle lagen. Ihm kamen sie vor wie Kastanien, und er musste sie aufheben und eine Weile mit sich tragen.

Und da gab es noch etwas: An Orten wie diesem fühlte er sich auf eine Weise unsichtbar wie sonst kaum je auf dem Land mit seinen ausgeschilderten Wegen und Aussichtspunkten. Orte wie dieser, im Schatten eines Kraftwerks, waren alles andere als malerisch, dafür aber wild und ungezähmt. Kaum jemand kam hierher, außer vielleicht Liebespaare oder Kinder aus der Nachbarschaft, die spürten, dass dieses ungenutzte Land in gewisser Weise außerhalb des Gesetzes lag. Jack wusste nicht mehr zu sagen, über wie viele tipiartige Zelte, wie viele fleckige Matratzen und geheime Lager er über die Jahre an Orten wie diesem schon gestolpert war. Er hatte sie alle unberührt gelassen.

Seine eigene Kindheit war ihm mittlerweile fast völlig verloren gegangen. Wie ein Kondensstreifen hatte sie seine Erinnerung durchzogen, war irgendwann immer blasser geworden und hatte begonnen, sich aufzulösen. Wenn er heute zurückdachte, sah er weniger sich selbst, sondern die Männer, die vor ihm gelebt hatten, eine düstere Reihe aus einer finsteren Geschichte mit unsicherer Zukunft.

Es würde bald anfangen zu dämmern. Jack setzte sich auf und knetete sich die Knoten aus Nacken und Schultern. Suchte man nach ihm? Vielleicht, vielleicht auch nicht. Er stand unter Hausarrest und hätte eigentlich noch zwei Monate in dem Hostel in London bleiben sollen. Aber dort in der Stadt konnte er ebenso wenig überleben wie eine Schwalbe unter Wasser.

Den Großteil des Tages hatte er damit verbracht, einen Weg mit doppelstämmigen Eichen zu suchen, von dem ihm eine Gipsyfamilie berichtet hatte, mit der er vor Jahren ein Stück gereist war. Sie hatte ihm erzählt, ihre Vorfahren hätten Kinder mit einer Eichel in jeder Hand begraben und dieser Weg gebe Zeugnis von einer Reihe Totgeburten, die eine Frau vor vielen, vielen Jahren gehabt habe. Jetzt war er in der Gegend und wollte die Zwillingsbäume sehen und ihnen seinen Respekt zollen, aber obwohl er wusste, dass der Weg hier irgendwo sein musste, konnte er ihn nicht finden. Als eine ferne Sirene ertönte, hatte er entschieden, sich davonzumachen und einen Platz zu finden, an dem er sich ungestört ein paar Stunden ausruhen konnte.

Er nahm ein Notizbuch aus seinem Rucksack, zog das Gummiband herunter, unter dem ein Kuli klemmte, und schrieb ein paar Dinge auf, die er an diesem Tag gesehen hatte. Vielleicht ergaben sie ja eine Ballade oder ein Gedicht, aber es wollte sich kein Rhythmus einstellen. Also blätterte er zurück durch einzelne Beobachtungen, Metaphern und halb visionäre Fantasien, die er notiert hatte. »Durchgeknallt«, murmelte er. »Völlig durchgeknallt.«

Bevor er seine Stiefel anzog, durchsuchte er Strümpfe und Hosenumschläge nach Zecken, rollte seinen Schlafsack ein, hängte ihn sich samt Rucksack auf den Rücken und verließ den Wald in Richtung der Kühltürme. Jenseits des Golfplatzes gab es einen Fluss mit wahrscheinlich jeder Menge Fliegen. Falls da nicht zu viele Fischer waren, standen die Chancen nicht zu schlecht, ein paar Bachforellen zu fangen.

Hinter ihm auf der Lichtung, auf der er geschlafen hatte, begannen Fledermäuse zu jagen, während im Westen die rote Sonne langsam hinter die Bäume rutschte.

Nicht weit entfernt in Ardleton flackerte das kalte Licht des Fernsehers über James Albert Hirons' zerfurchte Gesichtslandschaft. Er saß da, sah am Geflackere vorbei und dachte an den Lurcher-Welpen, den Edith aufgenommen hatte, damit er nicht in einem Eimer ertränkt wurde. Tess hatte Edith ihn genannt, eine Hündin. Tess hatte so weiche Ohren, der Gedanke daran ließ ihn lächeln. Sie hatte einen Zwinger im Garten gehabt, aber als sie alt wurde und ihre Hinterbeine nicht mehr richtig wollten, hatte er nachgegeben und ihr eine Decke neben den Herd gelegt. Eines klaren, eisigen Winterabends, nicht lange nachdem Gillian in die Schule gekommen war, hatte Tess immer wieder nach draußen gewollt, aber jedes Mal wenn er ihr die Hintertür aufmachte, schleppte sie sich nur rüber zum Blumenbeet, weg von allem, und legte sich dort hin. Dreimal trug er sie zurück und weigerte sich zu sehen, was geschah: Am nächsten Tag lag sie tot in der Küche.

Und er dachte daran, wie er und Gillians Junge in den Teichen und Kanälen nach altem Eisen gesucht hatten. Wie der Junge es geliebt hatte. Es war komisch, was für Dinge dich als Kind faszinierten. Wahrscheinlich erinnerte sich Jamie heute nicht mal mehr daran, die große schlaksige Bohnenstange, die er jetzt war. Trotzdem, es hatte dem Jungen gutgetan, von Zeit zu Zeit aus dem Haus geholt zu werden. Nicht dass sein Vater kein guter Mann wäre, aber Gillian machte sie alle verrückt mit ihren Nerven.

Sie war schon immer besonders bedürftig gewesen, schon als Kind: Immer weinte oder kränkelte sie, jeden Tag stimmte etwas anderes nicht, wie es schien. Von ihm hatte sie das nicht – so hätte er sich in Changi nicht verhalten können, dann wäre es nach fünf Minuten aus gewesen.

Er hatte einen Freund im Lager gehabt, Stan, einen Jungen aus Lincolnshire, der ein paar Jahre jünger war als er. Eines Tages waren sie alle ohne Vorwarnung aus ihren Palmblatthütten in ein Gefängnis verlegt worden. Die steinernen Zellen waren winzig und voller Ratten und Läuse, und als der Wärter die Tür hinter ihnen verschloss, brach Stan zusammen und schluchzte. Er hatte nie vergessen, wie sich die beiden anderen Männer in der Zelle abgewandt und so getan hatten, als sähen sie nichts – als wäre Stans Verzweiflung verachtenswert oder, schlimmer noch, ansteckend.

Nach einer Weile schlief der alte Mann ein und träumte, wieder ein kleiner Junge zu sein, der bei der Aussaat hinter seinem Vater herstolperte. Die rechte Hand des Vaters war sonnenbraun, holte die Samen aus einem Beutel vor der Brust und verteilte sie gleichmäßig auf der warmen Erde von Culverkeys. Er reckte den Hals, um an den Beinen des Vaters vorbei zu dem großen Baum vor ihnen zu blicken, und als er es schaffte, sah er, dass die Sonne bald hinter den Ästen untergehen würde. »Wir müssen nach Hause«, sagte er, plötzlich voller Angst. »Dadda, es wird Nacht.« Aber sein Vater, der taub und halb blind aus dem Großen Krieg zurückgekommen war, ging einfach weiter, und James bemerkte, dass er keine Gerste, sondern Mungobohnen aussäte und über ihnen nicht der Große Wagen, sondern das Kreuz des Südens leuchtete. Und dann hörte er das Klappern der Egge, die sich ihnen von hinten mit ungeheurer Geschwindigkeit näherte – und er wachte in seinem Sessel auf, und sein Vater war lange tot, genau wie Edith und Tess, und der Fernseher schrie laut und kalt in der Ecke, und sein altes Herz krampfte sich angstvoll in seiner Brust zusammen.

10

*Ruprechtskraut. Aufgehender Adlerfarn.
Schachblumen.*

Chris kam am Samstag kurz vor dem Mittagessen, das Knirschen der Räder seines Minis auf dem Kies der Zufahrt verkündete seine Ankunft. Es war ein stürmischer, regnerischer Maimorgen, und wenn die Sonne zwischen zwei Schauern herauskam, glitzerte sie grell auf den nassen Straßen, bevor sich der Himmel wieder verdunkelte und ein neuer Regen niederging.

»Nein danke«, sagte Howard, wie er es immer tat, und machte ihm die Tür vor der Nase zu, nur um sie gleich wieder zu öffnen und ihn mit einem Grinsen und einer angedeuteten Verbeugung hereinzuwinken.

»Wo ist Mum?«

»Oh, sie kommt sicher in einer Minute runter. Sie hatte etwas Kopfschmerzen und meinte, sie wollte ein Schläfchen machen.«

Während Chris den Mantel auszog und ihn an den Treppenpfosten hängte, trug Howard die Tasche seines Sohnes ins Arbeitszimmer, wo er schlafen würde. Wie immer, wenn die Kinder zu Besuch waren, zog er zurück ins Eheschlafzimmer, zu Kitty, was ihm gemischte Gefühle bereitete.

»Wär das was für uns?«, fragte er, als er mit einer Flasche Malbec aus dem Arbeitszimmer zurückkam. »Sollen wir?«

»Oh, für mich einfach nur ein Bier, Dad«, sagte Chris.

»Recht hast du. Wie gehts?«

Während sich Howard um die Getränke kümmerte, begann Chris, ihm vom letzten Monat zu erzählen: Ein Fahrer hatte gekündigt, es gab Probleme mit der IT, und er mühte sich weiter ab, einen neuen Kunden zu gewinnen, einen Elektrogroßhandel mit Läden im ganzen Südwesten. Das war nichts, was Howard versucht hätte, aber er leitete die Firma ja auch nicht mehr.

»Im Südwesten steckt kein Geld, mein Sohn«, hatte er gesagt, als ihm Chris das erste Mal von seinem Plan erzählte. »Die sind alle arm da unten. Leben von EU-Geldern und kaufen keine verdammten Flachbildschirme. Aber klar, versuch es, bau nur nicht drauf, dass sie lange überleben.«

»Das meiste geht übers Web, Dad«, sagte Chris. »Ist nicht mehr wichtig, wo die tatsächlichen Läden sind. Die Leute kennen den Laptop, den sie wollen. Sie lesen die Bewertungen online. Wenn die den besten Preis anbieten, bestellen die Leute da. Ist egal, wo sie sind oder wie gut etabliert, solange es UK-Ware ist.«

Vielleicht hatte er recht. Howard schien es ein gesättigter Markt, Elektroartikel. Aber was wusste er noch? Und es gehörte zu Chris' Businessplan, als er den Laden übernommen hatte: zwanzig neue UK-Kunden, um die Containerlagerhalle in

Felixstowe zu finanzieren, die er geleast hatte. Das damit verbundene Risiko verschaffte Howard manchmal noch Herzrasen, besonders wenn man sich ansah, was mit dem Land los war, aber es war nun mal nicht mehr sein Geschäft.

»Wir müssen den Frachtverlauf in den Griff kriegen, wenn wir nicht aus dem Geschäft gedrängt werden wollen«, hatte Chris gesagt, und wahrscheinlich hatte er recht. »Wenn wir die Waren vom Schiff übernehmen und direkt weiterleiten können, bekommen wir größere Kunden an die Angel. Wir müssen eine Stufe rauf, Dad. Die Leute werden nicht plötzlich damit aufhören, Dinge zu kaufen, und jemand muss ihnen die Sachen liefern. Warum nicht wir?«

»Was ist mit dem Sprit? Hast du einen anderen Lieferanten gefunden?«, fragte Howard. Es gab einen Dieseltank auf dem Hof, der wöchentlich mit einem Tankwagen aufgefüllt wurde, aber die Kosten stiegen unaufhörlich.

»Einer oder zwei sind ein bisschen billiger, aber es gibt keine Garantie, dass sie nicht auch hochgehen«, sagte Chris. »Ich bin nicht sicher, ob es den Wechsel wert ist. Dazu haben wir im Moment eine gute Kreditlinie, es kann ewig dauern, mit einem neuen Zulieferer eine ähnliche Beziehung aufzubauen.«

Howard nickte und schwieg. Er würde den Zulieferer wechseln, mehr als einmal, wenn nötig, um die monatlichen Kosten niedrig zu halten. Aber er hatte auch nicht so weit in die Zukunft geblickt, sondern war damit zufrieden gewesen, dass die Firma ihm ein gutes Einkommen einbrachte und er dem Büro und den Fahrern ihr Gehalt zahlen konnte. Altmodisch, das wusste er. Aber trotzdem.

Nach dem Essen zogen die drei sich ihre wetterfesten Schuhe an und machten einen Spaziergang. Er und Kitty waren in ihrer ersten Zeit im Dorf viel spazieren gegangen, nach ein paar Monaten wurde es jedoch weniger. Aber wenn die Kinder zu Besuch kamen, blieb es etwas, was sie ihnen geben konnten, einen Überrest Familie sowie eine Landschaft, wie sie sie beide nicht vor der eigenen Tür hatten.

Chris ging in der Mitte. Howard steckte die Hände in die Taschen und dachte daran zurück, wie sie mit ihm, als er noch klein war, in den Park gegangen waren und ihn zwischen sich in die Luft geschwungen hatten. Es war, als könnten sich seine Muskeln noch an das Gewicht des kleinen Kerls erinnern und als spürten seine Hände noch, wie fürchterlich zart die Handgelenke und Händchen seines Sohnes waren, wenn sie ihn glücklich kreischend zwischen sich über Pfützen fliegen ließen.

Sie kamen an der Kirche mit ihrer riesigen Eibe, den wirr dastehenden Grabsteinen und dem einfachen Kriegerdenkmal mit den elf Namen vorbei und nahmen den Weg, der am Pfarrhaus vorbei auf die Felder führte. Zauntritte von einem Feld zum nächsten waren mit gelben Pfeilen markiert. Howard dachte an das, was Kitty in der Woche zuvor erzählt hatte, und fragte sich, ob das hier vielleicht einer ihrer alten Pfade war, jahrhundertealt. Auch wenn es so war, viel her machte er nicht.

In der Ferne dominierte Babb Hill den Horizont, die sich unterhalb des Gipfels bewegenden Punkte waren entweder Drachen oder Gleitschirme, es war schwer zu sagen. »Blau erinnerte Hügel«, sagte Howard. Es war eine der wenigen Gedichtzeilen, die er kannte.

Die Felder waren hauptsächlich Wiesen, das Gras nass und schwer von Tau und Regen. Hin und wieder flog eine winzige

Motte vor ihren herannahenden Füßen auf, und auf einer Weide sahen zwei Pferde kurz zu ihnen herüber, bevor sie die Köpfe zurück nach unten senkten. Sie liefen am Rand der Weide entlang und nahmen den Zauntritt aufs nächste Feld.

»Ich habe etwas über eine der örtlichen Legenden gelesen«, sagte Kitty. Sie ging mit gesenktem Kopf und bot den beiden Männern das Thema fast schüchtern an. Beim Essen war sie etwas still gewesen, dachte Howard, schien jetzt aber in Ordnung.

»Ach ja?«, sagte Chris. »Wovon handelt sie?«

»Von Puck, einer Art Kobold oder auch Fee. Sehr alt. Wie auch immer, ich hab mir gedacht, ich könnte sie eines Tages für ein Bild verwenden.«

Howard sah sie fragend von der Seite an, während sie weiter dahinliefen, und irgendwie wollte er, dass sie seinen Blick sah. Bisher hatte sie nur Landschaften oder Blumen gemalt und noch nicht mal besonders interessante – wie da plötzlich ein Kobold hereinkommen sollte, war ihm ein Rätsel.

»Und wie geht die Geschichte?«, fragte Chris.

»Nun, das Ganze war vor hundert Jahren. Er lebte auf einer Farm hier in der Nähe – wobei ich glaube, dass es überall im Land Puck-Geschichten gibt. Unzählige. Egal, in dieser sorgt Puck dafür, dass alles gut wächst, und bekommt im Gegenzug ein Zehntel vom dem, was der Farmer erntet. Das Getreide steht immer gut, der Brunnen trocknet nicht aus, die Tiere bleiben gesund. Ins Farmhaus selbst kam er nie oder wandte seine Zauberkräfte auf Menschen an, aber er sorgte für die Fruchtbarkeit des Landes und dafür, dass das Vieh gedieh, auch in schlechten Jahren.«

»Klingt eher wie eine Hexe«, sagte Howard. »Oder er ist einen Pakt mit dem Teufel eingegangen.«

»Nein, er war nicht böse, ganz und gar nicht, wenn er auch

nicht wirklich gut war. Wie auch immer, nach einer Weile wurde der Farmer gierig und fing an zu überlegen, warum er ein Zehntel seiner Ernte abgeben sollte, und behielt einige der Garben für sich. Der Puck kam dahinter, natürlich, verwandelte sich in einen Hasen und rannte davon. Aber vorher verfluchte er den Farmer und das Land noch, und seitdem werden ihm alle möglichen Unglücke zugeschrieben.«

»Was zum Beispiel?«, fragte Chris.

»Ach, du weißt schon. Kühe, die plötzlich keine Milch mehr geben, Heuschober, die in Flammen aufgehen. Und es gibt einen alten Weg, auf dem er, wie es heißt, von Zeit zu Zeit auftaucht und verlangt, dass die Farmer zu ihrem Handel stehen. Jedenfalls dachte ich, vielleicht sehe ich mir das nächste Woche mal an. Ich weiß nicht, ich mag diese alten Geschichten. Sie sind Teil von dem, was einen Ort vom anderen unterscheidet.«

»Selbst wenn sie alle gleich sind?«, meldete sich Howard zu Wort. »Ich meine, wenn du alle boshaften, durchtriebenen Kobolde und Feen, schwarzen Hunde und, ich weiß nicht, Spukhäuser des Landes zusammennähmst, würdest du sehen, dass sie sich alle ähneln – einfach nur Möglichkeiten sind zu erklären, was damals nicht erklärbar war. Zum Glück«, fuhr er fort und grinste Chris zu, »haben wir heute die Wissenschaft.«

»Oh, ich weiß nicht, Dad. Es muss irre gewesen sein, in diesen Zeiten aufzuwachsen. Zu jeder Höhle, jedem Felsen, jedem Baum gab es eine Geschichte. Es hieß nicht, *da sind ein paar Bäume …*«, Chris machte eine ausladende Geste, »*und wir wissen alles, was sich über sie zu wissen lohnt*, obwohl sich doch kaum einer auch nur die Mühe macht zu lernen, was für Bäume es denn eigentlich sind. Es war eher, *in diesem Baum, dieser Eiche, wohnt eine böse Hexe, und dieser Weide dort wohnt ein Zauber …*«

»Vogelbeerbäumen«, sagte Kitty und fasste ihren Sohn beim Arm, »Vogelbeerbäumen wohnt ein Zauber inne. Du würdest nicht wagen, einen zu fällen. Hexen gab es im Holunder. Und Stechpalmen wurden in Hecken gepflanzt, um zu zeigen, wo man den Pflug wenden sollte. Es war nicht alles magisch, verstehst du, aber alles bedeutete etwas. Das tut es immer noch, nur wissen wir es nicht mehr zu lesen. Das ist schade, denke ich.«

Howard blickte in die Landschaft, eine gewöhnliche Ansammlung von Feldern und Straßen. Es war nur schwer vorstellbar, dass das alles von Magie und Bedeutung erfüllt sein sollte.

»Und wie willst du ihn malen?«, fragte er. »Diesen Puck.«

»Ihn selbst werde ich nicht malen«, antwortete sie. »Ich will nur den Pfad finden, von dem in der Legende die Rede ist. Ich weiß nicht, ich habe das Gefühl, ich will diese Landschaft seit Jahren schon malen, und jetzt, wo wir uns tatsächlich in ihr befinden, möchte ich, dass sie eine Bedeutung in sich trägt und nicht einfach nur ... hübsch ist. Versteht ihr, was ich meine?«

»Aber du malst sie doch«, sagte Howard. »Zwei-, dreimal die Woche bist du hier draußen.«

»Ich weiß. Ich meine nur ... es ist kompliziert«, sagte sie.

Es war ein trüber, nasser Winter gewesen, was überall noch zu sehen war. Viele Feldwege waren völlig verschlammt, auch wenn sich mittlerweile eine trockene harte Kruste darauf gebildet hatte, und einige der alten Hohlwege, die auch als Wasserläufe von höheren Gebieten hinab dienten, lagen noch voller Steine und Äste.

Die Erde war schnell durchnässt gewesen, und die Milchbauern hatten ihre Kühe früh in die Ställe geholt. Einige der Ackerbauern mit tief liegendem Land hatten keinen Winterweizen aussäen können, es war einfach zu nass gewesen. Die mit höher gelegenen Äckern hatten es versucht, aber einen Tag vor Weihnachten hatte ein heftig herabprasselnder Regen die Saat vom Boden gespült und den Dünger aus der Erde gewaschen. Viel vom Weizen um Lodeshill und Crowmere herum hatte noch einmal neu ausgesät werden müssen.

Normalerweise hätte Philip Harlands Herde auf der Weide gegrast, über die Howard, Kitty und Chris gerade gingen. Ohne sie war das Gras hoch und üppig gewachsen. Die Pfade darin zeugten vom geheimen Leben der Dachse und Füchse, und hier und da lag die Losung von Wild. Ihr Weg führte sie auf eine schmale Straße, in der Mitte von grünem Moos bedeckt und über hundert Meter von einem hellen Flüsschen gesäumt. Dann ging es links durch das Tor einer Farm, diagonal über ein Feld und linker Hand an einer weiteren Farm vorbei. Von da aus war es schließlich möglich, über die Straße zurück nach Lodeshill zu gehen.

Aber als Howard das Tor hinter sich geschlossen hatte und sich umdrehte, stellte er fest, dass Kitty und Chris stehen geblieben waren. Das Feld vor ihnen stand voller Landmaschinen: zwei Traktoren, einer riesig, der andere kleiner und älter, zwei Quadbikes, ein Anhänger und ein paar andere große Maschinen und Vorrichtungen, deren Zweck sie nicht kannten. Daneben gab es noch ein paar sehr alte rostige Geräte, die aussahen, als habe man sie eben erst irgendwo aus dem Dickicht gezogen, und einen Haufen Auto- und Traktorenteile, einen mit Werkzeugen sowie eine Reihe absurd weißer UPVC-Fenster, ein paar Dutzend blaue Säcke mit irgendwas, Rollen mit Maschendraht, Leitern und sonst noch alles Mögliche. Das Feld war bis hin zu den Farmgebäuden vollgestellt.

»Ich frage mich, was hier vorgeht«, sagte Kitty und ließ den Blick über das Feld wandern.

»Frühjahrsputz in der Scheune?«, sagte Chris.

»Das wird zum Verkauf stehen«, sagte Howard. »Der wird die Farm auflösen. Sie werden das alles losschlagen – wenn es nicht vorher jemand klaut.«

»Ich wette, da wacht eine Schrotflinte drüben aus dem Farmhaus drüber, du weißt, wie Bauern sind. Das ist alles landwirtschaftliches Gerät, oder? Irgendwas Gutes?«

»Weiß nicht. Vielleicht. Manchmal verkaufen sie den Hausrat gleich mit. Hängt davon ab, ob sie es irgendwo anders mit hinnehmen. Oder es ist einfach ein alter Bauer, der die Stiefel abstreifen will.«

»Du solltest hingehen«, sagte Chris, »und sehen, ob es was gibt, das brauchbar ist.«

»Ich habe gerade das Gleiche gedacht. Nicht sehr wahrscheinlich, aber man weiß nie. Alte Radios werden oft weggeworfen, wenn Leute umziehen, aber diese Bauern, die ziehen nicht um. Die bleiben. Könnte gut einer da drin sein und sich verstecken.«

»Es wird im Newsletter der Gemeinde stehen«, sagte Kitty und kehrte dem allen den Rücken zu. »Die Auktion. Wir können nachsehen, wenn wir zurückkommen.«

»Hörst du viel von deiner Schwester?«, fragte Howard Chris, als sie um das letzte Feld zur Straße hinübergingen.

»Nicht viel. Vor ein paar Wochen hat sie mal angerufen, aber das war es auch. Mum sagt, sie beklagt sich immer noch über ihre Mitbewohner.«

»Ja, die kommen wohl immer erst spät nach Hause, und sie muss morgens früh zur Arbeit.«

»Gehen aus und haben Spaß, oder? Das geht nicht.«

»Ich weiß, ich weiß, und du hast recht. Sie ist noch jung,

vielleicht sollte sie selbst auch öfter mal ausgehen. Aber sie ist eine *Getriebene*, das weißt du. Jedenfalls nicht wie ich in dem Alter«, fuhr Howard fort und sah Chris mit einem Grinsen an. »Wo wir von Spaß reden, wann lernen wir sie kennen?«

»Ich habe im Moment keine Freundin, Dad, das weißt du.«

»Ach, komm schon. Natürlich hast du wen.«

»Nein.«

»Keine Internet-Verabredungen mehr?«

»Was soll das? Willst du plötzlich Großvater werden?«

»Nein, nein«, sagte er, »aber deine Mum wäre eine super Großmutter.« Ohne es zu sehen, spürte er, wie Kitty bei dem Wort innerlich zusammenzuckte. Aber es stimmte doch, sie fände es wunderbar. Es würde ihr wieder eine Aufgabe geben, so wenig sie das Wort »Großmutter« mochte.

»Gott, ich hoffe, Jen wird so in die Mangel genommen, wenn sie zurückkommt«, grummelte Chris, aber gutmütig.

Sie gingen nebeneinander, während der Himmel über ihnen blau wurde und eine leichte Brise die letzten Regentropfen aus den Ahornbäumen entlang der Straße schüttelte.

Zurück im Haus, verschwanden Howard und Chris nach oben ins Radiozimmer. Als Chris zehn oder elf gewesen war, hatte Howard ihm ein Detektorradio gekauft und gezeigt, wie man so was baute. Er wusste noch, wie er seinem Sohn seinen alten Kristallohrhörer ins Ohr gesteckt und sein Gesicht beobachtet hatte, als aus dem Rauschen ein Jammern, Unterwassergemurmel und schließlich Sprache wurde. Chris hatte nicht glauben können, dass er mit so einem Ding ohne Batterien, ohne schickes Plastikgehäuse und Logo Radio hören konnte, selbst wenn es nur Mittelwelle war.

Als er älter wurde, hatte er in seinem Zimmer lieber Musik gehört, zu der man tanzen konnte, aber wann immer Howard ein neues Radio auftat, fand Chris einen Grund, hinaus zur Garage zu kommen, mit ihm ins Gehäuse zu gucken und sich die Schaltkreise anzusehen. Obwohl er, hätte man ihn gefragt, zweifellos gesagt hätte, dass es langweilig sei.

Howard schaltete die Arbeitslampe ein und schwenkte sie über das Marconi, an dem er gerade arbeitete. Chris zog den zweiten Hocker unter dem Tisch hervor und setzte sich. Schweigend saßen sie eine Weile da, nur das leise Klackern von Howards Schraubenzieher war zu hören, während er versuchte, die Vorderseite des Gehäuses zu entfernen – dazu gesellte sich schließlich das ferne Läuten der Kirchenglocken. Vorsichtig stellte Howard das Gehäuse ab, gab Chris eine winzige Schraube und schloss das Fenster.

»Ähm, Dad? Weißt du, wenn Jenny in ein paar Wochen zurückkommt ...«

Howard versuchte, das »M« auf dem Lautsprechergitter nicht zu beschädigen. Man fand nicht oft einen Apparat mit einem intakten M, weshalb es ärgerlich gewesen wäre, da jetzt etwas kaputt zu machen. Er warf seinem Sohn einen Blick zu und sah dann wieder durch den Ring der Arbeitslampe.

»Sag jetzt nicht, dass du da nicht kannst. Deine Mutter hat ein großes Willkommensessen geplant. Die geht durch die Decke.«

»Ich weiß, ich weiß. Es ist nur ... Weißt du noch Glen, aus der Schule?«

»*Glen, Glen, never again?*«

»Es ist sein Junggesellenabschied.«

»Wirklich! Der kleine Glen heiratet. Hätte ich nie gedacht.«

»Ich bin nicht sein Trauzeuge, ich muss nicht hin.«

»Aber du möchtest gerne.«

»An welchem Tag veranstaltet ihr das Essen für Jenny?«

»Wir holen sie am Freitagabend ab, eigentlich Samstagmorgen. Also hätte uns deine Mum gern alle am Samstagabend zusammen. Nun ... ich auch. Das wäre schön. Die Familie, weißt du?« Als Howard das sagte, spürte er, wie sich ihm unerwartet die Kehle zuschnürte. Alter Idiot, dachte er. Warum sich davon aus der Fassung bringen lassen?

»Denkst du nicht, Jenny wird müde sein?«

»Hör zu, ich spreche mit deiner Mutter«, sagte Howard. »Vielleicht könnten wir es auch Sonntag machen. Das würde allerdings bedeuten, dass du Sonntagnacht hierbleibst, und ich will nicht, dass du Probleme mit deinem Chef bekommst.«

Chris grinste. »Das sollte kein Problem sein.«

»Sie wird zweifellos in die Kirche wollen, aber wir können ihr sicher helfen, das Gemüse zu schnippeln.«

»Sie geht immer noch?«, fragte Chris.

»O ja.«

»Du auch?«

»Nein.«

»Kein Interesse?«

»Sicher nicht. Ich verstehe es nicht, weißt du. Gott zu suchen, jetzt. Sie war immer so eine rationale Frau. Es scheint mir so ... so wenig zu ihr zu passen. Wie auch immer. Vielleicht kann es der Pfarrer verkraften, wenn sie mal eine Messe verpasst.«

»Danke, Dad.«

»Also, was meinst du?«, sagte er und hielt das Lautsprechertuch hoch, das ein Dreivierteljahrhundert Staub, Zigarettenrauch und Gott wusste, was noch, auf sich trug. »Sauber machen? Oder ersetzen?«

11

*Gundelrebe (Wallhecke). Eschenblüten.
Warm und sonnig, die Südwestbrise
dreht nach Osten.*

Es gab Krankheiten, und es gab Krankheiten, dachte Jack. Er blieb am Straßenrand stehen und sah in eine Esche hinauf. Es gab die Kernfäule, den Baumschwamm, Gallwespen und Käfer, die sich ins Holz bohren, das alte Hin und Her. Aber das hier war etwas anderes: Er legte eine Hand auf den Stamm und konnte es fühlen, wie Traurigkeit in einer Umarmung. Die Eschen wappneten sich.

Er erinnerte sich an die anmutigen Ulmen. Genauso, wie sich die Krähen erinnerten. Du konntest ihren Verlust immer noch in ihrem Geplauder hören. Doch es ging nicht alles schlecht aus. Die Landschaft war immer noch voller kleiner Sprösslinge, Geflüchtete, in Hecken geschützt, behütet von größeren Bäumen.

Eines Tages kamen sie vielleicht zurück. Es war etwas, das Jack zu glauben versuchte.

Auf der Esche hing hier und da zartlila und grüner Schmuck: einige männliche Blüten, einige weiblich, und vielleicht war es im nächsten Jahr wieder anders – und es war diese Wahllosigkeit, die sie rettete, wenn es denn noch Rettung gab. Über Jack pflückten Kohlmeisen Raupen von den Blättern, und ein schieferblauer Kleiber schoss wie ein Korken aus einer Höhle.

Eichen vor Eschen, zumindest hier in der Gegend. Noch. In ein paar Jahren, dachte er, würden sich die schönen gefiederten Blätter der Eschen entfalten und die Straße mit sich verändernden, wiegenden Schatten überziehen. Im Moment jedoch zeichnete die Mittagssonne noch die nackten Äste hart auf den Boden.

Auf der anderen Seite von Connorville gelangte Jack kurz wieder auf die alte Römerstraße. Es war ein warmer Maimorgen, und auf dem Teer vor ihm flimmerte die Luft, bildete Spiegelflächen und ließ sie wieder verschwinden. *Nicht mehr weit*, dachte er, *nicht mehr weit*.

Am grauen Pfahl eines Schildes zur Geschwindigkeitsbegrenzung hingen mit Kabelbinder festgemacht zwei vertrocknete Blumensträuße. Jack versuchte, die Karte zu entziffern, die mit einem verdrehten lila Band an einem der Sträuße hing, doch sie war verwittert und verblichen, und wenn er auch noch ein paar blasse Buchstaben erkennen konnte, war ihre Bedeutung nicht mehr auszumachen. Also versuchte er, sich vor seinem inneren Auge auszumalen, was hier geschehen war, aber es wollte nicht funktionieren.

Das Schild selbst war nicht beschädigt, und es war wahrscheinlich nur ein günstiger Platz für solch ein Gedenken und nicht der Unfallort selbst – der tatsächlich fünfzig Meter weiter lag, nicht weit von dem, an dem in zwei Wochen nach einem weiteren Zusammenstoß zwei Autos zerknautscht und erledigt im Dämmerlicht liegen sollten, in Gewalt und Zerstörung gehüllt, der Teer voll mit Münzen und CDs. Jack wurde kurz kalt, ganz so, als geriete er in einem ansonsten warmen Meer in eine kältere Strömung. Er seufzte und ging weiter.

Die Autos schienen in Kolonnen an ihm vorbeizurasen, mit langen Pausen dazwischen, und so konnte Jack, als ein kleiner Schecke einen Sulky mit einem Jungen mit nacktem Oberkörper an ihm vorbeizog, einen Moment lang glauben, sich in einer anderen Zeit zu befinden. Aber auch wenn er oft bei ihnen kampiert hatte, wusste Jack doch, dass bei Pferdefuhrwerken im Verkehr die Polizei meist nicht fern war, und er beschloss, die Straße zu verlassen.

Er stieg über ein Tor mit einem selbst gemachten Schild, auf dem »Kleingärten Ardleton« stand, ein Gegenentwurf zu Connorvilles habsüchtigen Stadtplanern. Er mochte Kleingärten, hatte sie schon immer gemocht. Sie hatten etwas Anarchisches. Da wuchsen Erdbeeren in einem Haufen Autoreifen, jemand hatte sich einen Schuppen aus Paletten gebaut, und es gab ein Gewächshaus mit ordentlichen Cannabis-Reihen. Er dachte an die alten kleinen, privaten Felder, die von den lange toten Dorfbewohnern bewirtschaftet worden waren und auf denen diese Kleingärten standen. Von den Erträgen hatten sie leben müssen, von Möhren, Bohnen, Zwiebeln und Salat. Einige Dinge überdauerten die Zeiten, oder? Auch wenn sich der Kontext änderte.

Es waren zu viele Leute zu sehen, als dass Jack das Risiko hätte eingehen können, sich etwas zu essen abzuzweigen, und er fragte sich, ob Wochenende war. Eine Frau, die in ein paar Hochbeeten Unkraut jätete, sah eindringlich zu ihm herüber, und er nahm an, dass er laut mit sich geredet hatte. Er konnte es sich immer noch nicht erlauben, bemerkt zu werden, und so ging er weiter, zog die Stirn kraus und schüttelte den Kopf: *Wie dumm, wie dumm*. Manchmal musste er sich konzentrieren und daran erinnern, wie sich normale Menschen verhielten.

Hinter den Kleingärten verlief eine Bahnlinie. Er empfand sie wie eine Flurbegrenzung, Licht und Wind schienen dahinter anders organisiert. Jack war seit seiner Kindheit nicht mehr Zug gefahren und fragte sich, ob er es eines Tages wieder tun würde – ob er je schneller irgendwo hinkommen musste, als es ihm zu Fuß möglich war. Es schien unwahrscheinlich. Dennoch, er mochte Eisenbahnen. Die drohende Entweihung, die ihr Aufkommen einst bedeutet hatte, war weitgehend verheilt, und wie an vielen Autobahnen waren ihre Ränder voller Leben und formten Korridore, entlang derer es sich reisen ließ. Stillgelegte Strecken fielen schnell wieder zurück an die Natur oder formten ihr eigenes Netz in der Geologie der Pfade und Routen, die das Land durchzogen, wurden zu Orten, deren Bedeutung aus dem öffentlichen Bewusstsein verschwand.

Er fädelte sich zwischen den einzelnen Kleingartenzellen hindurch, und am Ende trennte ihn nur noch ein Gestrüpp und ein Maschendrahtzaun von der Bahnstrecke. Er warf seinen Rucksack auf die andere Seite und schwang sich anschließend selbst hinüber auf den Schotter. Die blassen Steine strahlten eine angenehme Wärme aus, sodass es schöner war, auf ihnen zu gehen, als neben der Bahnstrecke entlang. Die Gleise würden ihn nicht nach Lodeshill bringen, das wusste er, aber ein Stück weit wollte er ihnen folgen. Er war bald da.

Jack hatte immer schon eine lyrische Ader gehabt, und sein Wunsch, ihr eine Stimme zu schenken, gab ihm ein paar grobe

Jamben vor, die zu seinen Schritten über den Schotter passten, ein Lied, das vielleicht später den Weg in eines seiner Notizbücher finden oder einfach wieder verschwinden würde, eine flüchtige Erzählung, wie wir sie immer wieder hinter uns zurücklassen, dem leichten Luftwirbel gleich, den ein Spatzenflügel erzeugt, kaum gefühlt, wenig berührend und bald schon vergangen:

> *Oh, sieh die Krähe dort, wie sie schwebt,*
> *vom Bahngleis hoch in die Luft sich erhebt*
> *durch die unglaubliche Kraft*
> *ihrer schlagenden Schwingen, ja, flieg, flieg, flieg,*
> *ein Krächzen für mich, als sie sich*
> *hoch hinauf in die Esche hebt,*
> *wo sie sitzt, sich biegt und plustert,*
> *eine scharfäugige Silhouette,*
> *die ich mal kannte …*
>
> *Warum denke ich jetzt, wie sich eine angerissene Flamme*
> *in der Hand anfühlt, wie die dicken schwarzen Federn*
> *den Schwarm beim Schlafen vorm Wind beschützen?*
> *Oh, aber eine Winternacht ist lang für*
> *jede Kreatur …*

Die Luft war schwer geworden, die Ferne wirkte matt, und er konnte riechen, dass sich das Wetter ändern würde.

12

*Kreuzblume, Storchschnabel. Sommereichen –
erste Blütenquasten. Frühlingswetter:
Sonnenschein und Regenschauer.*

Chris verabschiedete sich am Sonntag nach dem Mittagessen, und kaum dass er weg war, setzte sich auch Howard ins Auto und fuhr nach Westen den Boundway entlang. Ein paar Tage zuvor hatte er von einem anderen Sammler gehört, dass ein alter Laden in Wales geschlossen und der Enkel einen Lagerraum voller zurückgegebener Käufe und nicht abgeholter Reparaturen entdeckt hatte, die drei Generationen zurückreichten. Der Mann, der Howard den Tipp gegeben hatte, sammelte Grammofone, keine Radios und war deshalb selbst nicht interessiert. Howard hoffte zumindest auf Lötblei, das man nicht mehr kaufen konnte. Gelegenheiten wie diese konnten sehr nützlich sein. Er fragte sich, wer dort sonst noch auftauchen mochte.

Viele Sammler, die er kannte, waren echte Nostalgie-Freaks. Manche waren heiß auf Apparate aus der Kriegszeit, einige hielten die 50er immer noch für eine Art goldenes Zeitalter. Einer war in der Army gewesen, bei den Royal Signals, und so zu den Radios gekommen. Ein anderer, eine Art Großsammler, der sein Haus praktisch in ein Museum verwandelt hatte, hatte sein ganzes Leben für die BBC gearbeitet. Howard war der Einzige, der über die Musikindustrie zu den alten Radios gefunden hatte, zumindest soweit er wusste. Nicht dass er selbst Musik gemacht hätte, aber er hatte für Bands gearbeitet und war so zur Tontechnik gekommen. Nicht lange nach der mittleren Reife hatte ihn ein Bursche namens Len, den er flüchtig aus der Schule kannte, gefragt, ob er nicht eine Woche lang einen Transporter für ihn fahren wolle. Er war in einer Band mit irgendeinem fürchterlichen Namen, an den Howard sich nicht mehr erinnern konnte. Howard war am Ende sechs Monate mit ihnen durch die Gegend getourt: Harlow, Oxford, Windsor, Basingstoke. Er baute die Lautsprecher auf und sorgte dafür, dass die Verstärker und Gitarrenpedale funktionierten. Es gab kein Geld zu verdienen, nicht wirklich, aber es war einfach, und vor allem gefiel es ihm, er kam gerne in einen Saal mit dem Equipment dabei, und er sah gern, was sich hinter der Bühne tat. Es ging ums Dazugehören, einen Passierschein für backstage zu haben, durch Türen gehen zu können, die anderen verschlossen waren. Wirklich armselig.

Die Band brach auseinander, was vorherzusehen gewesen war. Sie schuldeten ihm Geld, und Howard akzeptierte einen alten Morris als Bezahlung, mit dem er bei einer anderen Truppe anheuerte. Ende 73 dann besaß er einen anständigen Transporter und arbeitete für eine Band namens Burning Rubber, die ein Album und eine Single herausgebracht hatte und im Radio gespielt wurde. Er baute ihre Anlage in unter einer halben Stunde auf, kannte sich mit der Beleuchtung aus und wusste mittlerweile auch, wie man Gitarren stimmt. Er liebte es, auf Tour zu sein und wie eine Art Vagabund von Stadt zu Stadt zu fahren. Aber natürlich sah er schon damals, dass er sein Leben auf Dauer nicht so würde zubringen können. Die älteren Roadies, die er kannte, waren nicht mehr wirklich gut drauf, hatten ihre Ticks und Narben und dämliche Spitznamen, auf denen sie bestanden. Manchmal erwischte er sich dabei, wie er sie ansah und sich fragte, warum … nun ja, warum sie nicht erwachsen geworden waren.

Eines Abends bei einem Auftritt lernte er Kitty kennen, in Luton? Oder war es in Bedford gewesen? Er konnte sich nicht erinnern. Ein paar Freundinnen hatten sie mitgeschleppt. Es gab ein ziemliches Gekichere und Aufregung darüber, bis zur Band vorgedrungen zu sein. Kitty hatte sich etwas abseitsgehalten und schien das alles in sich aufzunehmen. Was er aus irgendeinem Grund bewundert hatte.

Sie fingen an, zusammen auszugehen. Er war stolz darauf, sie an seiner Seite zu haben, sie war anders als die Mädchen, mit denen er bisher zusammen gewesen war. Es störte ihn ein bisschen, dass sie sich nicht so für Musik interessierte, wobei das nicht nur die Musik, die ihm gefiel, betraf, sondern Musik ganz allgemein. Aber das war nicht das Wichtigste in dieser Welt, wahrscheinlich würde er da selbst eines Tages herauswachsen. Keine Beziehung war vollkommen. Das Wichtige war doch, dass sie ihm sagte, in ihm stecke mehr als nur dieser Roadie-Job und es gebe noch andere Dinge, die er erreichen könne. Er war erst zweiundzwanzig, und er wusste, sie hatte recht.

Bald darauf hängte er die Roadie-Sache an den Nagel, fand

eine Doppelhaushälfte in Wood Green mit einem großen Vorplatz, und Talling's Vans – später Talent Haulage – war geboren. Sich niederzulassen fühlte sich richtig an. So machten es die Leute, auch wenn er eine Weile überlegte, ob er sich der Beleuchterei widmen sollte oder gleich der Tontechnik. Er vermisste es, Teil jener Welt und ein bisschen anders als alle anderen zu sein. Warum das wichtig sein sollte, hätte er jedoch nicht wirklich sagen können.

Sie heirateten 1980, Chris kam ein Jahr später. Als Jenny geboren wurde, zogen sie nach Finchley, wo sie blieben. Es war eine Vorstadtexistenz mit all dem Druck und den Erfolgserlebnissen, die so etwas mit sich brachte, wobei es noch lange dauerte, bis er aufhörte, die Nachrichten über Burning Rubber in den Musikzeitschriften zu verfolgen, und sich eingestand, dass er ein Mann war, dem eine Transporterflotte gehörte und sonst nichts.

Dann eines Tages, Chris war noch ein Knirps, kaufte er sein erstes altes Radio, mehr zufällig als geplant. Auf dem Weg zum Pub kam er an einem Antiquitätenladen in der Essex Road vorbei, und draußen auf dem Bürgersteig standen ein Kleiderständer mit einer Gasmaske, eine Schaufensterpuppe in einem 40er-Jahre-Kleid und, auf einem Stuhl, ein Ekco SH25 mit seinem ikonischen Lautsprechergitter, das die Silhouette zweier Bäume an einem Flussufer zeigt. Unpassenderweise erklang »Sunshine of Your Love« daraus, und der Kontrast zwischen diesem Apparat aus Kriegszeiten und dem 60er-Jahre-Sound, diese riesige Kluft ließ ihn stehen bleiben. Er zahlte weit mehr als nötig für das Radio, das wusste er heute, aber damals war es ihm nicht viel vorgekommen für ein voll funktionsfähiges Stück Geschichte.

Zu Hause nahm er es gleich auseinander, um zu sehen, wie es funktionierte. Es war so simpel, so klar. Am nächsten Tag ging er zurück in den Laden und fragte die Besitzerin, woher sie es bekommen hatte. Sie gab ihm die Adresse eines Restaurators in Kentish Town, und nicht lange danach fuhr er zu seiner ersten Tauschbörse. Es war eine kleine Welt, aber das half, sie zu bereisen. Er sah gleich, dass es etwas war, dem er sich zugehörig fühlen konnte.

Howard kam gut voran und schlug das Navi um fast zwanzig Minuten. Als er aus dem Auto stieg, flogen Dohlen auf und krächzten über den engen Straßen. Die walisische Luft, vom Regen rein gewaschen, roch süß.

Der alte Elektroladen war nur schwer zu finden. Ihm war nicht bewusst gewesen, dass er bereits verkauft worden war. Schild und Fassade waren durch ein neues rot gerahmtes Fenster ersetzt worden. Howard fragte sich, was es werden sollte. Eine Pizzeria? Ein Handyladen? Es war nicht zu sagen. Kitty meinte oft, dass die Städte heute alle gleich aussähen, überall die gleichen Läden. Aber man konnte den Fortschritt nicht aufhalten, und die Leute wollten es eben so.

Blecherne Musik drang durch die Tür, die einen Spalt geöffnet war. Der Boden war nackter Estrich, und ein Mann in einem Overall verputzte eine der Wände. Howard klopfte an die Scheibe und trat ein.

Schmuddelige Streifen an den übrigen Wänden deuteten darauf hin, dass hier einst Regale eng beieinanderstanden hatten. Früher war es hier drin wahrscheinlich ziemlich düster gewesen. Ohne ihn weiter zu beachten, rief der Mann im Overall: »Gary! *Gaaary!*«, nach hinten in den leeren Laden. Howard warf noch einen Blick auf seinen Notizzettel, faltete ihn zusammen und schob ihn zurück in die Tasche.

Ein schwerer Mann kam durch die Türöffnung. Die Tür war ausgehängt worden und lehnte an der Wand. »Mr Williams?«, fragte Howard und streckte, die Initiative übernehmend, die Hand aus. »Mein Name ist Howard Talling. Ich bin gekommen, um mir Ihre alten Radios anzusehen.«

Der Mann schüttelte ihm herzlich die Hand. »Sagen Sie Gary zu mir«, sagte er. »Wir haben wirklich was ganz Besonderes für Sie. Kommen Sie.«

Howard hatte da seine Zweifel, aber es half sowieso nicht, sich zu interessiert zu zeigen. »Hoffen wir's«, sagte er und folgte dem Mann nach hinten. »Ich will Ihnen allerdings keine zu große Hoffnung machen. Viele von diesen alten Apparaten findet man wie Sand am Meer.«

»O ja, aber sehen Sie sich die Sache doch erst mal an, und sagen Sie mir dann, was Sie denken.«

Howard hatte mit einem dunklen Lagerraum gerechnet, irgendwo hinter der Ladentheke, und so überraschte es ihn, dass er, als sie nach hinten kamen, in die erste Etage dirigiert wurde. »Sehen Sie sich in Ruhe um«, sagte Gary. »Ich bin hier unten in der Küche. Ich hab einen Tee für Sie, wenn Sie mögen.«

»Oh, sehr nett, aber danke«, sagte Howard und setzte einen Fuß auf die Holztreppe. »Es ist alles … sicher da oben, nehme ich an.«

»O ja, völlig. Alles gut.«

Die Treppe war schmal und staubig und hatte hier und da farbige Markierungen. Halbmondförmig war der Lack über die Jahre von den einzelnen Stufen getreten worden. Der Absatz oben bestand aus rohen Dielen, und es gab eine kleine Toilette sowie drei Türen mit eisernen Türknäufen. Er machte eine davon auf.

An drei Wänden standen hölzerne Regale, eines davon vor

einem Schiebefenster, das übermalt worden war. In einer Wand, auf der eine verblichene Blümchentapete klebte, die sich oben leicht abzulösen begann, gab es einen kleinen Kamin mit Sims und eisernem Gitter. Howard sah sich um und fand einen altmodischen Lichtschalter. Eine nackte Birne erhellte den Raum.

Eines der Regale war so gut wie leer, wobei die Muster im Staub zeigten, dass hier Dinge gestanden hatten. Howard nahm an, dass es Grammofone und Musiktruhen gewesen waren. Die beiden anderen Regale waren ordentlich gefüllt. Er fand ein paar Kartons von der Art, in denen man früher Schrauben aufbewahrt hatte, eine Holzkiste voller Batterien und Kabelspulen, einen Karton mit Ersatzteilen und vielleicht zwei Dutzend alte Radios, ein paar noch in ihren ursprünglichen, mit Fliegendreck überzogenen Kartons. Howard sah ein Nachkriegs-Little-Maestro, ein blaues Dansette Gem und ein paar Transistorradios aus den frühen 60ern. Die waren nichts für ihn, aber wenn er sie für einen guten Preis bekam, konnte er sie wahrscheinlich weiterverkaufen oder eintauschen. Auf dem dritten Regal stand das vertraute hintere Rund eines Radios, das ein Philco People's Set sein musste. Er holte eine Taschenkamera heraus und machte sich daran, die Regale zu fotografieren. Es war wichtig, alles zu dokumentieren, bevor er etwas herumschob.

Als er eine Stunde später wieder nach unten kam, sah Gary in der Küche auf einem Laptop fern. Er klappte ihn zu, als Howard hereinkam.

»Wollen Sie sich die Hände waschen?«

»Bitte.« Howard lächelte und ging zur Spüle mit ihren zwei Zinnhähnen und einem kleinen Stück rissiger Seife. Das Wasser war eiskalt.

Er trocknete sich die Hände mit einem Taschentuch ab und holte sein Notizbuch hervor.

»Nun, ich hab Ihnen doch gesagt, es war die Reise wert, oder?«, sagte Gary und nickte ihm erwartungsvoll zu. Howard konsultierte seine Notizen genauer, als es streng genommen nötig war. Er hatte die Radios in zwei Gruppen unterteilt, dazu gab es eine dritte Kategorie mit Einzelteilen und diesem und jenem, das er gebrauchen konnte. Die meisten der Apparate waren so unbekannt, dass nur ein Sammler ihren Marktwert kennen würde. Drei allerdings waren bekannt genug, dass Gary eine Vorstellung davon haben konnte, was sie wert waren. Zu versuchen, ihn bei denen übers Ohr zu hauen, konnte ein Fehler sein. Am besten bot er ihm für die drei einen guten Preis und hoffte, so auch an den Rest zu kommen.

»Sie haben da oben drei wirklich gute Apparate, wie Sie wissen«, sagte er – das war reine Schleimerei, nichts anderes –, »das Hastings, das Bush und das Philco. Das Hastings ist nicht ganz meine Zeit, sondern ein Nachkriegsmodell, aber es ist ein schönes Stück, also mache ich eine Ausnahme. Ich gebe Ihnen vierzig dafür. Das Bush ... da gibt es einige, aber das Bakelit ist in gutem Zustand, also auch dafür vierzig. Das Philco, nun, ich bin sicher, Sie haben sich schlaugemacht. Dafür gebe ich Ihnen hundert.«

Gary sah kurz überrascht aus. »Das wären also ... sagen wir zusammen zweihundert, okay? Und was ist mit dem Rest?«

Howard hob eine Braue, gab aber nach. »Der Rest, nun, nicht so gut. Viele davon sind, wie ich dazu sage, ›Flohmarkt-Radios‹. Für die kriegen Sie jeweils ein, zwei Pfund. Und viele sind aus den 50ern und 60ern, und das ist nicht mehr meine Zeit. Ich hatte auf etwas Lötblei gehofft, aber das ist wohl schon weg.«

»Das hat ihr Freund mitgenommen«, sagte Gary. »Was ist mit all den Teilen und dem Zubehör?«

»Ich kann Ihnen dafür wahrscheinlich jemanden nennen.«

Gary überlegte einen Moment. Die Arbeit am Laden ging eindeutig schnell voran, was Howard gleich gesehen und mit einkalkuliert hatte. »Sie wollen also nur die drei?«

»Sie sollten mit dem Rest auf einen Flohmarkt fahren. An einem guten Tag sollten sie die Sachen mit etwas Glück loswerden.«

»Ich sage Ihnen was. Geben Sie mir dreihundert, und sie können alles mitnehmen.«

»Wie gesagt, die Nachkriegssachen sind nicht wirklich mein Ding.«

»Zweifünfzig.«

»Haben Sie ein paar Kartons?«

Auf der Rückfahrt konnte Howard kaum glauben, was er da an Land gezogen hatte. Hinten im Audi standen acht Vorkriegsradios, alles Modelle, die er gern in seiner Sammlung hatte, sowie zwei leicht beschädigte Vitrinen und ein Karton Röhren, Knöpfe, Kondensatoren, Batterien und andere Teile. Dazu sechzehn modernere Radios, die er wahrscheinlich verkaufen oder eintauschen konnte, drei in der Originalverpackung, zwei Signalgeber, ein Oszillograf, der allein hundert Pfund wert war, ein Avometer und ein Röhrentestgerät. Auf dem Sitz neben ihm lagen ein Wellenlängen-Kalkulator aus Pappe, einige uralte Ausgaben der *Radio Times* und einige noch ältere Empfangslizenzen. So was war nichts wert, aber es war vielleicht ganz nett, ein paar davon einzurahmen und in sein Radiozimmer zu hängen.

Die Schauer hatten aufgehört, und es wurde ein warmer

Abend. Durch die Windschutzscheibe sah Howard einen Heißluftballon, der die Aufwinde über Babb Hill nutzte. Es ging das Gerücht, dass die Leute dort oben manchmal, wenn das Wetter richtig war, durch irgendeine Laune der Geografie Radio Moskau aus ihren Fernsehern und Radios schallen hörten – obwohl das wahrscheinlich nichts als ein Märchen war.

Ich setze eine Batterie in das Dansette, dachte er, und fahre an einem schönen trockenen Abend da hinauf und sehe mal, was passiert.

Jack mühte sich langsam den Weg neben dem jungen Weizen hinauf, als Howards Scheinwerfer beim Abbiegen vom Boundway ins Dorf plötzlich alles in helles Licht tauchten. Der Feldrand neben ihm erwachte zum Leben, und es war die Zeit des Tages, die Jack am liebsten mochte. Wenn die Luft kühler wurde, war es, als würde der junge Weizen ausatmen, und er konnte den Sonnenschein des Tages in der Luft riechen.

Es machte ihm bewusst, dass er Hunger hatte. Vielleicht hatte jemand in Lodeshill einen Gemüsegarten, oder vielleicht war der Abfallschuppen des Pubs nicht verschlossen. Heute Nacht würde er in dem kleinen Wäldchen beim Dorf schlafen, beschloss er, und morgen die Farmen abklappern und sehen, ob der Spargel schon so weit war.

Als er die Anhöhe erklommen hatte, begann die Kirchenglocke zu läuten, und die alten Töne trieben langsam über die sich verdunkelnde Landschaft. Jack gelangte über einen Zauntritt auf einen schmalen Pfad, der zwischen dem Garten des Pfarrhauses und einer Weide herführte, auf der zwei Pferde reglos wie Statuen im Dämmerlicht standen. Weiter vorne markierte der Kirchturm Lodeshills Position am Himmel.

Ein zweiter Ton gesellte sich zum ersten, mit größerer Dringlichkeit nun, rief die lebenden und lange verschiedenen Dorfbewohner von Feldern und Farmen, wie er es seit Jahrhunderten tat, rief sie zur Nacht zurück nach Haus. Jack wollte nicht, dass ihn jemand sah, und so schlüpfte er in einen ruhigen Garten, verharrte dort reglos mit geschlossenen Augen und spürte die Anziehungskraft der kleinen Kirche mit ihrer Laterne und überlegte, was es bedeuten würde hineinzugehen.

Nach einer Weile wurden die Töne wieder zu einem einzelnen, als zögen sie davon, wurden langsamer und verstummten. Das kleine Dorf hüllte sich aufs Neue in Stille, und die Pfade und Straßen schienen dunkler als zuvor. Jack blieb im Garten, bis eine Amsel begann, aus einer Magnolie heraus mit ihm zu schimpfen, und als er sich wieder aufmachte, war sein Gesicht tränennass.

Etwa fünfzehn Gemeindemitglieder gingen regelmäßig zur Messe in St. James, zu Weihnachten waren es beträchtlich mehr und ein wenig auch zu Ostern. Aber das monatliche Abendlob war etwas anderes – was Kitty schade fand, da sie es am liebsten mochte.

An diesem Abend gab es nur noch vier weitere Andächtige, die Gemeindevorsteher Bill Drew und George Jefferies, die gemeinsam läuteten, Bills Frau Jean, die immer ein Häppchen Dorftratsch übrig hatte und sich nicht davon abbringen ließ, es mit Kitty zu teilen, sowie einer der Bauern aus dem Dorf, ein gebückter Mann, der mittlerweile in seinen Siebzigern war und aussah, als könnte er gut seinen Ackergaul draußen ans Friedhofstor gebunden haben. Sie saßen gemeinsam vorne in der dunklen Kirche, nur der Bauer setzte sich immer nach hinten, ganz gleich bei was für einem Anlass.

Als der letzte Ton der Glocke verklang, schaltete Bill die Lampen seitlich an, kam den Mittelgang herauf, drehte sich zu ihnen um und sagte: »Halleluja! Christus ist auferstanden.«

»Christ ist erstanden«, antworteten sie.

Die Andacht war kurz, aber von einer Einfachheit, die Kitty in mancher Hinsicht mehr berührte, als es feierlichere Messen vermochten. Es war ein Zusammentreffen von Nachbarn bei Einbruch der Dunkelheit und trug etwas von einer Zeit mit sich, in der Gebete weit nötiger gewesen waren, gab es doch so große Gefahren für das Leben. Sie sah die vertrauten Köpfe um sich herum, im Gebet gebeugt, und fragte sich, ob sich diese einfachen Dorfbewohner Gott in der Stille ihrer Herzen anvertrauten und was für eine Antwort sie erhielten. Ein- oder zweimal hatte sie in die klein zusammengefalteten Zettel gesehen, die in der Gebetstafel hinten in der Kirche steckten. Sie waren alle herzerweichend. »Betet für Gladys, sie hat Krebs.« »Bitte, betet dafür, dass mein Sohn heil nach Hause kommt.« Oder einfach nur: »Betet für John.«

Sie musste an ihren Zusammenbruch auf dem Feld denken, die kurzzeitige Taubheit und das beängstigende Gefühl, einen Moment lang keine Beine zu haben, und versuchte, sich vorzustellen, selbst so einen Zettel zu schreiben.

Obwohl sie nicht an Gott glaubte, konnte sie nicht stumm bleiben, wenn das Glaubensbekenntnis gesprochen wurde. Die schönen Worte hatten ein Gewicht, das weit über ihre wörtliche Bedeutung hinausging, und wenn die Ruhe, die sie ihr schenkten, auch nicht Gottes Friede war, so reichte sie ihr doch.

Der alte Bauer kannte jede Messe auswendig, und sie konnte ihn hören, wie er mit seinem krächzenden ländlichen Akzent in der finsteren Bank hinter ihr das dritte Gebet intonierte.

»*Erleuchte das Dunkel, wir flehen Dich an, o Herr, und schütze mit Deiner Gnade uns vor allem Übel und den Gefahren dieser Nacht. Darum bitten wir Dich durch Deinen einzigen Sohn und unseren Retter, Jesus Christus. Amen.*«

Zum Ende der Andacht sangen sie das »Te Deum«. Bills Frau gab den Ton vor, bevor sich ihre fünf untrainierten Stimmen unsicher durch Brittens wunderbare Szenerie bewegten. Erst hatte sich Kitty gefragt, warum sie sich die Mühe mit Liedern machten, wo sie beim Abendlob doch so wenige waren, doch mit der Zeit lernte sie, die unbeholfene Redlichkeit der zögerlichen, aber doch mutigen Stimmen zu schätzen, die sich mühten, den geliebten Melodien gerecht zu werden, und mit der letzten Zeile schließlich zu so etwas wie einem Triumph zusammenfanden.

George Jefferies war Ende siebzig und langsam zu verwirrt und vergesslich, um die Messe zu lesen. Tatsächlich erstreckten sich seine Pflichten mittlerweile auf kaum mehr als das Verteilen und Einsammeln der Gebetbücher. Aber es war unwahrscheinlich, dass er von seiner Rolle als Gemeindevorsteher entbunden werden würde, die nicht nur eine Glaubenspflicht, sondern seit dem Tod seiner Frau ein Eckstein seines Lebens geworden war. Die Frau des Pfarrers sah einmal die Woche nach ihm, und sie und Jean hatten »Essen auf Rädern« und eine Haushaltshilfe für ihn organisiert. Christine Hawton hatte einen Jungen aus dem Dorf gefunden, der ihm den Rasen mähte und die Beete pflegte.

Wie viele ältere Menschen stellte sich George seiner Umgebung auch weiter wie der dar, der er sein ganzes Erwachsenenleben gewesen war, ein Mann von leutseliger Heiterkeit, wobei der Geist, der dahinterstand, nach und nach zusammengeschrumpft war, sodass er über eine gewohnt freundliche Begrüßung hinaus kaum mehr etwas zu sagen hatte. Kitty hatte gelernt, ihn nicht zu überfordern oder zu intensiv in ein Gespräch zu verwickeln. An manchen Tagen war klar, dass er nicht sicher wusste, wer sie war, an anderen begrüßte er sie zwar freudig mit ihrem Namen, zeigte aber kein weiteres Interesse an einem Austausch über die Geschehnisse im Dorf. Das war schon vor langer Zeit versiegt. Und so überraschte es sie, dass er sie am Arm berührte, als ihre kleine Gruppe hinaus in die weiche Abendluft trat.

»Sie, äh …«, begann er.

»Hallo, George. Wie geht es Ihnen?«

»Sehr gut, danke. Ja.«

»Möchten Sie, dass ich Sie nach Hause bringe?«

»O nein, schon gut. Schon gut. Ich wollte nur sagen … dieser Mann, wissen Sie, der, den Jean bei den Kleingärten gesehen hat …«

Kitty war einen Moment lang verwirrt. Sie hatte sich vor der Andacht kurz mit Bills Frau unterhalten, hauptsächlich über die Farm, die zum Verkauf stand, ohne dabei mitzubekommen, dass George ihnen zugehört hatte. Vor allem hatte sie Jeans Hinweis auf einen verdächtigen Mann als unnützes Gerücht abgetan, als eins der Dinge, die Jean immer gern kolportierte.

»Jean dachte nur, dass womöglich jemand hier bei uns in der Nähe im Freien schläft, George. Das ist alles.«

»Ja. Nun, also, ist es eine Art Landstreicher? Ist er obdachlos?«

»Ich weiß es nicht, George. Warum, macht es Ihnen Sorgen?«

»Ich habe ihn auch gesehen. Oder wenigstens glaube ich es. In meinem Garten.«

»In Ihrem Garten? Sind Sie sicher?«

»O ja. Ich hab mich sehr erschreckt. Einen Moment lang

dachte ich, es sei Margaret, wissen Sie, sie hatte so eine schöne Stimme. Kannten Sie meine Frau, oder …?«

»Wann war das?« Kitty versuchte, jeden Unterton von Skepsis aus ihrer Stimme herauszuhalten.

»Oh, sie ist gestorben … vor einiger Zeit schon.«

»Entschuldigen Sie, George, ich meinte, wann haben Sie den Mann gesehen? Den in Ihrem Garten?«

»Vorhin. Oder vielleicht … nein, es war eindeutig heute. Ja, vor der Andacht.«

»Und Sie sind sicher?«

»O ja. Und ich habe mich gefragt, ist er gefährlich?«

»Warum? Was hat er gemacht?«

»Nun, das ist es, verstehen Sie. Das ist es. Er hat gesungen.«

Howard sah sich ein Autorennen an, als Kitty aus der Kirche zurückkam. Sie wirkte fast schuldbewusst, dachte er, und einen Moment lang hatte er selbst ein schlechtes Gewissen, weil er dafür sorgte, dass sich seine Frau wegen etwas so Harmlosem wie einem Abendlob schämte. Vielleicht wenn sie ihm nicht immer so zusetzte, weil er hin und wieder mal in den Pub ging, vielleicht wäre er dann nicht immer so verflucht defensiv.

»Wie war es in der Kirche?«, fragte er, und dann: »Ich decke den Tisch«, und ohne auf eine Reaktion zu warten: »Ich trinke ein Bier. Ein Glas Wein für dich?«

»Nur eine Schorle bitte. Und ohne den Fernseher«, rief Kitty aus der Küche herüber. Howard tat so, als hörte er sie nicht.

»Der Verkauf der Farm ist am Dienstag«, sagte er und ging in den Vorratsraum. »Ich habe ins Gemeindeblatt gesehen. Den Hausrat verkaufen sie auch. Culverkeys heißt die Farm.«

»O ja, was ich dir sagen wollte«, sagte Kitty und etwas an

ihrer Stimme ließ ihn aufmerken. »Er … es war Selbstmord. Der Bauer. Jean Drew hat es mir erzählt.«

Howard drehte an der Tür zur Vorratskammer um und kam zurück. »Er hat sich *umgebracht*? Mein Gott. Wie alt war er?«

»Siebenundfünfzig.«

»Wie hat er …?«

»Danach habe ich nicht gefragt.«

»Nein. Natürlich nicht.« Howard versuchte, erfolglos, es sich nicht vorzustellen: eine Schlinge in der Scheune, eine Schrotflinte in der Küche, eins von den Teilen, mit denen man das Vieh betäubte. »Himmel. So alt wie ich.«

»Ich weiß.«

»Kinder?«

»Zwei. Und eine Ex-Frau.«

»Warum? Ich meine … warum hat er es getan?«

»Es ist ein hartes Leben, so als Bauer. Geld ist damit kaum zu verdienen.«

»Ach, komm, die streichen doch Subventionen ein, alle. Da muss mehr gewesen sein.«

Kitty seufzte. »Vielleicht hat er seine Frau und die Kinder vermisst, Howard. Vielleicht war er depressiv. Wer weiß. Jedenfalls sorgt sich Jean, dass sie hier jetzt jede Menge Häuser bauen. Sie sagt, vor einer Weile ist die ganze Gegend zu Bauland erklärt worden.«

Kitty war grundsätzlich gegen jedes neue Haus auf dem Land, womit Howard sie oft aufzog. »Die Bevölkerung wächst«, sagte er. »Wo sollen die Leute wohnen?« Aber dass sich der Bauer umgebracht hatte, erschütterte ihn, und er wollte, kindischerweise, dass die Leute nett zu ihm waren, was er umgekehrt auch ihnen gegenüber sein sollte.

»Hoffen wir, dass es nicht so kommt. Es ist ein so schönes Dorf«, sagte er und erntete dafür von Kitty einen Blick fast schon dankbarer Überraschung.

»Willst du immer noch zu dem Verkauf?«, fragte sie. Howard sah, sie wollte nicht, dass er hinging, begriff aber gleichzeitig, dass sie zur Abwechslung einer Meinung waren.

»Nein, ich … Es scheint mir nicht richtig.«

»Das verstehe ich«, sagte sie mit einem Nicken.

Howard verschwand in der Vorratskammer und kam mit einer Flasche Wein zurück. »Ich hoffe nur, dass das nicht alle so machen«, sagte er und wühlte in einer Schublade nach dem Korkenzieher. »Ich meine, die Familie braucht Leute, die auf all den Kram bieten.«

»Ja, aber … wir sind Zugezogene«, sagte Kitty und hatte Schwierigkeiten, ihren Gedanken in Worte zu fassen. »Es wäre wie … wie Souvenirshoppen. Da hinzugehen und Dinge wegzutragen. Es ist etwas anderes, wenn die anderen Bauern Sachen kaufen, die sie brauchen, und selbst Fremde, die kommen, Leute, die keine Ahnung haben, was passiert ist. Aber für uns … Ich weiß nicht. Es ist einfach … Es ist einfach nicht unser Ort hier.«

13

*Knoblauchhederich. Zitronenfalter.
Holzapfelblüte.*

Die Schwalben, die unter den Dachtraufen der Manor Lodge nisteten, trugen die gleichen Gene in sich wie die, die dort schon vor hundertfünfzig Jahren ihre Lehmnester gebaut hatten. Die Schwalben vom Pfarrhaus ließen sich sogar noch weiter zurückdatieren. Jedes Jahr im April kamen sie aus einem Dorf in Afrika, reihten sich wie Musiknoten auf den Telefonleitungen auf und schossen hinunter zum Regenteich von Culverkeys, um einen Schnabel voll Erde zum Reparieren ihrer Nester zu holen. Nach ihrem Einzug hatte sich Howard beschwert, dass sie auf den Audi schissen, aber Kitty meinte, sie brächten Glück ins Haus. Mittlerweile parkten sie ihre Autos einfach ein wenig weiter von der Seitenmauer weg.

Jamie stand neben seinem Corsa und sah ihnen zu, wie sie

um den Kirchturm kreisten und über die Dächer wischten. Die Schwalben waren Teil des Dorfes, mehr noch, als er es war. Was, wenn die neuen Besitzer von Culverkeys den Regenwasserteich zuschütteten?

Er hatte den Morgen beim Farmverkauf verbracht, sich im Hintergrund gehalten, wo ihn niemand sehen konnte. Viele waren nicht gekommen, und die Auktionatoren hatten überlegt, ob sie den Beginn verschieben sollten. Und es gab etwas wegen eines potenziellen Telefonbieters, der nicht zu erreichen war. Aber um halb zwölf ging es dann los, und einer der Auktionatoren stieg auf den Case-Traktor, um die Gebote entgegenzunehmen. Beide Traktoren erreichten ihre Mindestpreise, genau wie die Quads und der Melkstand. Das Futter und einiges von den Maschinen ging weg, einschließlich eines alten Windsichters und eines Häckslers, die beide von einem Spezialhändler gekauft wurden. Die Gebote der wortkargen Bauern waren kaum zu verstehen, jedenfalls nicht für Jamie. Vieles blieb unverkauft.

Als es an die Einrichtung ging, die auf die Einfahrt geschafft worden war, verschwanden die Bauern. Die etwa zwanzig Leute, die blieben, waren neugierige Ortsansässige, Flohmarktleute und ein paar gelangweilt aussehende Händler von irgendwo. Der ovale Esstisch wurde gesondert von den Stühlen verkauft. Die Bilder gingen für jeweils ein paar Pfund weg.

Nach dem Verkauf musste Jamie raus aus dem Dorf, und er stieg aufs Fahrrad und raste vor seiner Schicht eine Weile über die Wege und Straßen entlang des Boundway. Dabei sah er die einst vertrauten Zimmer des Farmhauses vor sich, stumm und ausgeplündert, und er fragte sich, in welchem sich Alex' Vater wohl umgebracht hatte.

Am Abend, nach der Arbeit, ging er auf dem Nachhauseweg in den Green Man. Er wollte wissen, ob es irgendetwas Neues über die Farm gab.

Als er noch ein kleiner Junge war, ging es im Green Man weit geschäftiger zu. Er begleitete seinen Dad manchmal abends, und sie saßen immer am selben Tisch. Jamie trank eine Cola, es gab Skips, und er hörte den Erwachsenen zu. Meist war da ein Hund, ein räudiger Schäferhund, der unter einer der Bänke lag, und Jamie kroch zu ihm und fütterte ihn mit Chips. Er konnte sich noch an das Gefühl des Fells unter seiner Hand erinnern, rau und weich zugleich. Er mochte den Geruch, den es auf seiner Haut zurückließ.

Damals hatte es niemanden im Pub gegeben, den sie nicht kannten. Alle waren entweder aus Lodeshill oder Crowmere oder waren mit jemandem gekommen, der es war. Der Pub hatte seine eigenen Typen und Hierarchien. Da waren die, deren Meinung das meiste Gewicht hatte, die, die ausgebuht wurden, und schließlich die, über die man sich, was immer sie sagten, nur lustig machte.

Der Verhaltenskodex des Green Man war so obskur wie überholt, und sosehr seine Regeln im Ökosystem des Pubs akzeptiert wurden, so wenig passten sie zu der sich ändernden Realität der Welt draußen. Frauen wurden toleriert, solange sie nicht zu oft ihre Meinung sagten oder versuchten, im Männergeplänkel mitzumischen. Es herrschte eine leicht aggressive Heterosexualität, und genau wie in der Schule war das Ziel eines Großteils der Gespräche, die Meinungen der Stammgäste stets aufs Neue als richtig und normal zu bestätigen. Es war ein abgeschottetes, auf sich selbst bezogenes Biotop, das jeder Art von Veränderung und Anderssein mit Argwohn begegnete, doch so erdrückend das Ganze auch sein mochte, hatte Jamie doch immer angenommen, eines Tages ein Teil davon zu sein.

Aber als er schließlich sein erstes offizielles Bier dort bestellte, hatte der Green Man zu kämpfen, und es lag nicht allein daran, dass der Bricklayer's in Crowmere renoviert worden war, wobei das natürlich seinen Beitrag leistete. Jamies Eltern tranken ihr Bier mittlerweile daheim vorm Fernseher, weil es billiger war, und da waren sie nicht die Einzigen. Manche Leute meinten, der Pub solle richtiges Essen anbieten, das sei es, was die Leute heute wollten. Hol dir einen guten Koch, verschaff dir einen Ruf und lock Leute aus dem ganzen County zu dir. Vielleicht von noch weiter weg. Aber Jamie wusste, was sein Großvater dazu gesagt hätte, und das hätte wahrscheinlich gestimmt.

Er holte tief Luft und drückte die Tür zum Schankraum auf. Es waren vielleicht ein Dutzend Leute da. Mehr, als er gedacht hatte, wobei es lange nicht voll war. Vielleicht hatte es mit der Auktion zu tun. Vielleicht wollten die Leute darüber reden, wollten wie er wissen, was auf das Dorf zukam.

Ein paar Wochen nach Philip Harlands Selbstmord war hier über nichts anderes gesprochen worden – ob man etwas anders hätte machen können oder sollen und warum genau er es getan hatte. Aber zwei Monate später schon kam die Rede kaum noch darauf, wenn es auch weit länger dauern sollte, bis die Geschichte gänzlich von den Mechanismen des Gemeindelebens absorbiert werden würde.

»Ein Bier, bitte«, sagte Jamie zu Jim, dem Wirt, und grub in seiner Tasche nach einem Fünfer. Jim wohnte über dem Pub, und zwar mit einem Mädchen, das in der Schule ein paar Jahre über Jamie gewesen war. Eine Weile war sie die örtliche Schönheit gewesen, fast jeden Abend unterwegs, rausgeputzt, das Haar gebleicht und geglättet, heute sah sie wie alle anderen aus. Jims Frau, die geschäftlich weit mehr draufgehabt hatte als er, war lange schon weg.

Jim stellte das Bier vor ihn hin und kassierte sein Geld ohne ein Wort. Jamie nahm einen Schluck und sah sich um. »Paar Leute da«, sagte er.

»Jepp.«

»Der Farmverkauf heute, nehm ich an.«

»Warst du da?«

»Nein, ich … Hast du gehört, wie's war?«

Jim schüttelte den Kopf. »Hätte besser laufen können. Wobei, was übrig ist, geht sicher bald auch weg.«

»Und dann was?«

»Wer weiß, Junge. Warum fragst du nicht Harry? Du weißt, wie Jäger sind. Die Ohren immer auf der Erde. Übrigens, falls du dir dies Jahr ein paar Kröten extra verdienen willst, Nigel Gaster da drüben sagt, er fängt bald mit dem Spargel an.«

»Danke, Jim.« Jamie nahm sein Bier und trug es vorsichtig an einen der Tische. Harry brüllte gerade vor Lachen. Er saß an einem Tisch mit Bill Drew und ein paar Bauern und guckte zu tief in seinen Scotch, um leicht ansprechbar zu sein. Jamie nahm einen Schluck Bier und wartete.

Die Arbeit heute war okay gewesen. Nicht zu viel zu tun, das war gut, wobei die Zeit verdammt schleppend verging, wenn es zu ruhig war. Und die Blonde aus dem Lagerbüro hatte ihm zugelächelt. Sie hieß Megan, das hatte er Lee sagen hören.

»Megan und ich und noch ein paar andere gehen Freitagabend ins Vault«, hatte Lee gesagt. Sie machten eine Zigarettenpause. Jamie rauchte nicht, aber manchmal ging er trotzdem mit. »Bist du dabei, Dicko?« Jamie grinste, und Megan, die Schultern hochgezogen gegen den Wind, lächelte und blies den Zigarettenrauch vor sich hin. Er war schon ein paarmal mit Lee was trinken gegangen. Lee war etwas älter, schien aber ganz in Ordnung. Und einmal war er auch mit Dave, der die Transporte organisierte, ein Bier trinken gewesen. Dave war noch älter, schon eher ein Erwachsener, und am Freitag wahrscheinlich nicht dabei.

Jamie nippte an seinem Bier und dachte an seinen Corsa. Zwei- oder dreimal schon hatte er bei der Arbeit davon erzählt. Sie wussten, dass er an einem Auto arbeitete und es ein bisschen was Besonderes war. Was, wenn er am Freitag damit fuhr? Der Corsa war noch nicht fertig, nicht wirklich, aber zugelassen und versichert. Ein Bild trat ihm vor Augen, schon ein wenig abgenutzt: der Corsa voller Freunde und Gelächter, wie sie mit ihm auf dem Fahrersitz aus dem Dorf den Boundway hinunterfuhren, James Dixon, nicht Dicko, nicht mal mehr Jamie. Er hielt das Bild einen Moment vor sich fest und ließ es dann wieder los, so wie man eine Münze in der Tasche berührt, die Glück bringen soll. Es würde so kommen, eines Tages würde es so sein.

Es dauerte nicht lange, bis die letzte Runde ausgerufen wurde. Als Harry Maddock aufstand und zur Theke ging, trank Jamie seinen letzten Schluck Bier und stellte sich mit dem leeren Glas neben ihn.

»Harry.«

»Nabend, Junge.« Harry gab Jim ein Zeichen, noch mal das Gleiche, er hielt einen Geldschein zwischen den Fingern. »Was trinken?«

»O nein, danke. Muss morgen arbeiten.«

»Arbeiten? Du weißt ja nicht, wie gut du's hast. Ich geh heute noch auf Kaninchenjagd. Willst du mitkommen?«

Jamie schüttelte den Kopf. »Wo ist dein Assi?«

»Keine Ahnung, wo der sich rumtreibt. Hat sein Telefon ausgestellt. Sekunde mal.«

»Okay.«

Jamie hockte sich auf einen Hocker und sah zu, wie Harry zwei Pints zurück zu seinem Tisch brachte. Bill Drew war schon vor einer Weile gegangen, aber zwei Bauern saßen noch da.

Er war schon ewig lange nicht mehr mit Harry mitgegangen. Als Alex nicht mehr da war, hatte er keinen Fuß mehr auf Culverkeys-Land setzen wollen und stattdessen *Grand Theft Auto* und *SimCity* gespielt, hatte aufgehört, Harry zu helfen, es schleifen lassen, und als Harry dann einen Jagdlehrling annahm, einen Jungen aus der Klasse über Jamie, war es ihm ziemlich egal gewesen. Im Wald herumzulaufen war was für Kinder, hatte er gedacht. Und er hatte jetzt ja auch den Clio.

Und doch, dass Culverkeys vielleicht bebaut wurde, hatte ihn tief getroffen. Und tat es noch immer. Es war dumm, aber er wollte, dass die Farm da blieb, für immer, unberührt und unverändert. Der Ort, den er als Kind so geliebt hatte.

Harry kam zurück und lehnte sich neben ihm auf die Theke. »Heute hatten sie auf Culverkeys die Versteigerung.«

Jamie nickte. »Hab gehört, es lief nicht so toll.«

»Hätte schlimmer kommen können. Ein paar von den alten Maschinen sind ganz gut weggegangen. Weißt du, was die heute mit denen machen? Verdammte Skulpturen bauen sie damit, für die Stadt. Solche Sachen. Stellen sie vor Besucherzentren auf. Weißt du noch die eiserne Drehscheibe? Von einem Pferdegöpel war die. Bindest ein Pferd rein, lässt es im Kreis laufen und treibst damit Maschinen an. Mein Dad erinnert sich noch, wie sie ihn hingesetzt haben und dem Pferd Steine aufs Hinterteil werfen lassen, damit es nicht einschlief. Hat dein Großvater sicher auch gemacht. Wie gehts ihm eigentlich?«

»Ach, du weißt schon. Ich bring ihn mal her.«

»Das solltest du. Sicher, dass du mir nicht mit den Kaninchen helfen willst?«

»Ich kann nicht, Harry. Tut mir leid.«

»Na gut.«

»Culverkeys ist also … verkauft?«

»Nicht dass ich wüsste. Aber die Anwälte lassen sich nicht in die Karten gucken.«

»Jemand hat was von Tagebau erzählt. Das stimmt doch nicht, oder?«

»Hängt davon ab, wer die Schürfrechte hat. Aber ich bezweifle es. Obwohl die Kohlebehörde von Zeit zu Zeit schon mal vorbeischaut. Wie immer die jetzt heißt.«

»Die Kohlebehörde? Ernsthaft?«

»Tagebau, Junge. Was denkst du, was die Deponie ist, wo dein Dad arbeitet? Als ich ein Junge war, haben sie da noch Kohle abgebaut.«

Jamie stellte es sich vor: ein Riesenloch in der Erde, das mit dem Müll der Leute gefüllt wurde. »War mir nie klar.«

»Aber dein Vater muss doch was erzählt haben?«

»Oh, Mann, *Bergbau*: Ich dachte, das ist alles Ewigkeiten her.«

»Es geht nicht alles mit Windrädern, Junge. Noch nicht. Aber von Kohle habe ich nichts gehört. Wahrscheinlich geht das Land stückweise weg, und irgendwer kauft das Haus und macht ein normales Wohnhaus draus. Da steckt heute das Geld.«

Als Jamie reinkam, war sein Dad noch wach und sah fern.

»Nicht viel von dir gesehen, heute«, sagte er, als Jamie seine Jacke in der Diele aufhängte. »Warst du nach der Arbeit noch bei deinem Großvater?«

»Ich war im Green Man. Warum?«

»Oh, nichts. Nur dass sich deine Mutter Sorgen um ihn macht.«

Jamie kam ins Wohnzimmer und stellte sich neben den Sessel seines Dads. »Sorgen? Was ist los?«

»Sie denkt, mit ihm stimmt was nicht.«

»Das sage ich doch schon lange. Ich glaube, er ist depressiv.«

»Jemand wie er ist nicht depressiv. Er war im Krieg.«

»Warum denkt sie, dass was nicht stimmt?«

»Sie hat ihn heute angerufen, um zu hören, wie es ihm ging, und er hat ständig Edith zu ihr gesagt.«

»Und? Er bringt nur die Namen durcheinander.«

»Er nennt sie nie Edith. Niemals. Und es war mehr als das, sagt sie. Sie musste ihm was erklären, und dann … dann hat er sie nach Tess gefragt.«

»Seinem Hund? Der gestorben ist?« Jamie wusste, dass er ungläubig klang, und war froh, dass ihm sein Dad das alles erzählte und nicht seine Mum. Irgendwie kam es ihm unmöglich vor.

Sein Dad stand auf und ging in Richtung Küche. »Das ist das, was deine Mum sagt. Sie will einen Termin bei seinem Arzt für ihn machen. Sie denkt, er kann ihm ein paar Tabletten oder so verschreiben. Obwohl ich da nicht sicher bin.«

»Das hat sie ihm nicht gesagt, oder?«

»Das mit dem Doktor? Warum?«

»Er wird da nicht hingehen. Er hasst es, wenn Dinge über seinen Kopf hinweg für ihn entschieden werden.«

»Nun, wir werden versuchen müssen, ihn dazu zu bringen, dass er geht. Unabhängig zu sein ist das eine, und er macht das toll für sein Alter, aber es ist nicht fair, wenn sich deine Mutter Sorgen wegen ihm machen muss. Deine Onkel waren alle klug genug, aus der Gegend wegzuziehen, und wenn dein Großvater abbaut oder ... nun. Das können wir nicht allein stemmen.«

Jamies schnürte es mit einem Mal die Kehle zu. »Und Mum ... geht es ihr gut?«

»Oh, sie ... Es geht schon.« Er seufzte. »Es ist nicht leicht für sie, mein Junge. Er ist dein Großvater, und du siehst eine andere Seite von ihm. Er hat sie immer hart angepackt. Er mag ja das Essen auf den Tisch gebracht haben, aber es war nicht einfach für deine Mum, mit alldem zurechtzukommen.«

»Womit?«

»Nun, sie kam lange nach deinen Onkeln auf die Welt, das weißt du. Sie war ein ... ein Unfall. Nicht geplant. Und Edith ist bei der Geburt gestorben. Darüber ist dein Großvater nie hinweggekommen.«

Jamies Hände fühlten sich feucht an, er wischte sie an seiner Jeans ab und sah auf seine Schuhe. »Die arme Mum.«

»Natürlich haben die Nachbarn ausgeholfen, und er hat eine Frau aus dem Dorf geholt, zum Kochen und Putzen. Aber er war ... Er war nicht immer nett zu ihr, mein Junge. Er mochte es nicht, wenn sie weinte oder sich wegen irgendetwas anstellte. Selbst wenn sie krank war. Und Fehler waren nicht erlaubt. Alles musste auf eine bestimmte Weise gehen, und so ist er immer noch. Das ist nicht fair, wenn du Kinder hast. Zum Teil lag es am Krieg, aber das ist nicht alles. Es war sein Leben, die Entscheidungen, die er getroffen hatte.«

»Ist sie deshalb ...«

»Es hat seinen Einfluss gehabt, ohne Mutter aufzuwachsen, mit ihm, wie er war. Das und andere Sachen.«

Jamie wollte fragen, was für Sachen, stellte aber fest, dass er es nicht konnte. Trotzdem, mehr hatte ihm noch nie jemand über die verborgenen Hintergründe seiner Familie erzählt, und er nahm es in sich auf, spürte die Last und das Privileg, es zu wissen. Wobei, als er später im Bett darüber nachdachte, schien es ihm schon so vertraut und offensichtlich, als hätte er längst alles verdaut und als sei es nicht mehr da.

Sein Vater stellte zwei große Tassen auf die Arbeitsfläche.

»Oh, nicht für mich, Dad«, sagte Jamie.

»Okay. Wie gehts dem Auto?«

»Gut, ja. Aber ich muss noch ein bisschen was machen.«

»Und die Arbeit?«

»In Ordnung. Ruhig.«

»Nicht zu ruhig, hoffe ich.«

»Warum?«

»Ich habe gehört, sie haben einen weiteren Kunden verloren, das ist alles. Einen großen.«

»Ja, aber das ist nicht mein Bereich. Und du weißt doch, wie riesig der Laden ist? Der geht so schnell nicht unter.«

»Das hoffe ich. Solange die Leute noch Sachen kaufen, oder?«

»Wo wir von der Arbeit reden, Dad. Ich wusste gar nicht, dass die Deponie mal ein Kohletagebau war.«

»Nicht? Eine prima Verwendung für die Grube, würde ich sagen. Wenn sie erst mal voll ist, wird kaum mehr zu sagen sein, dass sie mal da war.«

»Wie meinst du das?«

»Sie decken sie zu, mein Junge, und nach einer Weile kannst du wieder Sachen drauf anbauen.«

»Wirklich?«

»Ja, so gut wie neu oder doch wenigstens fast. Du kennst doch das leere Feld neben der Straße zwischen Crowmere und Ardleton? Das holprige? Das war auch mal eine Deponie.«

»Unmöglich.«

»Sie nehmen immer wieder Proben und prüfen, ob es alles richtig verrottet. Eines Tages, denke ich, nutzen sie es wieder als Farmland.«

»Das heißt, unter dem Feld ...« Jamie versuchte, es sich vorzustellen: all die kaputten Spielzeuge, Windeln und Plastikbeutel.

»Jepp. Und in zweihundert Jahren graben sie alles wieder aus, wie im Fernsehen, in *Time Team*. Es sei denn, sie haben bis dahin, ich weiß nicht, ein Einkaufszentrum draufgebaut.«

14

*Liebkraut, Sauerampfer, Bienen-Ragwurz.
Eschenknospen brechen auf.
Ein warmer Anfang, später schwere Schauer.*

An Wochentagen erwachte Lodeshill morgens zwischen sechs und acht kurz zum Leben. Etwa ein halbes Dutzend Autos verließ die Einfahrten, einige fuhren zum Boundway und weiter zur Arbeit, andere brachten die wenigen Kinder aus dem Dorf zur Gesamtschule nach Connorville oder zur örtlichen Oberschule. Die Morgenruhe wurde danach nur vom Postauto und dem Wagen von »Essen auf Rädern« unterbrochen, bis Jamie schließlich nach dem Mittagessen seine Enduro antrat und Richtung Boundway zu seiner Schicht in Mytton Park donnerte. Bevor die Kinder aus der Schule kamen, konnten die Nachmittage völlig still sein, es sei denn einer der Lieferwagen vom Supermarkt brachte Bestellungen.

An diesem Morgen hatte Kitty gerade die Einfahrt verlassen, als sie den Mann sah. Er ging mitten auf der Straße und sah genau wie ein altmodischer Kesselflicker aus. Sein Rucksack hing voller Kleinkram und war mit Buttons geschmückt, und sie musste an den Mann denken, der damals, als sie noch ein kleines Mädchen war, an die Haustür gekommen war, um Messer zu schleifen.

Sie fuhr im Schritttempo und ließ das Beifahrerfenster des Audis herunter, um ihm zu danken, wenn er sie vorbeiließ. Aber er ging nicht zur Seite.

Das Auto kroch hinter ihm her. Trug er Kopfhörer? Es schien unwahrscheinlich, und Kitty fragte sich, ob er taub war oder einfach nur stur. Sie blickte in den Rückspiegel, Christine Hawtons Auto kam von hinten heran.

Er ging weiter, der wiegende Schritt ohne Eile, und die Sonne glänzte auf einem kleinen Kupfertopf seitlich an seinem Rucksack. Ein großer Antiatomwaffen-Button steckte hinten auf dem Rucksack und, wenig passend dazu, einer mit dem Virgin-Logo. Sie erkannte noch einen mit einer Gitarre und den Worten »Burning Rubber« in schmucker Kursivschrift rundum. Das würde Howard gefallen, dachte sie und dass sie es ihm später erzählen sollte.

Sie lehnte den Kopf aus dem Fenster und überlegte, ob sie ihn freundlich grüßen sollte. Aber er musste wissen, dass sie hinter ihm war, und damit würde es sicher als der Versuch erscheinen, ihn aus dem Weg zu bekommen. Wobei sie das am Ende ja auch tatsächlich wollte, sie hatte einen Arzttermin, zu dem sie musste. Aber was, wenn er ein wenig … unausgeglichen war? Sie fuhr das Fenster wieder hoch und seufzte.

Schließlich bot sich eine Stelle zum Vorbeifahren, und ohne dass er irgendwie zur Seite gewichen wäre, fand Kitty genügend

Platz, um das Auto an ihm vorbeizumanövrieren, ein sorgsam freundliches Lächeln auf dem Gesicht. Aber als sie im Rückspiegel nach ihm sah, blickte er an ihr vorbei, irgendwo ins Nichts weit vor ihnen.

Meine natürlichen Verbündeten tanzen an mir vorbei ..., dachte Jack und sah zu, wie ein Kohlweißling hilflos im Luftstrom des Autos flatterte. Tiefe Wahrheiten sind ihnen jedoch einerlei.

Stimmte das? Oder dachte er es nur, weil es sich reimte? Da war etwas, da war er sicher, aber als er danach zu greifen versuchte, verpuffte der Gedanke. Er war dieser Tage nicht ganz auf der Höhe. Er hatte sich mal ausgekannt mit tiefen Wahrheiten. Oder?

Die erste Farm, auf der er fragte, hatte nichts für ihn. Und es schien sich auch keiner an ihn zu erinnern. Er überlegte, ob er sich vielleicht den Bart abnehmen sollte, überlegte, ob es vielleicht zu lange her war, seit er zuletzt in der Gegend gewesen war. Sie hatten eine Mannschaft mit osteuropäischen Kids auf den Beeten, gute Arbeiter, sagte der Verwalter, fleißig. Das hörte er seit einigen Jahren oft, und es stimmte. Manchmal hatte er das Gefühl, der letzte englische Wanderarbeiter zu sein, der noch über Land zog. War das tatsächlich so?

Er hatte ausgeschlossen, nach Culverkeys zu gehen, und die anderen drei Farmen begannen in seiner Erinnerung zu verschwimmen, aber als er sich einer von ihnen, Woodwater, näherte, klärte sich sein Blick wieder. Die Farm sah, so von der Straße betrachtet, wie von einem Kind gemalt aus, mit einem hübschen Farmhaus, einer ordentlichen Scheune, sogar Gänse liefen auf dem Hof herum. Der Melkstall, die Meierei und das Spargelhaus standen hinter einer Reihe Ahorn.

Jack ging um das Farmhaus herum zu dem hässlichen Bungalow, in dem die Gasters wohnten, und klingelte.

»Nun, wenn das nicht unser Jack ist«, sagte Joanne Gaster, als sie die Tür aufmachte. »Ich halte zu dieser Jahreszeit immer nach Ihnen Ausschau! Wie gehts denn so?«

Wie freundlich. Jack war das nicht gewohnt, und einen Moment hatte er Mühe zu entscheiden, wie er darauf antworten sollte.

»Oh, Sie wissen schon, bin viel unterwegs.«

»Aber wie geht es? Ich sehe, Sie haben gutes Wetter mitgebracht.« Sie lehnte sich in den Türrahmen und beschattete die Augen gegen die Sonne, bat ihn aber nicht hinein.

»Oh, ich komme durch. Sieht hier ja alles bestens aus.«

»Muss es dieser Tage, für die Pensionsgäste. Und wissen Sie, dass wir jetzt auch Käse machen und Eiscreme?«

Jack nickte. »Ich habe das Schild gesehen.«

»Hatten keine Wahl. Milch ist heute billiger als Wasser.«

»Geht der Spargel gut?«

»Der ist ein Lebensretter, um ehrlich zu sein, besonders seit Culverkeys seinen untergepflügt hat. Wir haben zusätzliche Beete angelegt, sobald wir es gehört haben, und es läuft bestens. Wir haben deren Bestellungen mehr oder weniger zu uns rüberziehen können.«

»Culverkeys, sind das die Harlands?«

»Philip, ja, Friede seiner Seele. Wie auch immer, Sie kommen zur rechten Zeit, wir haben gerade angefangen, allerdings sind schon sechs Leute in der Unterkunft, fürchte ich.«

»Das ist okay. Ich … ich habe einen Platz zum Schlafen.«

»Sehen wir uns morgen? Gegen sechs?«

Als er den Weg zurückging, fragte sich Jack, woran Philip Harland gestorben sein mochte und wann. Vielleicht war es der Alkohol gewesen. Er versuchte, sich vorzustellen, wie alt die Kinder jetzt sein mussten und ob vielleicht eins von ihnen zurückkam, um die Farm zu übernehmen. Der ältere Junge, der ruhige vielleicht, mit seiner eindeutigen Liebe für das Land. Ja, das konnte er sich vorstellen. Das passte.

Heute Nacht würde er in dem kleinen Wäldchen schlafen, das er gefunden hatte. Nicht im Wald beim Dorf mit all den Neighbourhood-Watch-Schildern, wo sie die Hunde spazieren führten. Nein, weiter in Richtung Crowmere, ohne Wege und ohne Leute. Es war Regen im Anzug, doch da stand eine Eibe, schattig und dicht. Die Erde unter den unteren Zweigen war knochentrocken. Vier uralte Pennys waren in den Stamm der Eibe getrieben, wenn sie auch längst schwarz und zugewachsen waren. Bis auf die Eichhörnchen und Baumläufer wusste niemand außer Jack von ihnen.

Morgen war er zurück auf den Feldern, und alles lag hinter ihm. Er wusste, Mrs Gaster würde ihn nichts unterschreiben lassen. Das tat sie nie.

Nach ihrem Arzttermin beschloss Kitty, sich eine neue Kamera zu kaufen. Als sie nach ihrem Sturz am Abwassergraben wieder richtig zu sich kam, war klar, dass ihre alte irgendwo in der Brühe verschwunden sein musste, aber erschrocken, wie sie war, machte sie der bloße Gedanke, blind danach im kalten Wasser mit dem rostigen, giftigen Schimmer herumzutasten, ganz schwindlig, und wahrscheinlich war sie sowieso hinüber. Kurz dachte sie an die Fotos, die sie damit gemacht hatte, aber als sie endlich wieder auf die Beine kam und vorsichtig ihr Gleichgewicht zu halten versuchte, sah sie sich um und fand, dass die Eiche längst nicht so ikonisch war, wie sie zunächst gedacht hatte. Es war einfach nur ein Baum auf einem Feld. Und so hatte sie dem Wasser die Kamera gelassen, war zurück zum Auto gegangen und, als sie sich dazu in der Lage fühlte, nach Hause gefahren und hatte ein langes Bad genommen.

Es war leicht, den Verlust der Kamera vor Howard zu verstecken. Er kümmerte sich wenig um ihre Kunstsachen, von denen die meisten im Studio waren, das sie sich mit Claire teilte. Darüber hinaus fühlte es sich nur natürlich an: Das Fotografieren hatte für sie immer den Schauer des Geheimen gehabt.

Richard hatte sie in dem Abendkurs kennengelernt, mit dem sie anfing, als Chris in die Vorschule kam, und fast sofort war klar, dass sie eine Affäre mit ihm haben würde. Er bewegte sich mit einer so mühelosen Anmut, langsam und unbefangen, noch mehr aber war es die Unabhängigkeit, die er ausstrahlte, so als sei er auf niemandes Meinung angewiesen und genüge sich völlig selbst. Es war ungewöhnlich und umgab ihn mit einem Gefühl ruhiger Zuversicht, das sie faszinierte.

Kitty hatte sich unaufgeregt auf die Affäre eingelassen und, wie es ihr schien, mit offenen Augen. Sie hatte sich gesagt, dass es bald schon wieder vorbei sein würde, es war einfach nur ein bisschen Spannung, Erregung, ein Geheimnis. Etwas, das niemand von der vernünftigen, sittenstrengen Kitty erwarten würde – und das ihr niemand würde nehmen können.

Sie erinnerte sich noch an das erste Mal, als er sie berührt hatte, den Moment, in dem sie diese unsichtbare verheerende Grenze überschritten. Er hatte sie nach dem Kurs nach Hause gebracht, und die Luft im Auto knisterte und perlte mit dem, was da zwischen ihnen geschah. Er hatte eine Straße weiter geparkt und den Motor abgestellt, und sie saßen eine lange Weile still da. Dann sah sie ihn an, und das Blut schoss ihr durch den Körper. Und nach diesem Kuss war sie eine andere Frau, für immer. Eine andere Ehefrau.

Und was war schon dabei, ernsthaft? Keiner von ihren oder Howards Freunden kannte Richard, und sie wusste, sie würde es ihm nie gestehen, was immer passieren mochte. Es ging nicht darum, ihn zu verlassen, tatsächlich dachte sie nicht, dass es überhaupt etwas mit Howard zu tun hatte. In den nachfolgenden Jahren begann sie jedoch mehr und mehr zu begreifen, was zu ihrer Entscheidung geführt hatte. Mit Richard konnte sie unvernünftig und widersprüchlich, konnte auf eine Weise humorvoll sein, die ihr zu Hause unmöglich war, weil Howard dieses Feld bereits besetzt hatte und sie die Erwachsene sein musste. Immer sie.

Wochen und Monate vergingen, und sie stellte fest, dass sie sich immer nur noch mehr zu Richard hingezogen fühlte. Sie versuchte, es auszublenden, schließlich hatte sie sich auch einmal in Howard verliebt und ihr war klar, dass ihren Gefühlen nicht zu trauen war. Nicht dass sie falsch waren, nicht wirklich. Damals hatte sie Howards Verantwortungslosigkeit und seine gesellige Art gewollt. Aber es war schwierig und dauerte lange herauszufinden, wie jemand wirklich war, und das mit Richard jetzt war schlicht und einfach reine Vernarrtheit. Sie kannte ihn kaum, ernsthaft betrachtet. Sie bekam nur seine beste Seite zu sehen, und so ließ die Magie nicht nach, und mehr noch, sie konnte ihm alle möglichen Qualitäten zuschreiben – im sicheren Wissen, ihn nie gut genug kennenzulernen, um herauszubekommen, welche verborgenen Makel er tatsächlich hatte.

Aber trotz all ihrer Besonnenheit begann es sich langsam

so anzufühlen, als würden ihre Besuche in abgelegenen Pubs und die gestohlenen Nachmittage in anonymen Hotels zu ihrem »richtigen« Leben, während ihre Ehe zu einer Art Vorzimmer verkam, einem Ort, den sie nach und nach, fast unmerklich, hinter sich ließ. Dennoch glaubte sie monatelang, dass es möglich war: dass sie beide Leben leben konnte.

»Hast du ein schlechtes Gewissen«, hatte er sie einmal gefragt. Sie saßen in einem düsteren Pub in Ruislip nebeneinander in einer Nische, nicht sich gegenüber, sodass er unter dem Tisch eine Hand auf ihren Schenkel legen konnte.

»Es ist komisch, aber nein. Ich muss ein schrecklicher Mensch sein. Egal, ich glaube, dass auch Howard seine Geheimnisse hat.«

»Glaubst du, er hat Affären?«

»Natürlich hat er die. Er ist praktisch jeden Abend weg was trinken und kommt oft spät zurück. Warum sollte er nicht?«

»Stört es dich?«

Sie zog die Stirn kraus. »Das Recht dazu habe ich wohl verwirkt, oder?« Sie wandte den Blick ab, und Richard drehte ihr Gesicht zu sich hin, langsam und bedächtig, wie es Howard nie tat.

Es konnte natürlich nicht so weitergehen. Eines Tages stellte sie fest, dass sie wieder schwanger war. Das Baby war nicht von Howard, und sie war nicht dumm genug, sich so erwischen zu lassen. Also machte sie mit Richard Schluss. Sie musste, auch wenn es sich anfühlte wie das Ende ihres wirklichen Lebens – als würde ihr gerade erst entdecktes wahres Selbst zurück in eine Schachtel gepackt und an einen fernen Ort geschafft.

Zwei Wochen lang weinte sie keuchend, heftig unter der Dusche und still im Bett, während Howard schlief. Sie wollte es auf die Hormone schieben, aber Howard fragte nicht, ob etwas nicht stimme. Und als Jenny geboren wurde, begann sich das alles anzufühlen, als wäre es Teil eines anderen Lebens, sodass es mit den Jahren fast so schien, als wäre sie ungeschoren davongekommen.

Fast, aber nicht ganz. Selbst während der höchsten Höhen ihrer Affäre hatte sie immer gewusst, dass sie einen Preis dafür würde zahlen müssen, und es stimmte, nur kam die Rechnung erst später. Der Schaden für ihre Ehe betraf ihren Gründungsmythos: warum sie und Howard zusammen waren. Es war der Mythos, den alle Paare produzieren, und sie hatte, in einem Akt der Lästerung, mit jemand anderem einen neuen geschaffen, der den ersten zur Lüge machte, was sich nicht rückgängig machen ließ. Und wenn sie sich seiner vergewissern, sich an die Gründe erinnern wollte, warum sie und Howard geheiratet hatten – in den schwierigen Monaten nach Jennys Geburt und später, als es mit seiner Trinkerei am schlimmsten war –, musste sie feststellen, dass es ihn nicht mehr gab.

Aber sie stand es durch. Sie ermöglichten ihren Kindern einen anständigen Start ins Leben. Howard erwies sich als guter Vater für die beiden, liebevoll und verständig. Ja, er irritierte Kitty, regte sie auf, aber so war nun mal die Ehe, oder? Es war nicht alles Leidenschaft und ein Sich-gegenseitig-tief-in-die-Augen-Blicken, nicht auf lange Sicht. Das wusste sie. Warum dachte sie also zwanzig Jahre später wieder an Richard?

Vielleicht hatte der Arzt sie verunsichert. Nach Howards jahrelangen, nicht enden wollenden Klagen und Beschwerden war sie mit der eigenen Gesundheit nachlässig geworden und hatte ihren Termin nur als Mittel gesehen, ihren Sturz auf dem Feld aus dem Kopf zu bekommen. Als der Arzt dann aber sagte, dass er sie zu einem Neurologen schicken wolle, war das ein Schock für sie. Zurück im Auto, saß sie ein paar Minuten da und blickte starr nach vorn, die Gedanken wie gelähmt. Das Ganze erinnerte sie an etwas, was Howard bei seiner Pensionierung gesagt hatte: »Das wars dann wohl. Jetzt kommt der letzte Akt meines Lebens.« Sie hatte es abgetan, Howard hatte etwas so Melodramatisches, immer schon. Aber als sie da jetzt so reglos hinter dem Steuer saß und die Schlüssel sanft im Zündschloss hin und her schwangen, empfand sie etwas Ähnliches. Ein plötzlicher kurzer Blick auf die Ziellinie, das war es. Und es brachte sie dazu, über ihr Leben nachzudenken, und die Entscheidungen, die sie getroffen hatte.

Der Kameraladen befand sich in einem von Connorvilles Einkaufszentren. Die waren fürchterlich unübersichtlich, und es war immer schwer, sich zu erinnern, wohin genau man nun musste. Kitty hielt auf den großen Schildern neben der Straße nach dem richtigen Logo Ausschau. Es schienen immer neue Areale hinzuzukommen, benannt nach den Orten, auf denen sie errichtet worden waren: The Pasture, Tupp's Wood, The Millrace. Dort auf der leeren neuen Umgehungsstraße bei der riesigen holzverkleideten Kirche der Heiligen der Letzten Tage, die direkt neben einem Kreisverkehr stand, sah es aus wie in Amerika – oder an sonst einem nichtssagenden Ort.

Im überheizten Laden dann, in dem die Luft fürchterlich trocken und statisch aufgeladen war, ersetzte Kitty nicht einfach ihre alte Kamera, sondern entschied sich für ein besseres Modell als das, das sie im Graben verloren hatte. Was sonst sollten sie mit ihrem Geld machen? Howard hatte gut verdient, und das Haus in Finchley hatten sie zur rechten Zeit verkauft. Sie hatten Chris die Anzahlung für seine erste Wohnung gegeben, und Jenny würde das Gleiche bekommen, wenn sie zurück nach England kam. Davon abgesehen konnten sie mit ihrem Geld machen, was sie wollten, was ihr mitunter ein schlechtes Gewissen bereitete, aber im großen Ganzen genoss sie es.

Kitty dachte oft, sie sollten reisen, doch tief in sich drin wusste sie, dass die *Entente* zwischen ihr und Howard eine solche Nähe nicht überleben würde. Sie würde gern allein irgendwo hinfahren – nach Norwegen an die Fjorde vielleicht oder nach Finnland, irgendwohin, wo es wild war, weit weg –, aber so einen Wunsch zu äußern würde die Landschaft ihrer Ehe unrettbar verändern, und nach all der gemeinsamen Zeit wurde ihr bei dem Gedanken schwindlig, was nicht unbedingt ein Beweis für ihre Gefühle Howard gegenüber war, aber doch Grund genug.

Draußen vor dem Laden drehte sich der Wind nach Westen, und als Kitty mit ihren Plastiktaschen herauskam, flogen die ersten dicken Regentropfen über den Parkplatz, als würden sie aus einem fetten Quast geschleudert. Auf der Rückfahrt verfinsterte sich der Himmel zusehends, die Scheibenwischer hetzten über die Scheibe, und der Wind wurde stärker. Als sie zu Hause ankam, brach der Regen mit voller Kraft los.

15

Borretsch, kleine Braunellen,
die ersten wilden Waldrebenblüten
(Old Man's Beard, Traveller's Joy).

Überall im Land blühte der Raps und verwandelte die Felder in leuchtend gelbe Rechtecke und Quadrate. Bei Crowmere hatten ihn zwei Farmer als Zwischenfrucht für Biotreibstoff angepflanzt, und bis nach Lodeshill hinein waren Straßen und Gärten voll mit seinem kräftigen Aroma.

Einige der Bienen, die auf den gelben Feldern unterwegs waren, gehörten den Farmern selbst, andere kamen aus Crowmere, und wieder andere flogen aus Bill Drews Garten Lodeshill an.

»Es ist so ein Scheiß«, sagte er zu Jean nach dem Frühstück und blickte, die Hände in die Hüften gestützt, zum Bienenstock hinüber. »Ich wünschte, sie flögen nicht hin. Du kannst den

Honig nicht schleudern, wenn sie im Raps waren. Warum, weiß ich nicht.«

»Du wirst sie kaum davon abhalten können, oder, Liebling?«, sagte sie. »Egal, ich mag ihn, er lässt die Felder so hübsch aussehen.«

»Früher gabs ihn nirgends, oder? Raps. Ich weiß nicht.«

»Die Dinge ändern sich, Liebling. Selbst hier.«

Auf dem Weg zu seiner ersten Schicht auf der Woodwater Farm sah Jack mit gefurchter Stirn zu den dreisten gelben Ausreißern hinüber, die neben der Straße hochgeschossen waren. Er mochte wilde Äpfel und Zwetschgen, warum war das jetzt etwas anderes? Pflanzen wuchsen die ganze Zeit an immer neuen Orten, und das war richtig so. Vielleicht erinnerten sie ihn nur an die eigene Misere.

Er freute sich darauf, aufs Feld zu kommen. Nichts fühlte sich echter an als ein Tag Arbeit an der frischen Luft: das wohlverdiente Gefühl von Müdigkeit hinterher, das Wissen, dabei geholfen zu haben, dass die Dinge wuchsen, überlebten, geerntet wurden. Während er dahinging, fragte er sich, wer und wie die anderen Spargelstecher sein mochten. Er hoffte, nicht zu viel mit ihnen reden zu müssen. Er war dieser Tage nicht geübt im Reden, den versteckten Regeln und Feinheiten von Konversation, er fand es anstrengend.

Als er auf die Farm kam, konnte er vom Tor aus sehen, dass ein paar bereits in den Beeten standen. Er ging zum Lagerhaus zu Joanne. Der Himmel hing tief und weiß über ihnen, die Luft war stickig und still.

»Morgen, Jack«, sagte sie und gab ihm ein Spargelmesser. »Nimm drei Reihen am oberen Feld, du wirst schon sehen, welche. Mihail dahinten kommt mit einer Kiste und liest sie auf. Danach, wenn wir fertig sind, hätte ich dich gern im Lagerhaus bis etwa um vier. Ist das okay?«

»Danke.«

Er verließ den Hof durch ein Tor und ging hinauf zu den Spargelbeeten. Sie sahen so aus der Entfernung völlig leer aus, das Feld braun und leicht bucklig wie nach Jahren des Umgepflügtwerdens.

Woodwaters sechzehn Morgen Spargel waren ursprünglich Mrs Gasters Idee gewesen, etwas, das sie beschäftigen würde, wenn die beiden Jungen mit der Schule anfingen. Und vielleicht brachte es ja auch etwas ein. Erst waren es zwei Morgen gewesen, die sie mehr oder weniger selbst gestochen hatte. Die Bündel hatte sie für ein Pfund das Stück am Tor zur Farm verkauft. Aber seitdem war Bewegung in den Markt gekommen. Die Fernsehköche setzten voll auf saisonale Produkte, und der Spargel war eine Art Flaggschiff. Und so hatten sie die alten Hetzhundezwinger zu einem Lagerhaus umgebaut, und auch wenn sie einiges immer noch lokal verkauften, ging das Gros doch an einen Zwischenhändler. Nigel wollte noch mehr Beete und vielleicht sogar in Spargelspinnen investieren, aber Joanne wusste nicht so recht. Was in Mode kam, konnte auch wieder aus der Mode kommen, sagte sie, und es sei ein Risiko, noch mehr Land dafür zu nutzen. Wenn die Erde vorbereitet war, kaufte man frische Wurzelware aus Holland und lieh sich die Ausrüstung, um sie zu pflanzen, und dann dauerte es noch mal ein paar Jahre, ehe es mit der Produktion losging. »Wir kommen zurecht mit dem, was wir haben, Nigel«, hatte sie zu ihm gesagt. »Lass uns dankbar dafür sein.«

Jack kam zum obersten Beet und ließ den Blick darüber gleiten. Selbst aus der Nähe war es zunächst schwer, die Spargelspitzen auszumachen, aber wenn man den Blick erst mal richtig eingestellt hatte, sah man die kräftigen grünen Stangen überall. Er schwang sich die Tasche über die Schulter, bückte sich zur ersten hinunter und schnitt sie mit der rechten Hand unten mit dem Messer ab, während er mit der linken die Tasche dafür aufhielt und der Blick schon zur nächsten Stange wanderte. Kaum hatte er begonnen, erinnerten sich seine Muskeln an die Bewegung, die Füße an die Geschwindigkeit. Es war das Gleiche wie beim Mähen mit der Sense: Hatte man es erst einmal gelernt, erinnerte sich der Körper immer wieder daran. Mit Erinnerung hatte das nichts mehr zu tun. Es reichte tiefer.

Die Spargelspitzen brachen mit erstaunlicher Kraft aus der Erde. An einem warmen Tag wie diesem konnte man ihnen fast beim Wachsen zusehen. Wie sie die Nährstoffe aus der Erde zogen und hoch ins Licht strebten. Jack fühlte die warme Sonne im Nacken und wie sich Knie und Rücken zu beschweren begannen. »Ach, gebt Ruhe«, brummte er glücklich und arbeitete weiter.

Jamie verbrachte den Morgen damit, an seiner Enduro herumzubasteln. Die hintere Federung hatte aufgegeben, plötzlich und ohne Vorwarnung. Das Ding ließ sich noch fahren, aber nur gerade so und wahrscheinlich nicht mehr lange – nicht ohne einen Abstecher zum Schrottplatz, um ein paar neue Stoßdämpfer zu besorgen.

Als er später zu seiner Schicht nach Mytton Park kam, hieß es, dass er in eine andere Halle versetzt werde.

»Wieso das?«

»Keine Sorge, du bist nicht allein«, sagte Megan und gab ihm sein Schlüsselband. »Lee geht mit. Dave allerdings nicht.«

»Warum nicht?«

»Sie haben schon einen Lagerleiter. Du wirst eingearbeitet, keine Sorge.«

»Nein, ich meine, warum kommen wir woandershin?«

»So geht es eben. Du arbeitest für den Park, nicht den Kunden. Sie können dich in jede Halle stecken. Die Leute werden ständig hin und her geschoben. War bei dir nur noch nicht der Fall.«

Jamie fühlte sich unwohl. Es war wieder wie der erste Tag in der Schule oder so, ein neues Gebäude, neue Leute. Und er hatte nicht damit gerechnet, er war zu einer normalen Schicht gekommen. Er war nicht bereit für eine Veränderung.

»Haben sie einen größeren Auftrag verloren?«

»Ja, aber es kommen wahrscheinlich wieder mehr. Du bist jetzt bei einer Katalogfirma, 14B. Komm schon, ich bring dich hin.«

Es war nett von Megan, dachte Jamie, als sie das Büro verließen und draußen an den großen grauen Hallen vorbeigingen, immer den bunten Pfeilen an den ordentlichen kleinen Pfählen neben dem Weg folgend. Er fragte sich, wie sie wirklich war, wenn sie mit ihren Freundinnen rumhing. Er fragte sich, was sie von ihm hielt. Wahrscheinlich dachte sie, dass er blöd war, diesen Job zu machen, und vielleicht hatte sie ja recht. Wahrscheinlich lachte sie über ihn, wenn er nicht in der Nähe war. Wenigstens nannte sie ihn nicht Dicko wie die anderen. Obwohl er sich auch nicht erinnern konnte, dass sie mal Jamie gesagt hätte. Er fragte sich, wie seine Haare aussahen, manchmal waren sie vom Motorradhelm komisch eingedrückt. Er fuhr sich verstohlen über den Kopf.

»Kommst du am Freitag?«, fragte er.

»Jepp. Du?«

»Ja. Wer sonst noch?«

»Nick – kennst du Nick? Aus der Personalabteilung? Und Andy. Lee natürlich. Weiß nicht, wer sonst noch.«

»Und was steht an?«

»Bin nicht sicher. In der Stadt was trinken, dann vielleicht ins Vault, wenn wer Bock hat. Warst du mal da?«

Jamie überlegte, ob er lügen sollte, aber es gab eigentlich keinen Grund. »Noch nicht, ist ... nicht wirklich so mein Ding.«

»Und was ist dein Ding?« Sie standen jetzt draußen vor einem der Eingänge. Megan war stehen geblieben, um ihn anzusehen, und schob sich mit einer einfachen, lockeren Bewegung das Haar aus dem Gesicht. Das hier war eindeutig 14B.

Jamie spürte, wie er rot wurde. Verfickt. »Oh, ich mag alle möglichen Sachen, weißt du, nur ...« Es war lächerlich, das Einzige, was ihm einfallen wollte, war der Wagen, und der würde sie nicht interessieren.

»Nun, vielleicht gefällt es dir ja, man weiß nie. Egal, das hier ist es. Frag nach Andy, er ist der Vorarbeiter. Bis später ...«, und damit war sie weg.

Wie sich herausstellte, war 14B fast genau wie seine vorherige Halle, was irgendwie alles noch desorientierender machte. Die Regale waren auf genau die gleiche Weise angeordnet, und die gleichen ferngesteuerten Gabelstapler machten die gleichen Geräusche. Die Toiletten waren auch wie vorher, und das Büro fand sich ebenfalls am gleichen Platz, nur dass Dave nicht drin saß, sondern jemand anders. Es hatte etwas Enervierendes, wie in einem dieser Träume, in denen du an einem bekannten Ort warst, nur dass dann doch alles irgendwie anders war.

Während Andy, der Vorarbeiter, Jamie die Bestandskontrolle erklärte, wanderten Jamies Gedanken zurück zu Megan. Stand er tatsächlich auf sie, oder dachte er das nur, weil es alle anderen taten? Aber egal, es war lächerlich zu denken, dass sie Interesse an ihm haben könnte. Schließlich hatte er erst mit vier Mädchen geknutscht.

Die in der Schule … Mit denen zu was zu kommen, war nie ohne eine Art Trick gegangen. Er hatte das Gefühl gehabt, sie in gewisser Weise hereinlegen zu müssen. Wobei das wahrscheinlich nur bei ihm so war, er machte da sicher was falsch. Vielleicht wollten die Mädchen es ja mit allen anderen, so zumindest ließen seine Freunde es klingen. »Sie war so heiß drauf«, sagten sie nach einer Party bei jemandem zu Hause, und alle lachten. Jamie auch. Wie waren sie wirklich, fragte er sich oft, so, wie er sie kannte, unwillig und einschüchternd, oder so, wie seine Freunde sie beschrieben?

In der Mittelschule wurde klar, dass die Mädchen auf Alex standen. Das war komisch, wenn man sah, wie er sie ignorierte – aber vielleicht war das ja genau der Grund. Sogar Mädchen wie Melanie Abbott und Ciara Williams … Jamie sah doch, wie sie waren, wenn Alex da war, wie sie netter wurden und ihn zu beeindrucken versuchten. Er selbst war unsichtbar für sie, und er wusste, wenn er es sich erlaubte, konnte er anfangen, sie dafür zu hassen.

Seine Freundschaft mit Alex hatte sich zu der Zeit zu verändern begonnen. In vielen Fächern waren sie in unterschiedlichen Klassen, und Alex fand neue Freunde, die Jamie nicht wirklich kannte. Er hatte auch eine neue Frisur und sah nicht mehr wie ein Junge von einer Farm aus. Er hatte angefangen, davon zu reden, dass er mal Architekt oder Landvermesser werden wolle, nicht mehr Bauer wie früher. Und doch waren sie sich außerhalb der Schule immer noch nah: Sie erklärten sich Dinge auf eine Weise wie noch nie zuvor, und zumindest für Jamie ließ diese neue Distanz Alex gleichzeitig weniger vertraut und irgendwie interessanter erscheinen.

Sie machten immer noch ihre Hausaufgaben zusammen, jetzt öfter bei Jamie als im Farmhaus. Seine Eltern waren es gewohnt, dass Alex bei ihnen war, und auch wenn sie nie wirklich darüber geredet hatten, was mit Jamies Mum nicht stimmte, hatte er doch das Gefühl, dass Alex es wusste und es ihn nicht störte. Die Puppen zum Beispiel, die saßen in ihren Babysachen im Wohnzimmer auf der Fensterbank. Aber Alex sagte nie ein Wort dazu, und Jamie war ihm dankbar dafür.

Er brauchte lange, bis ihm klar wurde, dass andere Familien auch nicht perfekt waren und seine nicht als einzige so daneben war.

Ein paar Wochen bevor Alex nach Doncaster zog, war Jamies Dad zur Schlafenszeit zu ihm ins Zimmer gekommen, hatte sich aufs Bett gesetzt, und Jamie hatte argwöhnisch seine Zeitschrift zur Seite gelegt.

»Hör mal zu, mein Junge, ich wollte dich fragen, ob mit Alex alles okay ist?«

»Ja. Warum?«

»Also … Ich habe mich nur gefragt, ob bei ihm zu Hause … ob es ihm da gut geht, das ist alles. Sein Dad, er … nun. Ich hab mich nur gefragt. Deine Mum natürlich auch.«

»Ich glaube schon, er hat nichts gesagt. Und mir ist nichts Schlimmes aufgefallen.«

»Das ist gut, mein Junge. Solange alles okay ist, nur darauf kommt es an.«

Und sein Dad hatte Gute Nacht gesagt und beim Hinausgehen das Licht ausgemacht, und Jamie lag da, starrte mit weit offenen Augen in die Dunkelheit und fragte sich, warum er plötzlich so durcheinander war.

Zaunwinde wuchs wie wild in Mytton Park. Sie überwucherte die hinteren Ecken des Lkw-Hofes, schob sich, wenn keiner hinsah, durch die Zäune und bedeckte ungenutzte Stellen mit herzförmigen Blättern und weißen Glöckchen. Die Hausmeister liefen regelmäßig mit Rucksäcken voller Glyphosat und Spritzpistolen herum – wie direkt aus *Ghostbusters*, sagte Lee immer –, aber sie wurden die Zaunwinde nicht los, genauso wenig wie den Japanischen Staudenknöterich, der jedes Jahr neu hinterm Café zu einem wahren Dickicht hochwucherte. »Damit lassen sich verdammt gut Erbsen schießen«, sagte Lee und sah zu, wie sie wieder mal die hohlen Stängel weghackten. »Das haben wir als Kinder immer gemacht.«

In der Pause ging Jamie die Kois im See beobachten. Faul drehten sie ihre Kreise bei der Fußbrücke, überfüttert und selbstgefällig, obwohl der magere Fischreiher regelmäßig durchs flache Wasser stakste. Sie waren zu groß für ihn, und das wussten sie.

Er fragte sich, ob Alex erwartet hatte, ihn bei der Beerdigung seines Vaters zu sehen. Ob es ausgesehen hatte, als ob er extra weggeblieben war. Wie alle anderen im Dorf war er davon ausgegangen, dass er in St. James's beerdigt werden würde, aber dann war er im Krematorium in Connorville verbrannt worden, und er war sich nicht sicher, was das hieß und ob man da eine Einladung brauchte. Und so war er nicht gegangen.

Aber da war noch mehr. An dem Abend, als sich die Harlands getrennt hatten, hatte er Alex im Stich gelassen, das wusste er.

Seiner Mum war es nicht gut gegangen, sie hatte sich seit ein paar Tagen nicht gewaschen und sagte merkwürdige Sachen. Sein Dad hatte Spätschicht, und so waren sie zu zweit, und er wusste nicht, was er tun sollte, und konnte nur das Fernsehprogramm wechseln, wenn es sie aufregte. Als Alex ihm dann eine Nachricht schrieb, hatte er geantwortet, er solle nicht kommen.

»BITTE«, hatte Alex zurückgeschrieben. »Ich weiß, deiner Mum gehts um diese Jahreszeit nicht gut & es ist mir egal. Dad dreht durch.«

Was für eine Jahreszeit? Aber Jamie hatte keinen Platz in seinem Kopf, für gar nichts. »Kann heute nicht«, antwortete er und schaltete sein Telefon aus.

Am nächsten Tag schwänzte er die Schule, klaute vier Bier von seinem Dad aus dem Kühlschrank und trank sie in der großen Eiche auf The Batch, zu keinen ernsthaften Gedanken fähig. Er verdrehte die leeren Dosen, bis sie rissen, und hängte die scharfkantigen Hälften auf die Äste um sich herum, wo die Sonne grausam auf ihnen blitzte. Nach Schulschluss ging er zum Farmhaus, ihm war schwindlig vor Hunger, und seine Hände schmerzten und bluteten. Mr Harland machte die Tür auf, und etwas an ihm, an seiner Art, ließ Jamie einen unsicheren Schritt zurück machen.

»Nun, wenn das nicht der kleine Dicko ist«, sagte Harland, das Gesicht irgendwie in Unordnung. »Was für eine verdammte Überraschung. Ich hab mich schon oft gefragt, ob du eigentlich kein Zuhause hast?«

Jamie spürte, wie ihm das Blut aus dem Gesicht wich. Er war auf Culverkeys noch nie Dicko genannt worden, wenigstens nicht, wenn er es hören konnte. Vielleicht nannten sie ihn ja hinter seinem Rücken so.

»Oh, entschuldige, bitte«, sagte Philip, »das war unfair. Aber du kannst ihn sowieso nicht sehen.«

»Warum?«, gelang es Jamie zu fragen.

»Weil Alexander *nicht mehr hier ist*, Dicko. Sie haben sich allesamt davongemacht.«

Jamie hatte ihn nur angestarrt, und dann hatte Philip Harland gelacht und die Tür zugemacht. Jamie war langsam zu dem Wäldchen gegangen, in dem die Habichte nisteten, musste aber feststellen, dass schon jemand – und es konnte doch sicher nur Alex gewesen sein? – vor ihm da gewesen war. Das Nest lag auf der Erde, die beiden gesprenkelten Eier zerschlagen und zertreten, die verschmierten Federn im Blut und den kaputten Schalen waren mehr, als er zu ertragen wusste.

16

Brombeeren. Regenschauer, Wind aus Südost.

Bis zur nächsten Tauschbörse würde es fast einen Monat dauern, und Howard wollte nicht warten. Er ging online und postete ein paar Nachrichten, machte verschiedene Anrufe und verabredete sich mit einigen anderen Sammlern vor der Werkstatt eines Restaurators in Harrow.

»Warum nimmst du dir kein Hotel in London und triffst dich mit ein paar von deinen alten Freunden?«, fragte Kitty, als er es ihr erzählte. »Und ich bin sicher, dass dich Chris gerne sehen würde.«

»Versuchst du, mich loszuwerden?«, antwortete er.

»Oh, reiß dich zusammen, Howard.«

Howard war nicht sicher, was genau sie damit meinte, aber sie hatte recht: Es war eine Menge Fahrerei für einen einzelnen Tag, und so buchte er ein Zimmer im Holiday Inn und rief seinen alten Geschäftsführer Geoff an. Hoffentlich trommelte der ein paar von den anderen zusammen – sie konnten ein, zwei Bier trinken und ein Curry essen gehen, in Camden oder so. Es würde ihm guttun.

Da er wusste, dass Kitty an den Radios selbst nicht sonderlich interessiert sein würde, hatte er seinen kleinen Fischzug auf der Rückfahrt aus Wales in seinem Kopf zu einer hübschen Anekdote geformt: wie ehrlich er in Bezug auf den Wert der drei besten Apparate gewesen war und den Verkäufer so von den anderen abgelenkt hatte.

»Du hast ihn also praktisch betrogen«, sagte sie, als er es ihr erzählte.

»Nein ...«, antwortete er abwiegelnd. »So geht das Geschäft. Er wollte sie loswerden.«

»Aber sie sind mehr wert, als du für sie gezahlt hast. Für die Radios seines Großvaters.«

»Nicht seines Großvaters. Es sind alte zurückgegebene Apparate und nicht abgeholte Reparaturen, die in einem Hinterzimmer seines Ladens verstaubten. Ich habe ihm gesagt, er soll auf einen Flohmarkt gehen, aber das war ihm zu viel Aufwand. Hör mal, Kitty, warum bin ich hier schon wieder der Buhmann?«, rief er ihr hinterher, als sie hinausging. »Himmel noch mal!«

So ging es mittlerweile. Kein Streit, oder nur selten, aber Ärger und Gereiztheit. Sie hielt nicht viel von ihm, zumindest empfand er es so. Mitunter fragte er sich, wie lange es schon so ging, und musste dann zugeben, dass er es nicht sagen konnte. Sicher war es einfacher gewesen, als Jenny noch bei ihnen gewohnt hatte. Manchmal, wenn er an ihr Zuhause in Finchley dachte, schien alles so viel heller und ... ja, einfacher eben. Irgendwie. Vielleicht lag es nur daran, dass da mehr Menschen im Haus gewesen waren. Oder die Dinge hatten sich zwischen ihnen wirklich verschlechtert.

Wobei sie immer schon ihre eigenen Interessen gehabt und nie die Art Paar gewesen waren, das alles zusammen machte. Kitty mochte keine Pubs, nicht wirklich, und sie hatte schnell schon nicht mehr abends mit ihm ausgehen wollen. Aber das war okay. Sie hatte ihr eigenen Interessen: Abendkurse, mit Freundinnen treffen, solche Sachen. Vor Jahren hatte sie sogar davon geredet, einen Abschluss zu machen, wobei er nie wirklich begriffen hatte, was das für einen Sinn haben sollte. Jetzt war das Malen ihr Ding. Und sie wohnten auf dem Land, wo sie schon immer hingewollt hatte. Am Ende des Tages hatte es das Leben nicht zu schlecht mit ihr gemeint. Sie konnte sich nicht beklagen. Nicht dass sie es täte, nicht wirklich. Es war eher Howards ständiges Gefühl, dass ihr alles, was er tat, auf die Nerven ging, und kindischerweise verhielt er sich entsprechend. Und so ging es immer weiter.

»Wann fährst du?«, fragte sie ihn, als er am Mittwoch endlich aufstand, um zu frühstücken. Sie war eindeutig schon eine Weile auf. Sie machte dieses geschäftige, tugendhafte Gesicht und tat mit Gemüse herum. »Ich koche eine Suppe fürs Mittagessen. Es ist genug da, wenn du auch welche magst.«

»Danke. Ich fahre nach dem Essen.«

»Dann sputest du dich besser«, sagte sie und sah ihn kritisch an, wie er da in seinem Bademantel und den Boxershorts in der Tür stand. Und dann, über das Heulen des Mixers hinweg: »Weißt du, ich glaube, wir haben einen Landstreicher im Dorf. Verschiedene Leute haben einen Mann gesehen, der sich komisch verhält, und im Ocket Wood liegen laut Christine Hawton überall leere Bierflaschen. Sie geht da mit ihren Hunden spazieren.«

»Ah … Flaschen, im Plural?«, fragte Howard, schlenderte hinüber zur Arbeitsfläche und schaltete den Wasserkessel für einen Kaffee ein. Das Heulen des Mixers brach ab, und er stellte fest, dass er fast geschrien hatte.

»Ganz offenbar. Ich meine, es ist eine Sache, wenn es einfach ein paar Jugendliche aus der Gegend sind, aber wir können da keinen wohnen haben. Besonders wenn … es ihm nicht gut geht.«

»Und er die zarten Gemüter von Lodeshill in Angst und Schrecken versetzt«, sagte Howard und schüttete heißes Wasser in seine Tasse. Nach London hatte die Angst vor Verbrechen hier draußen in der Pampa etwas leicht Lächerliches. Manchmal las er Jenny am Telefon die Schlagzeilen aus dem Lokalblatt vor, weil sie so witzig waren: *Frau in Connorville in Angst, nachdem eine Statue aus ihrem Vorgarten gestohlen wurde*, oder: *Hundebesitzer aus Crowmere bricht das Herz*. Solche Dinge. Es war nicht so, dass er dachte, es gäbe auf dem Land keine Verbrechen – die Leute waren nun mal, wie sie waren, und schwarze Schafe gab es überall, aber was hier passierte, ließ sich kaum mit den Territorialkämpfen und dem organisierten Verbrechen einer Großstadt vergleichen, deren Problemvierteln und Bezirken mit echter Armut.

Es war aber komisch: In Finchley hatte er oft darüber gewitzelt, wie bürgerlich er geworden sei, besonders den Fahrern gegenüber. Es war schon eine Art Running Gag geworden, sein Urlaubmachen in Italien und die Wochenendeinkäufe bei Waitrose. Aber seit sie auf dem Land lebten, hatte er sich schon mehr als einmal dabei erwischt, dass er über Finchley redete, als wäre es die verdammte Bronx, dass er die Gefahren übertrieb und den Eindruck der Dorfbewohner bestätigte, dass Gesetz und Ordnung in der Hauptstadt zusammengebrochen waren. Er war sich der Heuchelei bewusst, Tatsache war jedoch, die Hälfte der Leute auf dem Land wusste nicht, wie gut es ihnen ging, und jetzt zerrissen sie sich das Maul über jemanden, der im Wald kampierte. Und was die leeren Flaschen anging, da hatte er eine nicht so angenehme Ahnung, woher sie stammen mochten.

»Kein Frühstück?«, rief sie, als er seinen Kaffee ins Wohnzimmer trug.

»Nein, ich trinke nur einen ... « Er griff nach dem Sportteil der Zeitung, setzte sich in seinen Sessel und ließ den Satz unbeendet. Kitty stand da und sah ihn durch die Tür eine Weile an, bevor sie mit ihrer Suppe weitermachte.

Es hatte nachts heftig geregnet, und wo die Hecken die Straße in Schatten tauchten, blieb sie dunkel. Wo die Maisonne auf sie fiel, dampfte sie kurz fast unmerklich und hellte grau auf. Drosseln sangen im Wald und probierten jede Note vier-, fünfmal, bevor sie es mit etwas Neuem versuchten.

Auf den Weiden um das Dorf herum hatte das junge Gras den Regen direkt aus dem Boden gezogen, und die Halme standen aufrecht, allein die Ahorn- und Kastanienblätter hingen unter der Last des Wassers schwer herunter und schüttelten dicke Tropfen ab, wenn Wind durch sie strich. Und der Wind, lebhaft in der Höhe, trieb die Wolken voran, jagte ihre Schatten über die Felder, und zwischen den Schauern schien die Sonne klar und warm.

Howard sah das alles durch die Windschutzscheibe eines Taxis auf dem Weg zum Bahnhof. Er hatte beschlossen, den Zug nach London zu nehmen. Benzin war teuer, und er fuhr dieser Tage sowieso so wenig wie möglich.

Er saß vorne auf dem Beifahrersitz, denn er ertrug es nicht, hinten zu sitzen, und im Übrigen kannte er Charlie, den Taxifahrer. Sie hatten schon verschiedentlich im Bricklayer's Arms zusammen ein Bier getrunken und waren praktisch Freunde. Er fuhr immer nur mit Charlie, auch wenn es in Ardleton eine Funkmietwagenfirma mit schickeren Wagen gab, und er zahlte immer ein Trinkgeld.

Charlie war früher Traktor gefahren und zur Weizensaat angeheuert worden, zum Pflügen, Düngen und was immer sonst zu tun war. Er hatte seine Arbeit sehr gemocht. Howard hatte er einmal erzählt, dass er schon als kleiner Junge nichts anderes gewollt habe, als oben auf dem rüttelnden Bock zu sitzen und den ganzen Tag auf die Felder zu blicken. Erst war das Taxi nur eine Art zweites Standbein gewesen, um Lücken zu füllen, heute tat er nichts anderes mehr.

Wobei Howard dachte, dass er eigentlich schon im Rentenalter sein musste. Wahrscheinlich fuhr er nur noch zum Zeitvertreib. Um aus dem Haus und unter Leute zu kommen. Das verstand er nur zu gut.

»Behalt den Rest, Charlie«, sagte er beim Aussteigen vorm Bahnhof und klopft zweimal aufs Dach des Taxis, bevor es wegfuhr.

Der Weg, den sie suchte, lag nur knapp zwei Kilometer außerhalb des Dorfes, aber Kitty nahm den Wagen. Für nach vier waren Schauer angesagt, und sie wollte da auf dem Rückweg nicht hineingeraten. Sie hatte eine Karte studiert, und es schien, als käme sie am leichtesten hin, wenn sie in einer der Haltebuchten parkte und dann quer über die Felder marschierte. Sie hatte ihre Wanderschuhe an, die Kamera dabei und sich für den Fall, dass es nass wurde, einen Regenhut in die Tasche gesteckt.

Nicht dass ganz klar war, wo der Weg verlief oder ob es ihn

überhaupt noch gab. Laut ihrem Buch zur örtlichen Geschichte gehörte er zu einem ganzen Netzwerk von Wegen, entstanden durch den Gang der Geschichte, die einst aus Crowmere hinausgeführt hatten, zur Kirche, nach Lodeshill und dieser eine eben zu einer weit draußen liegenden Farm, der Farm der Puck-Legende. Aber die war entweder verschwunden oder hatte den Namen gewechselt, und keiner der Wege auf ihrer Karte schien der richtige zu sein. Allerdings wusste sie, dass er einmal durch den Copping Wood geführt und einen kleinen Bach durchquert hatte, und sie dachte, wenn sie den Bach fand, dann vielleicht auch die Stelle, wo der Weg hindurchgeführt hatte.

Das große Feld neben der Straße war ungenutzt, die Erde klumpig, und es gab keine Kühe darauf. Die wenigen Flecken Gras waren voller Unkraut, und Kitty fragte sich, ob das Feld bewusst brachlag. Hier und da stießen Krähen ihre harten grauen Schnäbel in die Erde. Sie sahen sie knopfäugig an und wichen zurück wie Krabben, wenn sie sich näherte.

Wie sich herausstellte, war nur schwer in den Copping Wood hineinzukommen. Brombeersträucher säumten das Feld, und dahinter formten Weinrosen und das noch nicht blühende Geißblatt eine dichte Barriere. Am Ende duckte sie sich, schützte das Gesicht mit den Armen und drängte sich hindurch.

Als sie dann unter dem Blätterdach stand, war es relativ leicht, sich weiter zwischen den Bäumen hindurchzubewegen. Ein Großteil des Bodens war mit Bingelkraut bedeckt, und es gab nur ein paar kümmerliche Stechpalmensträucher. Der Schatten hielt alles andere klein.

Der Wald schien ohne jeden Pfad zu sein, ganz anders als der Ocket Wood mit seinen ausgetretenen Wegen und den Eimern für Hundebeutel. Es gab keine Spuren auf dem Boden, die irgendwo hinführten, nichts, was andeutete, wohin sie sich am besten wandte. Hier und da lagen umgestürzte Bäume und verrotteten, wo sie gelandet waren. Niedrige Äste versperrten den Weg in fast alle Richtungen. Der Wald war wie ein jungfräulicher Dschungel und irgendwie beunruhigend. Kitty stand reglos da und lauschte einen Moment lang. Nichts. Es war, als wären sogar die Vögel geflohen.

Der Bach musste am tiefsten Punkt sein, und sie beschloss, es zu versuchen und weiter nach unten zu kommen. Es ging nur langsam voran, immer wieder musste sie sich unter Ästen durchbücken oder wenig elegant über tote Bäume klettern. Dabei drückte sie die neue Kamera ängstlich an sich. Aber schon war er da, der Hinweis auf fließendes Wasser, eine in den Waldboden geschnittene Vertiefung. Sie hatte den Bach gefunden.

Kitty stand am Rand und sah kritisch hinein. Nur ein paar wenige Stellen mit stockendem Wasser schimmerten im Licht – das hatte nichts Malerisches, ganz und gar nicht. Da gab es kein sonnenbeschienenes Rinnsal, keine von Farn beschatteten Tümpel, da war nichts als ein matschiger Graben in einem dunklen Wald, und ihr wurde bereits klar, dass der Weg auch kein gutes Objekt sein würde, selbst wenn es ihn noch gab. Aber nun war sie schon mal hier.

Regen begann, auf das Laub über ihr zu fallen, wobei der Wald darunter fürs Erste noch geschützt und trocken blieb. Kitty ging rechts am Bach entlang und fragte sich, ob sie die Stelle mit dem Weg finden würde, der schon so viele Jahre nicht mehr benutzt worden war.

Nach etwa hundert Metern schien es, als falle mehr Licht durch die Bäume über ihr, und Kitty überlegte, ob sie gleich aus dem Wald auf ein Feld stoßen würde. Das Laubdach wurde dünner, und dann, wie durch ein Wunder, verwandelte sich der Waldboden in einen seichten Teich, aus dem die Bäume wie Säulen emporwuchsen, verankert an ihren eigenen Spiegelbildern. Das Wasser konnte nur ein paar Zentimeter tief sein, aber es lag da wie Quecksilber, kaum hierher passend, rätselhaft. Kitty griff nach ihrer Kamera, nahm den Linsendeckel herunter und hob sie ans Auge. Und erstarrte.

Auf der anderen Seite des kleinen Gewässers hockte ein bärtiger Mann und sah sie direkt durch ihren Sucher an. Kittys Herz begann, wild zu pochen, und sie nahm die Kamera wieder herunter. Er waren weniger als zwanzig Meter, dennoch schien der Mann unglaublich fern.

Langsam richtete er sich auf und ließ Wasser aus seinen Händen zurück in den Teich platschen. Kleine Wellen trieben gegen Kittys Stiefel und ließen sie erschreckt zurückweichen. Sie hatte nicht gemerkt, dass sie ins Nasse getreten war.

Sie sahen einander an, doch dann senkte der Mann den Blick. Sie begriff, dass sie damit gerechnet hatte, er würde wie ein aufgescheuchtes Stück Wild durchs Gesträuch davonsprengen. Aber er blieb.

Wie um Halt zu finden, griff sie nach dem nächsten Baum. Ihre anfängliche Panik ebbte ab, und sie erkannte in ihrem Gegenüber den Mann mit dem auffällig geschmückten Rucksack, den sie auf der Straße gesehen hatte. Sie holte Luft und sah ihn aufmerksam an. Er wirkte nicht bedrohlich oder verrückt. Eher krank oder irgendwie verletzt.

»Hallo«, rief sie. »Ich habe Sie im Dorf gesehen, nicht wahr? In Lodeshill.«

Er sah kurz herüber, dann wieder weg.

»Gehen Sie nicht. Ich wollte nur … Wie heißen Sie?«

»Ich bin nicht … Ich bin … Ich bin auf dem Weg nach …« Er vollführte eine vage Geste. Hoch über ihnen beiden wiederholte eine Drossel ihren Gesang.

»Hier im Wald? Hören Sie, ich will Ihnen nichts tun. Ich … Ich habe mich nur gefragt, ob Sie etwas brauchen. Sind Sie … Kann ich Ihnen irgendwie helfen?«

»Nein. Ich … Ich brauche nichts.«

»Und Ihr Name ist? Ich bin Kitty. Ich wohne in Lodeshill, wissen Sie, ein Stück die Straße hinauf? Ich versuche zu malen, ich suche nach Orten. Objekten. Ich nehme nicht an, Sie wissen, ob …« Kitty konnte hören, wie sie klang, und es war so falsch. Was um alles in der Welt war nur mit ihr?

Das Wasser zwischen ihnen hatte zu seiner gläsernen Reglosigkeit zurückgefunden. Eine Plastikflasche hing halb untergetaucht ganz am Rand, ihr Deckel leuchtete sehr blau in einem Sonnenstrahl.

»Es tut mir leid. Bitte gehen Sie nicht. Um die Wahrheit zu sagen, ich glaube, ich habe mich verlaufen.« Sie ließ ein leises Lachen hören, lächelte entschuldigend und fragte sich, ob das stimmte.

»Sie haben sich nicht verlaufen«, sagte der Mann mit plötzlicher Direktheit. »Sie sehen nur nicht richtig hin.« Damit wandte er sich ab und verschwand zwischen den Bäumen.

»Wie meinen Sie das?«, sagte Kitty und hörte, dass ihre Stimme merkwürdig schrill klang. Irgendwie kam sie sich lächerlich vor, irgendetwas hatte sich gegen sie gewandt, obwohl sie doch nur hatte helfen wollen. Es war wie in einem jener Albträume, wenn einem die Dinge entglitten und Vernunft nicht ausreichte. Etwas anderes wurde gebraucht, aber du wusstest nicht, was.

»Bitte!«, rief sie, doch er war schon weg.

17

Wiesen-Fuchsschwanz: erste Blütenstände.
Immer stärker werdender Regen.

Der Regen, der an diesem Nachmittag über dem Copping Wood niederging, traf auch Lodeshill, war jedoch nicht heftig genug, um die Schwalben zurück in ihre Nester zu schicken. Auch in Crowmere und Ardleton regnete es, genau wie in Connorville mit seinen Einkaufszentren und Kreisverkehren. In Mytton Park trommelte der Regen auf die grauen Dächer und trieb die Rauchenden zurück nach drinnen.

Der Regen war Teil einer Schlechtwetterfront, die über Nacht herangezogen war und das Land von West nach Ost zweiteilte. Vor ihr war der Himmel noch blau, der Nachmittag in London warm und schwül. Die Sonne blitzte von Bürohochhäusern und Autoscheiben, der Berufsverkehr wurde dichter, und die Luft lag drückend über der Stadt.

Howard war im Royal Oak in Camden und wartete auf Geoff und die anderen. Er war nicht sicher, wie viele es sein würden, was es schwierig gemacht hatte, einen Tisch auszuwählen. Am Ende hatte er einen mit vier Stühlen genommen und seine Jacke auf den Stuhl ihm gegenüber gehängt. Sie konnten immer noch ein paar Hocker dazustellen, falls nötig.

Die Jacke war ein Fehler, wie er jetzt dachte. Nicht nur weil sie zu warm war, sie sah in der Stadt einfach komisch aus. Es war keine Wachsjacke oder so, aber irgendetwas daran passte nicht. Er hatte sie in Connorville gekauft, da hatte sie okay ausgesehen.

Er warf noch einmal einen Blick auf sein Telefon und nahm einen Schluck von seinem dunklen Ale. Sie würden bald hier sein – das hieß, wenn sie rechtzeitig loskamen. Er fragte sich, ob Geoff Chris gegenüber erwähnt hatte, dass sie ein paar Bier trinken gehen wollten. Er hatte ihn nicht wirklich bitten können, es nicht zu tun. Nicht dass er seinen Sohn nicht sehen wollte, sie würden sich am Morgen im Depot treffen, um ein paar Dinge zu besprechen, und Howard dachte, sie könnten anschließend Mittag essen gehen. Das hier heute Abend würde sich für Chris aber womöglich unangenehm anfühlen, einerseits als der Chef und dann wieder Howards Sohn. Es war sicher einfacher, wenn er nicht mit dabei war.

Der Nachmittag war gut gelaufen. Er hatte das Hitachi, das tragbare Murphy's und das Tischgerät von Hastings verkauft, alle an den Burschen in Harrow, und ein anderer Sammler hatte basierend auf den Fotos, die Howard auf seinem Telefon dabei hatte, Interesse an ein paar von den Apparaten aus den 60ern gezeigt. Er selbst hatte nur etwas Lötblei gekauft, sonst nichts diesmal. Er wollte nichts mit sich herumschleppen. Aber es hatte Spaß gemacht, mal derjenige zu sein, der die Karten in der

Hand hielt: derjenige, der den alten Laden entdeckt hatte, mehr oder weniger, und so erfolgreich gewesen war. Sammler konnten ein komischer Haufen sein, so cliquenhaft und doch so ihre Geheimnisse wahrend. Nicht dass er sich als einer von ihnen betrachtete.

Howard hatte sein Bier fast geleert, und der Pub füllte sich langsam. Er hoffte, die anderen würden bald kommen, da er den Tisch nicht allein lassen wollte, um zur Theke zu gehen. Es war Geoff, auf den er sich am meisten freute. Sie hatten fast zwanzig Jahre zusammengearbeitet, und das tat man nicht, ohne sich gegenseitig wirklich gut kennenzulernen. Gerade deshalb war es eine Überraschung gewesen, als Geoff vor ein paar Monaten angerufen hatte, um zu sagen, dass sie nicht wie geplant übers Wochenende herauskämen, da er und Anne sich getrennt hätten. Er hatte nie was von Problemen zu Hause erzählt, und Howard war immer davon ausgegangen, dass sie ein solides Paar waren: drei erwachsene Kinder, ein anständiges Haus und jedes Jahr ein Urlaub in Spanien. Wobei er auch nie weiter nachgehakt hatte, die Ehen anderer Leute waren sowieso fremde Länder, fremdes Terrain, von dem man sich kaum ein Bild machen konnte, nicht wirklich. Zum Beispiel er und Kitty – Howard war ziemlich sicher, dass niemand annahm, dass sie in getrennten Zimmern schliefen. Was alles nur bewies, dass der äußere Anschein trügen konnte.

»Howard!« – es war Geoff, der da freundlich zu ihm hinuntergrinste. Howard stand auf und schüttelte ihm die Hand, ohne es sich verkneifen zu können, kurz an ihm vorbeizusehen. »Geoff. Schön, dich zu sehen. Was ist mit den anderen?«

»Ich bin allein, fürchte ich. Du weißt doch, wie's ist. Wie ich sehe, trinkst du immer noch dein Dunkles ...« Er zog seine

Jacke aus und legte sie auf den Stuhl zu Howards. »Bin gleich wieder da.« Er grinste und ging zur Theke.

Howard lehnte sich zurück und fühlte sich kurz unerklärlich töricht. Er trank den letzten warmen Schluck aus seiner Flasche, schob sie zur Seite und kratzte mit dem Daumennagel an einem losen Stück Furnier. Nun ja. Aber wenigstens hatte er Chris nicht mitgebracht, das war die Hauptsache. Sie konnten was trinken, sie beide. Ein bisschen herumflachsen.

Geoff kam mit den Getränken zurück und setzte sich ihm gegenüber an den Tisch. »Und, wie gehts?«, fragte er, stieß mit seinem Glas gegen Howards Flasche und nahm einen kräftigen Schluck.

»Cheers«, sagte Howard und trank ebenfalls. »Gut, ja doch. Gut. Und bei dir? Ich hoffe, mein Sohn ist kein zu schlimmer Tyrann.«

Howard hatte eigentlich nicht gleich auf Chris kommen wollen. Sie hatten nie wirklich darüber gesprochen, dass er ihn als seinen Nachfolger eingesetzt hatte. Geoff hatte es zusammen mit allen anderen erfahren. Einen Monat bevor Howard sich zur Ruhe gesetzt hatte. Aber er fürchtete plötzlich, dass Geoff von Anne anfangen und sagen würde, dass er einsam sei oder so.

»Chris? Nein, er ist … Ich würde sagen, er macht sich. Keine Beschwerden.«

»Gut, gut. Und wie gehts den anderen? Was ist mit der Neuen … Chantelle, richtig?«

Geoff schob die Lippen etwas vor, atmete aus und schüttelte ganz leicht den Kopf. »Jepp, Chantelle. Die ist schon eine. Die ist schon eine. Und clever – die lässt sich von den Fahrern nichts vormachen. Die würden es nicht wagen, verstehst du?«

»Ganz dein Typ, oder?«

»Vor zwanzig Jahren vielleicht. Du weißt, dass sie heute Abend mit deinem Sohn was trinken ist? Ich würde sagen, die Schlechteste ist sie nicht.«

»Ja, doch«, log Howard, lehnte sich auf seinem Stuhl zurück und sah zur Theke hinüber. »Deshalb hab ich ihm von uns hier nichts gesagt. Ich drück ihm die Daumen. Man muss das Eisen schmieden, solange es heiß ist und so.«

»Da hast du recht. Wobei es nie zu spät ist, weißt du. Du würdest nicht glauben, wie viele geschiedene Frauen es im Internet gibt, die einfach nur alles hinter sich lassen wollen. Lässt mich wünschen, ich hätte es schon früher gemacht.«

»Kann ich mir vorstellen«, sagte Howard, ohne das Gesicht zu verziehen. Soweit er wusste, hatte Anne Geoff aus dem Haus gejagt, und es hatte fast eine Woche gedauert, bis sie ihn ein paar saubere Hemden für die Arbeit hatte holen lassen.

»Du wohnst jetzt also in … in Harlow, richtig?« Howard versuchte, sich noch ein paar mehr Fragen zu überlegen. Er wollte sich nicht Geoffs Frauengeschichten anhören müssen – noch nicht, nicht, bis sie nicht ein paar mehr Bier getrunken hatten. Zum einen hatte er Anne immer gemocht, und wenn er und Geoff auch schon oft zusammen was trinken gewesen waren, war er doch bisher immer der Chef gewesen, weshalb die Gespräche wahrscheinlich nie wirklich persönlich geworden waren. Jetzt aber standen sie auf einer Stufe. Er warf einen Blick auf Geoffs Glas und fragte sich, ob es zu früh war, eine weitere Runde zu holen.

Der Pub füllte sich, der Geräuschpegel um sie herum stieg, und Geoff begann, ihm von seinen Plänen und der Wohnung zu erzählen, die er gemietet hatte. Es wurde enger, die freien Stühle wurden weggetragen, und die Gläser anderer Leute hinterließen klebrige Ringe auf dem ungenutzten Ende ihres Tisches.

Um halb elf waren sie ziemlich betrunken, auch wenn Howard spürte, wie er dagegen ankämpfte. Als er zur Toilette musste, achtete er darauf, ruhig aufzustehen und zielstrebig zu gehen, und bevor er zurückkam, sah er kurz in den Spiegel und bemühte sich um einen gesetzten Gesichtsausdruck.

Aber zuerst ging er zur Theke, um eine weitere Runde zu holen. Er war nicht sicher, warum es notwendig gewesen war, auch mit Schnäpsen anzufangen, aber so war es nun mal. Und er amüsierte sich doch, oder? Es war gut, wieder in London zu sein und ein paar Bier zu trinken. Alles war gut. Er fühlte sich wie früher oder doch in etwa so. Nicht ganz. Nicht wie der Chef, nicht wie sein altes Selbst. Aber mehr wie er selbst, mehr als auf dem Land. Stimmte das?

Es machte nichts, er konnte es einfach genießen. Könnte vielleicht öfter herkommen. Und beim nächsten Mal vielleicht mehr von den Jungs dazu holen. Er hätte es nicht allein Geoff überlassen sollen, dachte er und fummelte in der Tasche nach der Spielkarte, die sie ihm als Deckel gegeben hatten. Da war sie. Geh nicht, ohne die Karte abzugeben. Vielleicht sollte er Geoff bitten, ihn zu erinnern.

Er nahm die beiden Biere und die Schnäpse und drängte sich vorsichtig durch die Leute. Es war ihm so vertraut, das zu tun. Die Leute sind einem in der Stadt so nah, sind überall. Aber auch fern. Man konnte einfach was trinken gehen. Der Pub in Lodeshill, der war doch für den Arsch. Versuch, da mal hinzugehen und für dich zu sein. Keine Chance. Eine Gemeinschaft, laut Kitty. Neugieriges Pack, schon eher.

»Gute Sache«, sagte Geoff, als er sich setzte. »Cheers.«

Sie kippten die Schnäpse, Geoff mit einem gespielten Schütteln des Kopfes, Howard mit einer Grimasse. Geoff schien betrunkener als noch vorher. Er lehnte sich auf seinem Stuhl zurück und stierte unfokussiert vor sich hin. Einer der Knöpfe seines Hemds hatte sich geöffnet und ließ einen weißen haarigen Bauch sehen. Das sollten besser die letzten sein, dachte Howard, ich muss was in den Magen kriegen. Hätte gleich zahlen sollen.

»Nach dem Bier ein Curry?«, sagte er. »Geht auf mich. Warum nicht.«

»Könnten wir machen. Oder wir fahren in die Stadt.«

Das war eine Überraschung. Was Howard anging, waren sie bereits in der Stadt, wobei er annahm, dass Geoff vom Westend redete.

»Jepp«, sagte er, »allerdings hab ich ein Hotel in Bent Cross, in das ich zurückmuss.«

»Nimm dir ein Taxi. Ist ja nicht so, als könntest du's dir nicht leisten.«

Howard hob den Blick, aber von Geoffs Gesicht war nichts abzulesen. »Nur kein Soho mehr, das ertrag ich nicht«, sagte er. »Lass uns zu dem Japaner um die Ecke gehen. Außerhalb von der M25 kriegst du kein anständiges Chicken Katsu.«

»Hast den Biss verloren«, sagte Geoff und nahm einen großen Schluck Bier. »Kommt vor.«

»Wie meinst du das?«

»Oh, du weißt schon. Die Rente. Raus aus London. Das wars dann wohl.«

Howard fuhr ungewollt auf. Es war eindeutig als Scherz gemeint, aber trotzdem. »Und du lässt es in Harlow krachen, oder was?«, sagte er.

»Vorübergehend, wie ich dir gesagt habe, rein vorübergehend. Und ich fahr in die Stadt. Ich geh raus. Hab letzte Woche eine Band gesehen.«

»Ach ja?« Wieder fühlte sich Howard getroffen. Bands waren irgendwie seine Sache. »Wen?«

»Oh … im Palace. Oder wie immer das jetzt heißt.« Es war klar, dass sich Geoff nicht an den Namen der Band erinnern konnte, aber es brachte nichts, da nachzusetzen. Howard wusste, dass er nur würde zugeben müssen, noch nie von ihr gehört zu haben. Trotzdem, plötzlich spürte er den heftigen Drang auszugehen, was zu unternehmen, irgendwas. Tatsache war, dass er London vermisste. Es half nicht, so zu tun, als wäre es nicht so. Er vermisste diese Stadt. Verdammt.

»Mit wem warst du da?«, fragte er.

»Mit Steve und Nikki von der Arbeit und mit diesem Mädchen, das ich übers Internet kennengelernt habe. Ich sage Mädchen, meine aber Frau. Achtunddreißig, zwei Kinder. Durchgeknallt, weißt du. Aber fit.«

»Ein guter Abend?«

»Ja. Sie hatte etwas Koks dabei, Kokain. Ein bisschen wie früher, weißt du?«

Howard war nicht bewusst gewesen, dass es für Geoff je so ein »früher« gegeben hatte. Er hatte ihn immer nur mit Anne erlebt. Wann um alles in der Welt soll das gewesen sein, dass er zu Konzerten gegangen war und Drogen genommen hatte, diese Zeit, in die er, wie er meinte, jetzt noch mal zurückkonnte?

Vielleicht hatte er ja tatsächlich mal was Ähnliches erlebt, als er noch ein Teenager war, vielleicht aber auch nicht. Das Bild, das manche Leute von sich pflegten, hatte oft herzlich wenig mit der Realität zu tun. Es war etwas, glaubte Howard, was man sich in seiner Jugend zurechtzimmerte, um dann sein Leben lang zu versuchen, ihm gerecht zu werden – oder auch, es hinter sich zu lassen. Wobei manche Leute vielleicht auch nicht so waren, vielleicht waren die einfach die, die sie waren, ohne sich zu viele Gedanken darum zu machen. Oder vielleicht bildete sich ihr wirkliches Selbst erst später aus, wenn sie älter waren, in ihren Ehen, mit ihren Kindern – wie bei Kitty. Wer konnte das sagen?

»Hör zu«, sagte er. »Ich gehe jetzt zahlen. Dann essen wir was, und dann fahren wir in die Stadt. Okay?«

»Wusste ich's doch«, sagte Geoff, trank sein Bier aus und stand auf. »Du kannst einen Mann aus London rausholen ...«

Howard grinste. Geoff war okay. Sein Kumpel. Er war froh, hergekommen zu sein. »Bin gleich wieder da. Pass auf meine Jacke auf.«

»Verdammtes Tweed-Ding. Ich frage mich schon.«

»Alles Tarnung, Geoff. Ich muss mich irgendwie anpassen. Die lynchen die Leute von außerhalb immer noch, da draußen in der Pampa.«

Beim Essen wurde klar, dass Geoff es nicht mehr ins Westend schaffen würde. Sein Blick glitt schläfrig durch den Raum, und wenn Howard etwas sagte, brauchte er eine ganze Weile, um darauf zu reagieren.

»Nicht genug Frauen hier, das ist das Problem«, sagte er ziemlich laut. Howard begriff, dass er versuchen musste, ihn in ein Taxi zu verfrachten. Er hoffte nur, dass Geoff seine Adresse auswendig wusste.

Howard fühlte sich im Gegensatz dazu immer nüchterner. Was hatte er sich eigentlich gedacht? Soho war im besten Zustand schlimm genug, mit Geoff wäre es eine Katastrophe. Er würde versuchen, sich an Gruppen mit Zwanzigjährigen ranzuwanzen oder, schlimmer noch, in irgendeinen fürchterlichen Stripclub wollen, und Howard war da auf eine Weise prüde, die, wie er wusste, nicht ganz zu seiner Rockstar-Vergangenheit passte. Rockstar! Himmel, war er irre? Ein drittklassiger Roadie war er gewesen, das traf es schon eher. Wie auch immer, er würde es hassen.

Er bat um die Rechnung und zahlte. Geoff wurde zu einem harten Stück Arbeit. Störrisch und unberechenbar. Ihm war mittlerweile klar, dass Howard nicht mehr mit ihm loswollte, und dazu kam noch, wie er begriff, dass hier was über seinen Kopf hinweg entschieden wurde.

»Verdammtes ... Leichtgewicht«, sagte er. »Wusste doch, dass du's nicht draufhast.

Howard stand auf und zog sich seine Jacke an. »Tut mir leid, Geoff. Ein anderes Mal.«

»Dann lass mich dich mal umarmen. Den alten Boss. Der keiner mehr ist. Den Vater vom neuen Boss, *plus ça change*, oder? – aber ich bleibe verdammt noch mal der Gleiche.« Er stand auf, stieß dabei Besteck vom Tisch und streckte die Arme aus.

Howard sah ihn lange an. »Komm. Es ist Zeit, nach Hause zu gehen.«

»Was? Nach Hause? Ich nicht, ich bin frei wie ein Vogel. Ich fahr in die Stadt, Kumpel. Und du solltest mitkommen.«

Howard beschloss, zur Tür zu gehen, und hoffte, Geoff würde ihm folgen. Es gab ein Taxibüro gleich in der Nähe. Er würde zwei bestellen, und wenn Geoff ins Westend fahren wollte, war das seine Sache.

Die Nachtluft legte sich kühl auf sein Gesicht, als er hinaus auf den Bürgersteig trat und sich eine Zigarette ansteckte. Es hätte ein so schöner Abend werden können, so ein Spaß hätte es werden können. Kurz kehrte das Bild, das er sich davon gemacht hatte, zurück, und er schloss die Augen für einen Moment, aber da war es auch schon wieder weg. Er musste jetzt nur noch dieses letzte Ding mit Geoff hinter sich bringen, dann konnte er mit dem Taxi zurück ins Hotel. Und hoffentlich erinnerte sich Geoff morgen, wenn Howard ins Depot kam, um Chris zu treffen, an nichts mehr von heute. Oder würde gar nicht erst kommen.

18

Ehrenpreis, Kuckucks-Lichtnelken,
Weißer Steinbrech (selten). Ein früher Fingerhut.

Es gab in Lodeshill einen Star, der perfekt eine Autoalarmanlage nachmachen konnte. Jamie lauschte oft, ob er ihn hören konnte, wenn er in der Auffahrt an seinem Corsa arbeitete. Vor hundert Jahren hatten sie den Schlag des Schmiedehammers nachgemacht, und nachdem die Schmiede im Dorf geschlossen wurde, lebte der Klang noch eine Weile weiter. Wie ein Geist wurde er von ein, zwei Vogelgenerationen weitergetragen. Erst dann verschwand er ganz.

Jamie baute den Luftfilter zurück in den Corsa und glaubte schon, den Star zu hören, aber es war die Frau aus der Manor Lodge, die in ihren Audi stieg. Er richtete sich auf, drückte den Rücken durch und sah zu, wie sie wegfuhr.

Lange Zeit hatte er den Corsa nicht herumzeigen wollen. Er

wollte ihn niemanden sehen lassen, bis er nicht ganz fertig war. Die Plane war eine Art Kokon, eine Puppe, und wenn der Corsa aus ihr herauskam, würde er etwas völlig Neues sein, ein strahlendes, perfektes Auto. Aber jetzt war das Wetter so schön, und es juckte Jamie, damit loszufahren und zu sehen, was er draufhatte. Ja, er war noch nicht fertig, aber irgendwann musste er einen Strich ziehen. Tatsache war, dass er so gut wie ewig weiter an ihm rumschrauben konnte. Und seine Enduro pfiff auf dem letzten Loch.

Er überlegte, ob er am Freitag damit fahren sollte, allerdings würde er dann nichts trinken können, er wäre außen vor, wenn alle redeten und lachten, und Megan dachte womöglich, dass er immer so war. Nein, es war besser, noch etwas zu warten und erst noch das richtige Soundsystem einzubauen. Etwas, aber nicht zu lange, der Sommer war die beste Zeit.

Ein Auto bedeutete nicht einfach nur, sich vor den anderen hervortun zu können. Solange er denken konnte, hatte er den Drang verspürt, für sich sein zu wollen, wegzumüssen, irgendwohin, wo ihn niemand finden konnte: nicht seine Mum, nicht sein Dad, nicht mal Alex. Wo er an niemand anderen denken oder irgendwem was beantworten musste. Als Junge war er für eine Weile ab und zu allein den Babb Hill raufgegangen oder auf die große Eiche auf The Batch geklettert. Jetzt, mit einem eigenen Auto, war es, als hätte er jederzeit die Möglichkeit, sich davonzumachen.

Als kleiner Junge hatte er oft davon geträumt, wegzulaufen und ein Gesetzloser oder so was zu werden, allein für sich draußen zu kampieren, und keiner konnte was von ihm verlangen. Eines Tages, da war er acht, war er statt zur Schule zum Bahnhof gegangen und hatte den ersten Zug genommen, der einfuhr.

Drinnen hatte er eine Fahrkarte unter einem der Sitze gefunden und sie in die Tasche seiner Schulshorts gesteckt. Sie war zwar auf den Tag zuvor datiert, aber besser als nichts.

Es war wunderbar, so allein mit dem Zug zu fahren. Er konnte sich noch erinnern, wie draußen die Landschaft vorbeigezogen war, Gärten, und dann hatte er einen Jungen mit einem Schulrucksack gesehen, einen Jungen, der er selbst hätte sein können, wie er aus einer Gasse herauskam und zum Zug hinaufsah. Er hatte ihm zugewinkt, und ein anderer Junge, der mit seiner Mutter ihm gegenübersaß, hatte gelacht. Er hatte sich vom Fenster abgewandt und erfreut gelächelt, doch da sah er, dass es ein gemeines, höhnisches Lachen gewesen war.

Die Stadt, in der er ausstieg, war bis dahin nur ein Wort gewesen, das er kannte, mehr nicht, und er wusste nicht, warum er gerade da ausstieg und nicht irgendwo anders. Er tat es einfach.

Die Sperren standen offen, was sich wie ein Zeichen anfühlte. Die Stadt zog sich mit einer von Geschäften gesäumten Straße eine Anhöhe hinauf: Superdrug, McDonald's, JD Sports. Er lief bis ganz nach oben, wo die Läden weniger wurden. Da gab es einen Zahnarzt, eine große Kirche aus roten Ziegeln mit einem stattlichen Turm und das Tor zu einer Schule. Er konnte die Kinder auf dem Schulhof hören, es war Pause. Niemand auf der Welt wusste, wo er war. Es war, als wäre er für eine kleine Weile aus seinem Leben getreten, als wäre er unsichtbar, ein Geist.

Die Stadt war anders als Connorville, aber auch genauso. Es war keine andere Welt, wie er es sich im Zug vorgestellt hatte. Er verbrachte den Morgen damit, mit den Händen in den Taschen herumzulaufen und den Leuten ins Gesicht zu sehen, die in den Läden ein und aus gingen: alte Leute mit Einkaufstrolleys, Mums mit Kinderwagen. Hatten sie Geheimnisse? Waren sie glücklich, besorgt, oder hatten sie Angst? Waren sie überhaupt echt – so echt wie er und Alex? Es war unmöglich zu sagen.

Er hatte sich auf eine Bank vor der Bibliothek gesetzt und sein Lunchpaket ausgepackt. Ein Landstreicher kam vorbei und beobachtete ihn. Jamie erwiderte seinen Blick vorsichtig, und nach einer Weile lachte der Mann und ging weiter.

Jamie ließ die Motorhaube zufallen und zog die Plane zurück über den Corsa. Er hatte den ganzen Morgen mit dem Versuch zugebracht, den Turbolader einzupassen, und jetzt schmerzten seine Schultern, und er brauchte eine Dusche, bevor er zur Schicht fuhr.

Die Arbeit am Wagen beruhigte seine Gedanken. Es ging um das Lösen von Problemen, eine Sache erledigen, dann die nächste. Es gab ihm den Glauben, dass sich Dinge änderten.

Claires VW-Käfer parkte leicht schief am Bordstein, als Kitty zum Studio kam. Kitty öffnete die Tür und rief: »Hallo.«

Als sich Claire und ihr zweiter Mann hatten scheiden lassen, hatte sie sich mit ihrer Hälfte vom Verkauf ihres Hauses eine Wohnung in Ardleton gekauft und ein leeres Ladengeschäft in der Nähe gepachtet. Ursprünglich war es ein Gemüseladen gewesen, dann ein Taxibüro, ein Blumenladen und schließlich ein Nagelstudio. Nichts davon hatte mehr als ein paar Jahre überdauert.

Claire hatte alles weiß gestrichen, ein Oberlicht einbauen lassen und an zwei der Wände ihre eigenen Arbeiten gehängt. Kitty, die ihr jeden Monat eine hübsche Summe Miete zahlte, hatte vorgeschlagen, sie sollten beide ein Bild auf eine Staffelei beim Fenster stellen, für mögliche vorbeikommende Interessenten, aber Claire wollte das Licht so gut wie möglich nutzen. »Es ist ein Studio, meine liebe Kitty, keine Galerie«, hatte sie gesagt. »Wir sind zum Arbeiten hier, nicht um unsere Bilder zu Geld zu machen.« Für sie war das okay, man konnte ihre Kühe und Hunde im halben Land kaufen. Manchmal fragte sich Kitty, ob sie eifersüchtig war auf Claire. Sie wollte nicht die Art Dinge malen wie sie, so beliebt ihre Bilder auch sein mochten, aber sie musste zugeben, auch wenn es nur ein Hobby war, eins, das sie als solches genoss, würde sie doch zu gern eines ihrer Bilder verkaufen und wissen, dass es ein Fremder an seiner Wand hängen haben wollte, um es anzusehen.

»Hier hinten bin ich!«, rief Claire fröhlich aus der kleinen Küche. »Magst du einen Tee?«

Kitty stellte ihre Taschen ab und ging zu Claires Staffelei. »Ja, bitte. Woran arbeitest du gerade?«

»Oh, nur eine Skizze. Ich male ein Rudel Basset Vendéens. Vergangenes Jahr habe ich auf einer Landwirtschaftsausstellung einen Züchter kennengelernt. Himbeere oder Zitrone und Ingwer?«

»Oh … einen normalen Tee, bitte. Es müsste welcher da sein, glaube ich. Ein Rudel, sagst du – es sind also Jagdhunde, oder?«

»Ja, nun, in gewisser Weise. Ursprünglich für die Hasenjagd. Es sind süße kleine Kerle, heute werden sie hauptsächlich als Haustiere verkauft, glaube ich.« Sie kam mit dem Tee aus der Küche und gab Kitty ihre Tasse. »Wie fühlst du dich?«

»Ich war beim Arzt. Er hat mir eine Überweisung geschrieben.« Kitty hatte Claire von ihrem Sturz erzählt, und die hatte mit der Geschichte einer ihrer Freundinnen geantwortet – »ein bisschen jünger als du, Kitty« –, die auf der Straße gestürzt und bei der später multiple Sklerose diagnostiziert worden war. Kitty hatte daraus nicht ersehen können, ob die Freundin noch lebte.

»Wohin überwiesen?«

»Zu einer Neurologin. Im Queen Elizabeth.«

»Eine Neurologin? Echt?«

»Ich weiß.«

»Oh, mach dir keine Sorgen«, sagte Claire, obwohl sie auch weiter die Brauen zusammenzog. »Ich bin sicher, sie wollen nur sichergehen. Was meint Howard?«

»Ich habs ihm nicht gesagt.«

»Oh, Kitty. Warum denn nur das nicht?«

»Er wird nur ... Ich will einfach erst selbst Klarheit. Wenn ich die habe, sage ich es ihm.«

Claire verschränkte die Arme. »Ist das klug? Auf diese Weise zu kommunizieren?«

Kitty lachte. »Oh, Claire, wir kommunizieren sowieso nicht. Seit Jahren nicht mehr.«

»Echt? Und das stört dich nicht?«

Plötzlich wollte Kitty dieses ganze Gespräch rückgängig machen. Sie fühlte sich viel zu entblößt. Claires Ansichten zu Beziehungen waren äußerst schwarz-weiß, und es gab Dinge, die Kitty, wenn Claire sie jetzt ausspräch, nicht würde ertragen können, zumindest dachte sie das. Nicht jetzt. Ja, in einer idealen Welt würde sie einen Weg finden, Howard zu sagen, dass sie Angst hatte, und er würde ihr zuhören. Aber sie lebten nicht in einer idealen Welt.

Sie seufzte. »Also ... jedenfalls habe ich nächste Woche einen Termin. Vielleicht ... würdest du mitkommen?«

»Aber natürlich werde ich das, meine Liebe. Und hinterher

trinken wir ein großes Glas Wein und reden, okay? Gehen den Dingen mal richtig auf den Grund.«

»Das wäre schön«, sagte Kitty und fragte sich, was sie da gerade angerichtet hatte. »Aber jetzt muss ich weiterkommen und etwas malen.«

»Wie geht es voran?«

»Oh, nicht so toll. Ich weiß nicht. Ich habe das Gefühl, ich stecke fest.«

»Immer noch?« Claire neigte den Kopf etwas zur Seite. »Mit all der Landschaft da draußen?«

»Ich weiß«, seufzte Kitty.

»Ich frage mich, was es ist, was du *nicht siehst*«, sagte Claire und verengte die Augen. Sie konnte manchmal so sein. Kitty dachte oft, dass sie sich gern als Hobbypsychologin verstand. »Ich denke, du betrachtest die Dinge auf die falsche Weise. Hast du *So arbeitet der Künstler* gelesen? Das Buch ist sehr gut, was den Unterschied zwischen Beobachtung und Inspiration betrifft. Ich bring es dir morgen mit. Du musst mir versprechen, dass du es liest, ja?«

Aber Kitty war mit ihren Gedanken bereits woanders. Wer hatte ihr das zuletzt noch gesagt – dass sie nicht richtig hinsah? Sie sah einen stillen Teich im Wald vor sich, eine Plastikflasche, die sich leicht im Wasser wiegte. Sie spannte ein Skizzenblatt auf ihre Staffelei und begann, aus der Erinnerung zu zeichnen.

»Kitty, Liebes, zeichnest du da Müll?«, sagte Claire etwas später und stellte sich hinter sie. Es war Essenszeit. Für gewöhnlich gingen sie zusammen die Straße hinauf, aßen ein Sandwich und tranken einen Kaffee oder, manchmal, ein Glas Wein.

Kitty lachte. »Nein. Nun ja, vielleicht schon. Hör zu, ich mache heute keine Pause, könntest du mir vielleicht eine Flasche Wasser mitbringen? Egal, was für eins, es sollte nur eine Plastikflasche sein?«

»Natürlich«, sagte Claire zögerlich. »Ich kann allerdings nicht glauben, dass du so was wirklich malen willst. Was kommt als Nächstes? Chipstüten und Kondome?«

»Es geht um die Art, wie das Licht im Wasser auf sie trifft. Stell es dir als eine Studie vor«, sagte Kitty.

Als Claire gegangen war, kehrte sie zu ihrer Skizze zurück. Das sah nicht unbedingt schön aus, da hatte Claire recht, und es konnte gut sein, dass sie es dabei beließ. Aber sie spürte, wie sich etwas in ihr regte, das sie nicht ganz zu identifizieren vermochte, und sie wollte nicht versuchen, es zu genau zu ergründen, da es sich dann vielleicht verflüchtigte. Etwas, was mit Konzentration zu tun hatte, mit Details, nicht Panoramen, mit *real* sein. Eine Flasche, die über unter Wasser stehendes Gras treibt. Ein schmutziges Stück Wolle, das sich im Stacheldraht verfangen hat. Ein dunkles Gestrüpp, in das die Sonne sticht.

Die anderen hatten um halb sechs Feierabend gemacht, und als Jamie und Lee nach der Abendschicht zu ihnen stießen, waren sie schon ziemlich betrunken.

»Dicko! Dicko! Dicko!«, sang Nick, als sie sich durch die Leute zu ihnen durchdrängten. Es war gerammelt voll und heiß, und die Musik wummerte.

Alle aus Mytton Park standen am Ende einer langen stählernen Theke. Jamie kannte Nick kaum. Ein-, zweimal hatten sie in einer Zigarettenpause ein paar Worte gewechselt, aber Kumpel waren sie deswegen nicht unbedingt. »Alles klar, Kumpel?«, rief Nick jetzt, trank sein Bier aus und langte hinter Megan her, um Jamie die Hand zu schütteln. Megan trug ein rückenfreies Top, sie sah toll aus – was sie wahrscheinlich wusste.

»Yeah, alles klar«, antwortete Jamie. »Was trinkst du?«

»Du bist der Knaller, Mann«, sagte Lee, der mitgehört hatte. »Für mich ein Bier.«

»Nick?«

»Ebenfalls, Kumpel.«

»Andy? Was willst du trinken?« Er vollführte eine Trinkbewegung in Andys Richtung, der Lees Arm packte und ihm was ins Ohr schrie. »Megan?« Er berührte vorsichtig ihren Arm und war sich bewusst, wie kalt sich seine Hand für sie anfühlen musste, nachdem sie schon eine Weile hier in dieser vollen Kneipe stand. »Kann ich dir was zu trinken ausgeben?«

Sie stellte sich auf die Zehenspitzen, um ihm zu antworten, und er spürte ihren warmen Atem seitlich auf seinem Gesicht. »Kann ich eine Bacardi-Cola haben, bitte?«

»Klar. Darf ich mal ...?« Sie machte ihm Platz, damit er zur Theke vor konnte.

Während er darauf wartete, dass er bedient wurde, abgekehrt von den anderen, sagte er sich, dass es mit ein paar Drinks im Bauch sicher witzig werden würde. Es war am Anfang immer so, besonders wenn man später dazustieß. Du kamst von der Straße direkt in eine eng zusammenstehende, palavernde, lachende Truppe, und es dauerte etwas, bis du das Gefühl hattest, mit dazuzugehören. Es nervte erst immer, wie heiß es war und wie laut, aber er würde bald schon Teil davon sein.

Als er an die Reihe kam, bestellte er sich als Erstes einen Tequila, den er allein herunterkippte, bevor er den anderen ihre Getränke über die Schulter reichte.

Die Kneipe machte um zwölf zu, und Jamie war mittlerweile eindeutig betrunken. Aber alle anderen auch und noch schlimmer als er. Lee hätte sich beinahe geprügelt, und einer der Türsteher war rübergekommen. Megan musste alle beruhigen.

Draußen vorm Eingang hatte sich eine kleine Menge gebildet. Die Leute rauchten, lachten und riefen Taxis. Beim Geldautomat gegenüber standen auch Menschen, aber andere: Einzelgänger mit Kapuzen und Mützen, eine blonde Frau in Schlappen und einem Männermantel, unter dem eine Pyjamahose hervorguckte. Ein Dealer, den die halbe Stadt kannte. Jamie sah hinüber und erkannte einen Jungen, der in der Schule eine Klasse über ihm gewesen war, nur dass er jetzt einen tätowierten Nacken und eingefallene, ausdruckslose Augen hatte. Stütze, erinnerte sich Jamie, wurde um Mitternacht ausgezahlt.

Er drehte sich weg. »Kommst du mit ins Vault?«, fragte er und grinste zu Megan hinunter, die sich eine Kippe ansteckte. »Soll geil sein.«

»Oh, verstehe, jetzt ist es was anderes, wie?« Sie erwiderte sein Lächeln und blies den Rauch vor sich hin.

»Yeah, ist es. Komm schon.« Und er stapfte los, die Hände tief in den Taschen.

»Jamie!«, rief sie, als wäre sie böse mit ihm, aber nicht wirklich. Es war schön. »Du kennst ja nicht mal den Weg!«

Jamie lachte, drehte sich auf dem Absatz um und kam zurück. »Ich wollte nicht wirklich. Ich würde ja nicht ... Wir müssen auf die anderen warten, oder?«

»Das müssen wir, ja.« Sie trug nur eine Strickjacke über ihrem Top, hielt die Arme vor der Brust verschränkt und zog den Kopf zwischen die Schultern. Was, wenn er den Arm um sie legte, ganz freundlich, um sie warm zu halten? Er stellte es sich vor:

nichts, was irgendwie sexy war, nur dass er sie einen Moment lang hielt und sie ihn ließ, sich vielleicht an seine Brust lehnte. Lee hätte das jetzt gebracht, definitiv. Ohne lange zu fackeln. Aber was, wenn er es versuchte, und sie stieß ihn weg, und die Sache ging in die Hose?

»Magst du meine Jacke?«, fragte er stattdessen.

»Ooh, ehrlich jetzt? Du bist so ein Gentleman.«

Aber gerade als er die Jacke ausziehen wollte, rief sie einen Namen, warf die Zigarette weg und stöckelte über die Straße, um ein Mädchen in einem roten Kleid und High Heels zu umarmen. Die Gruppe um das andere Mädchen sah uninteressiert herüber, als Lee, Andy und Nick raus zu Jamie kamen.

»Mit wem redet Tits da?«, sagte Andy.

»Tits?«

»Megan.«

»Oh, weiß nicht, Freunde von ihr«, antwortete Jamie, während er ihre Zigarette zertrat und zurück in seine Jacke fuhr. Er spürte, wie er rot wurde. »Ist gerade erst rüber.«

»Himmel«, sagte Lee. »Nicht die Truppe.«

»Warum?«

»Ich war mit denen schon mal los. Verdammte ... Jungbauern und so.«

»Sehen nicht so aus.«

»Ehrlich, Kumpel. Ätzend.«

Andy fing an, was Dreckiges über Schweine zu sagen, hielt aber inne, als er sah, dass Megan zurückkam. »Fertig, Jungs?«, sagte sie. »Die da drüben wollen auch, da können wir gleich zusammen gehen. Komm, Jamie!«, und sie hakte sich bei ihm ein und führte ihn über die Straße, um ihn vorzustellen.

Vier Uhr morgens, und Jamie stolperte den Boundway entlang in Richtung Lodeshill. Der Horizont hüpfte mit jedem Schritt rauf und runter, und als ein Auto vorbeibrauste, beugte er sich zu weit in die Hecke und wäre fast reingefallen.

Wo zur Hölle war eigentlich seine Jacke? Und wo waren die anderen, warum waren sie abgehauen? Oder war er abgehauen?

Er erinnerte sich, in einem Club gewesen zu sein. Die blitzenden Lichter, die Hinterköpfe der Tanzenden. Ellbogen, Leute, die ihn weggeschubst hatten. Aber das war okay, es störte ihn nicht. Dann standen sie an der Theke. Shots, sie hatten Shots getrunken. Was Grünes. Wessen Idee war das gewesen? Er tastete in seiner Hosentasche nach seinem Portemonnaie: Gott sei Dank. Und den Schlüsseln. Okay. Aber was dann? Er hatte viel mit Megan geredet: Oh, Scheiße, was hatte er ihr erzählt, hatte er ihr irgendwas verraten, hatte er sich zum Idioten gemacht? Und dann Lee, der ihm durch den wummernden Bass der Lautsprecher was ins Ohr schrie – was über Frauen im Allgemeinen, dann was über Megan, was Fieses. Hatte sie wieder »Tits« genannt. Der schrille Schmerz in seinem Ohr, als Lee hineinschrie, hatte ihn zusammenzucken lassen.

Vielleicht hatte Lee seine Jacke, oder hatte er sie im Club vergessen? Er konnte sich nicht erinnern, gegangen zu sein, das Letzte, was er noch wusste, war, dass er auf der Tanzfläche gestanden hatte. Oh, Scheiße, das war zumindest eine Sache: Er hatte *getanzt*. Nicht wirklich mit Megan, sondern sie hatten alle getanzt. Aber dann musste es okay gewesen sein. Hatte sowieso keiner zugesehen. Und die anderen, die waren okay gewesen, oder? Warum mochte Lee sie nicht? Er hatte sich den ganzen Abend über sie lustig gemacht und sie hinter ihrem Rücken nachgemacht. Schon witzig.

Er bemerkte einen sauren Geschmack im Mund. Scheiße, er hatte gekotzt! Jetzt erinnerte er sich, er hatte auf dem Boden der Toilettenkabine gehockt. Ein Bild, das aufblitzte: Wie die Kotze seitlich in der Schüssel runtergelaufen war, und er gleich wieder würgen musste. Was noch? Er erinnerte sich, dass er gepinkelt hatte und – Himmel – etwas von der Ecke einer Kreditkarte in die Nase hochgezogen hatte. Was war das gewesen? Es hatte übel gestochen, und er konnte durch das Nasenloch immer noch nicht wieder atmen. Der verdammte Nick, wo hatte er das Zeug her? Aber Spaß hatte es schon gemacht, oder? Sie waren seine Kumpel, alles seine Kumpel. Er wünschte nur, er wüsste, was zur Hölle mit ihnen passiert war. Wie hatte er sie verloren? Warum stolperte er jetzt hier so mutterseelenallein nach Hause?

Es war nicht mehr weit bis zur Abzweigung nach Lodeshill, als er es sah: etwas auf der Fahrbahn vor sich, etwas, das er im düsteren Vordämmerungslicht nicht richtig ausmachen konnte. Geradewegs führte die Straße darauf zu, und als er näher kam, wurde er mit jedem Schritt nüchterner und aus dem Traumgleichen Unglaubliches und schließlich Realität.

Dem Reh war kaum was anzusehen, aber eine schwarze Pfütze breitete sich von irgendwo unter ihm aus. Jamie konnte Blut und Angst in der Nachtluft riechen. Er kniete sich daneben, ein großes weißes Auge verdrehte sich in Panik. »Oh, Scheiße, Scheiße«, flüsterte er, und dann: »Ist ja gut, ist ja gut.«

Er holte tief Luft und legte eine Hand auf die warme Flanke, ganz sanft. Die Vorderläufe traten ins Leere, und ein leises Geräusch drang aus dem Körper, wie die reine Essenz von Schmerz und Angst. Er wankte zurück, ging ein Stück weg, blickte die Straße hinauf und hinunter, doch da kam nichts. Die Felder links und rechts waren dunkel und still, und die Milchstraße schlitzte den Himmel über ihm auf, wie ein Echo der Straße unter ihm. Da war niemand, der helfen konnte.

Er wurde sich bewusst, dass er die Art Mensch sein wollte, die einfach zu handeln wusste, die fähig, erwachsen, ungerührt war. War es nicht in solchen Krisen, dass man herausfand, ob man ein Mann war? »Scheiße, Scheiße … «, hörte er sich wieder und wieder murmeln.

Er fummelte sich das Hemd vom Leib, die Nachtluft ließ seine Brustwarzen schrumpfen und stellte die feinen Härchen auf seinen Armen auf. Das Hemd musste nach ihm riechen, das war nicht ideal, aber er hatte keine Wahl.

Eine Eule schrie im dunklen Wald zu seiner Rechten, als er sich, absolut nicht mehr betrunken, neben das zuckende Reh kniete und ihm vorsichtig den warmen Stoff über den Kopf breitete. Sofort beruhigten sich die Läufe, auch wenn sich die Rippen immer noch auf und ab bewegten. Der Saum des Hemds saugte bereits Blut in sich auf, aber das machte nichts. Es war nicht so, als würde er es jemals wieder tragen wollen.

Die Pfütze unter der Flanke des Rehs breitete sich langsam weiter aus, schwarzes Öl, und er versuchte, nicht hineinzutreten, während er sich vor und zurück wiegte und überlegte, was er als Nächstes tun sollte. Es war ein Bock, der wahrscheinlich ziemlich stark war. Er schien die Hinterläufe nicht mehr bewegen zu können, aber die vorderen mit ihren todbringend geschlitzten Hufen – und wer wusste, welche Kräfte er aufbringen würde, wenn er begriff, was Jamie vorhatte.

Jamie stand auf und sah hinunter auf das Tier mit seinem Hemd über dem Kopf. Das Herz pochte unter der dünnen nackten Haut seiner Brust, als ihm klar wurde, dass er es töten musste.

Er sah kurz hoch zum Himmel, das Schwarz verblich zu einem tiefen Blau, irgendwo hinter den Bäumen im Osten sammelte sich die Morgendämmerung.

Er stellte sich über den Rehbock, vor sich den Kopf, bückte sich, hielt die Vorderläufe mit einem Knie am Boden und hoffte, dass sich die hinteren nicht zu sehr wehren würden. Jamie hielt die zitternden Hände einen Moment lang über das weiße Hemd, wie zu einem Segen, wickelte den warmen Stoff dann fest um die Schnauze und drückte fest auf die Stelle, wo der heiße Atem kam und ging, kam und ging und schließlich, nachdem der schwere Rehbock gewürgt und geschrien und kraftlos versucht hatte, sich zu befreien, ausblieb.

19

*Schafgarbe, Kleines Mädesüß,
Fuchs' Knabenkraut.*

Es war Mitte Mai, das erste wirklich warme Wochenende des Jahres. Der Wind, wenn denn einer ging, war leicht und kam aus Südwesten. Fast das ganze Land strahlte in Sonne getaucht. Die Krähenkolonien waren voller Leben, Blüten verfärbten die Hecken cremig weiß, und die Singdrosseln, die im Flieder neben der Einfahrt zur Manor Lodge nisteten, waren bereits bei ihrer zweiten Brut.

Als Kitty zur Morgenandacht gegangen war, ging Howard nach unten, legte das erste Burning-Rubber-Album auf und drehte die Lautstärke auf. Mit diesem Album war die Band getourt, als er angefangen hatte, er kannte es in- und auswendig: jedes Wort, jeden Akkord, jeden Riff. Die Gefühle, die es aufwühlte, waren so stark. Es war wie eine Zeitmaschine, ein Weg zurück zu einem anderen Selbst. Er legte es nicht mehr oft auf, es war … nicht schmerzhaft, aber irgendwie heftig.

Howard hatte eingewilligt, Kitty draußen vor der Kirche zum jährlichen Bittspaziergang zu treffen. »Klingt nach Spaß«, sagte er, als sie ihm erklärte, was es war. »Spazieren gehen und beten? Ich hätte gedacht, das ist ein bisschen new-agey für dich.«

»Nein, Howard, das hat eine jahrhundertelange Tradition«, sagte sie. »Erinnerst du dich nicht, dass ich im letzten Jahr auch mitgegangen bin? Man geht die Grenzen der Gemeinde ab, ein wenig so, als erkläre man den Anspruch auf sein Territorium. Es war mal wirklich wichtig, bevor es richtige Karten gab. Alle gehen mit, praktisch das ganze Dorf.«

»Und es wird gebetet?«

»Nur ein- oder zweimal, es geht mehr um die lokalen Grenzsteine, die Feldfrüchte und ja … darum, sich gegenseitig besser kennenzulernen. Und hinterher gehen alle in den Pub.«

»Wie? In den Green Man?«

»Ja, da gibt es einen Imbiss, ein Ploughman's Lunch. Howard, ich fände es wirklich schön, wenn du mitkämst. Du kennst noch kaum jemanden im Dorf, und im letzten Jahr habe ich gesagt, dir ginge es nicht gut. Wenn du wieder nicht dabei bist, werden dich die Leute für unfreundlich halten.«

Und so hatte er Ja gesagt, obwohl er sich tatsächlich nicht besonders freundlich fühlte. Warum nicht? Er hielt sich für einen umgänglichen Menschen, aber es stimmte, die meisten Leute in Lodeshill kannte er kaum, ganz sicher nicht genug, um sie nicht zu mögen. Warum also war er so unwillig, sich etwas zu bemühen?

Vielleicht lag es daran, dass es was Kirchliches war, dachte er. Aber ehrlich gesagt wusste er, dass es das nicht war. Es ging darum, dass er nicht *einer von ihnen* war. Und war das so, weil er es nicht sein wollte oder weil er dachte, dass sie ihn nicht ließen?

Er seufzte, ging hinauf in sein Radiozimmer und ließ die Musik unten zurück. Das Philco People's Set, das er aus Wales mitgebracht hatte, hatte sich als noch besser als erwartet erwiesen. Es war die De-luxe-Version und in keinem schlechten Zustand. Allerdings lief es nicht, und er musste an die Schaltkreise heran. Die Stromversorgung hatte er gestern überprüft, und die schien in Ordnung. Nun, wenn man bedachte, woher er den Apparat hatte: War er vielleicht wegen eines Herstellungsfehlers zurückgegeben worden? Es war nicht zu sagen. Er musste das Ding auseinandernehmen und komplett durchchecken.

Kittys Schlüssel in der Tür ließ ihn zusammenfahren. »Howard?«, rief sie die Treppe hinauf. »Der Spaziergang. Hast du ihn vergessen?« Die Musik brach abrupt ab.

Verdammt, dachte er. Er hatte sie vor der Kirche treffen sollen, und er war noch nicht mal fertig. »Entschuldige«, rief er, »bin unterwegs.«

Unten holte er seine Wanderschuhe und zog sie an. »Ist es warm draußen?«, fragte er. »Zu warm für eine Jacke?«

»Viel zu warm«, sagte Kitty. »Oh, komm schon. Die anderen warten.«

Aber als sie zur Kirche kamen, gab es eine weitere Verzögerung wegen ein paar Kindern, und der Hund von jemandem wurde noch geholt. Kitty schwatzte mit Christine Hawton, während Howard vage vor sich hin lächelte. Endlich dann, nach ein paar Worten vom Pfarrer, der ein kurzärmeliges Hemd mit weißem Kragen und eine Wanderhose trug, ging es los.

Zweiundzwanzig zählte Howard. Das war kaum das ganze

Dorf, obwohl die meisten wahrscheinlich zu alt und deshalb nicht dabei waren, nahm er an.

»Howard, richtig?« Bill Drew schloss zu ihm auf. Kitty unterhielt sich noch mit Christine, die ihr zuhörte und gleichzeitig ihren Cockerspaniel ausschimpfte, weil er zu sehr an der Leine zog. »Bill Drew«, sagte Bill und streckte die Hand aus. »Wir haben uns schon ein-, zweimal gesehen. Schön, dass Sie mit dabei sind.«

»Danke, ja«, sagte Howard. »Ich dachte, ich komme mit. Letztes Jahr war ich krank, sonst wäre ich da schon mitgegangen.«

»Sicher. Es ist eine so schöne Tradition, besonders für Neuzuzügler. Eine wunderbare Möglichkeit, in der Gemeinde willkommen geheißen zu werden.«

Das Wort »Gemeinde« löste unklare Assoziationen bei Howard aus. War das was Religiöses, oder ging es einfach um die Gegend? In Finchley hatte es so etwas nicht gegeben, wenigstens erinnerte er sich nicht daran. Er hoffte, dass er nicht in der Familie Gottes oder so willkommen geheißen wurde.

»Danke – wobei ich nicht wirklich religiös bin, sollte ich sagen.«

»Oh, das sind heute nur noch wenige, wie es scheint, oder sie sagen, sie sind ›spirituell‹, was etwas anderes ist, nehme ich an. Aber es ist absolut okay. Die Grenzen zu schlagen ist vor allem eine Dorfsache.«

Der Pfarrer führte sie die Straße hinunter am Hill View vorbei und würde gleich in den Ocket Wood einbiegen. »Die Grenzen zu *schlagen*?«, fragte Howard.

»Ja, zu den Bitttagen. Früher haben sie mit Stöcken auf die Grenzsteine geschlagen – wobei die kleinen Dorfjungen manchmal auch was abgekriegt haben. Es war eine Art, der nächsten

Generation die Grenzen quasi einzubläuen, damit sie wusste, wenn benachbarte Gemeinden Landraub betrieben.«

Howard sah sich zweifelnd um. Ein paar Unter-Zehnjährige waren mit dabei, dazu ein paar unwillig wirkende Teenager weiter hinten. »Ich glaube nicht, dass das heute gut ankommen würde.«

»Nein, sicher nicht. Aber sagen Sie, wie gefällt Ihnen Ihr Leben auf dem Land? Sie sind jetzt wie lange hier? Ein Jahr, oder?«

»Oh, wunderbar. Wir lieben es hier.«

»Sie haben vorher in London gewohnt, richtig? Da muss das hier erst mal ein kleiner Schock gewesen sein.«

»Wir haben uns gut eingefunden. Und was ist mit Ihnen, wohnen Sie schon immer hier?«

»Hier und in der Gegend. Meine Frau Jean da drüben – haben Sie sie schon kennengelernt? – kommt ursprünglich aus den Wales Valleys. Wir haben uns bei einer Tanzveranstaltung in Ardleton kennengelernt, als ich den National Service abgeleistet habe. Aber wir wohnen jetzt schon lange in Lodeshill, sehr lange.«

Howard fragte sich, wie es sein musste, nie in einer Stadt gelebt, sondern immer im Bedeutungslosen festgesessen zu haben. Nie viel im Land herumgekommen zu sein. Es war schwer vorstellbar.

Bevor er etwas erwidern konnte, wandte sich der Pfarrer vorn zu ihnen um und hob die Hand.

»Das ist der erste Ort, an dem wir verweilen wollen«, sagte er, und die kleine Gruppe blieb um ihn herum stehen. »Hier hinter mir steht einer der ältesten Bäume der Gemeinde, ein Eschenstumpf, der, so vermutet man, mindestens sechshundert Jahre alt ist. Ich werde jetzt eine kurze Lesung vornehmen, und dann sagen wir Dank für unsere Wälder hier, ihre Schönheit und ihren Segen.«

O Gott, dachte Howard, der daran denken musste, wie sich seine Pisse unten an dem alten Baum gesammelt hatte. *Ihren Segen*. Warum mussten sie so reden? Das stieß ihn irgendwie ab. Er sah zu Kitty hinüber, die zuhörte, wie der Pfarrer aus der Bibel las, allerdings suchte sie dabei etwas in ihrer Handtasche und machte keinen sonderlich ehrfürchtigen Eindruck, was schon was hieß.

Wenigstens dauerte die Gottesgeschichte nicht lange, ein paar Minuten später waren sie wieder unterwegs, verließen den Ocket Wood und folgten einem Graben an einem Feld entlang. Howard wäre fast über den Cockerspaniel gestolpert und wurde, als Christine sich entschuldigte, in ein Gespräch mit ihr reingezogen.

Jamie ging mit seinem Dad und George Jefferies, der gut in Form war, offen und gut gelaunt. Es war seit Jahren der erste Bittspaziergang, an dem er teilnahm. Seine Mutter hatte ihm keine Ruhe gelassen, aber als er dann aus dem Haus war, hatte es ihm geholfen, sich von dem Unwohlsein loszumachen, das er immer noch wegen Freitagabend verspürte.

Seine Schicht in der Bäckerei tags zuvor hatte er geschwänzt, er hatte angerufen und sich krankgemeldet. Sein schwerer Kopf hatte ihn fast den ganzen Tag im Bett gehalten und nicht zuletzt auch ein undeutliches, aber nicht abstreifbares Gefühl von Scham. Der Gedanke daran, wie unangenehm seine Enduro zu fahren sein würde, bis er die Stoßdämpfer hinten ausgetauscht hatte, war auch nicht unbedingt hilfreich gewesen.

Um sich abzulenken, begann er, die Vögel aufzuzählen, die er hören konnte: eine Singdrossel, eine Dohle, einen Zaunkönig. Es gab so viel Vogelgezwitscher um diese Jahreszeit, obwohl nach allem, was sein Großvater sagte, die Felder heute verglichen mit seiner Jugendzeit so gut wie verstummt waren. Aber dachten nicht alle, dass die Dinge in ihrer Jugendzeit besser gewesen waren? Außerdem hörte der alte Mann nicht mehr so gut.

Die Gruppe bog auf das, was er und Alex das »Feld der Schätze« genannt hatten, da bei jedem Pflügen Tonscherben und Henkel von Krügen an die Oberfläche geholt wurden. Jamie versuchte, sich an den richtigen Namen zu erinnern. Wood Rean? New Rean? Er kam nicht drauf. Als sie klein gewesen waren, hatten er und Alex ganze Nachmittage hier verbracht und in der Erde herumgesucht. Seine Mutter war immer wieder ausgerastet, wenn sie die Knie seiner Hosen beim Nachhausekommen sah. Die Schätze, die sie aus der Erde holten, hatten sie auf einer der Fensterbänke des Farmhauses ausgebreitet: Teile eines Gefäßes, Glasperlen, ein paar vernebelte Murmeln, Schuhnägel, einzelne dreieckige Scherben eines Willow-Pattern-Tellers. Alex wollte alles im Internet nachsehen, aber Jamie war das nicht so wichtig. Er fand nur einfach gern Dinge und stellte sich vor, wer sie zuletzt angefasst haben mochte und wie sie verloren gegangen waren. Was wohl aus all dem geworden war, fragte er sich, seit er es das letzte Mal gesehen hatte, und ob, ohne Alex, der ihn davon abhielt, Mr Harland das alles wohl weggeworfen hatte.

Auf halber Strecke am Rand des Feldes blieb der Pfarrer stehen. »Das hier ist der erste Grenzstein der Gemeinde, zu dem wir kommen. Es gibt etwa vierzig davon rund ums Dorf, von denen wir wissen, und es wird Sie freuen zu hören, dass wir nur bei ein paar wenigen von ihnen haltmachen werden.«

Obwohl er schon seit ein paar Jahren nicht mehr hier gewesen war, musste Jamie ihn nicht sehen, um zu wissen, wo sich der Stein mit seinem hineingekratzten L in die Hecke schmiegte. Dennoch, so mit allen anderen hier entlangzulaufen machte die Wälder und Felder zu etwas Gemeinsamem, etwas, das ihnen allen gehörte. Es war entlastend, dass sie so seinem eigenen seltsamen Bedeutungsnetz enthoben wurden.

»Bill Drew hat eine Karte mit ihnen angelegt, und sollten sie einen auf ihrem eigenen Grundstück finden, lassen Sie es ihn bitte wissen.« Bill hob die Hand, um zu zeigen, dass er da war, und die Gruppe bewegte sich weiter. Die Kinder sprangen lachend und schreiend hinter den Erwachsenen her, und Christine Hawtons Cocker lief voraus. Fünf Krähen flogen träge über sie hinweg, ihre schwarzen Flügel fuhren wie Ruder durch die Luft.

Kitty sah zu, wie der Hund mit der Nase knapp über der Erde dahinlief, und hörte mit halbem Ohr Christine zu, die nicht länger mit Howard schwatzte, sondern sich hinter sie zu Jean Drew hatte zurückfallen lassen.

»Der arme George hat ihn in seinem Garten gesehen«, sagte Jean. »Frech wie Oscar.«

»Glaubst du, es ist ein Roma?«, fragte Christine.

»Nein, ich denke, es ist irgendein Landstreicher.«

»Ein Landstreicher? Hier draußen? Man sollte doch meinen, wenn einer kein Obdach hat, geht er wenigstens nach Connorville. Was soll ein Landstreicher hier draußen wollen? Wenn er nicht hinter was Bestimmtem her ist.«

»Nun, ich weiß nicht, was wir tun können. Ihn der Polizei melden?«

»Warum nicht? Es war ein unbefugtes Eindringen, das zumindest. Georges Garten, das ist Privatgrund.«

»Er ist wahrscheinlich schon lange wieder weg«, warf Kitty ein, sah sich um und ließ die beiden zu sich aufschließen. »Meint ihr nicht? Das war alles am letzten Wochenende, und ich glaube nicht, dass ihn seitdem noch jemand gesehen hat.«

Jean sah sie zweifelnd an. »Irgendein Anzeichen von ihm im Ocket Wood, Christine? Du müsstest es wissen, du bist jeden Tag mit dem Hund da, oder?«

»Nein, ich glaube nicht. Vielleicht hat Kitty ja recht.«

»Es sind die Kinder, um die ich mich sorge«, sagte Jean. »Man kann heutzutage nicht vorsichtig genug sein.«

»Und jetzt, oben auf der Anhöhe, sehen Sie unsere Evangeliums-Eiche«, sagte der Pfarrer, der vor ihnen ging, sich umdrehte und auf einen Baum mit kahler Krone mitten auf einem großen Feld zeigte. Kitty erkannte die Eiche als die, die sie hatte malen wollen. Was ihr ewig lange her vorkam.

»Wir halten hier inne und danken für die Früchte der Felder. Diese Eiche und die nächste ein Stück weiter – können Sie sie sehen? – waren einmal Teil einer Hecke, die wahrscheinlich zur Zeit der Aufhebung der Allmenderechte gepflanzt wurde. Aber wie Sie sehen, ging der Rest mit der Vergrößerung der Felder verloren, zusammen mit dem Fußweg von Lodeshill nach Crowmere. Wir folgen jedoch seinem alten Verlauf. Seien Sie vorsichtig und schädigen Sie den … äh, jungen Weizen nicht, denke ich.«

»Hafer«, murmelte Jamie.

Kitty ließ den Blick über das Feld schweifen. Es war ein tatsächlich beeindruckender Baum, wie er so ganz für sich dastand, dennoch, sie konnte sehen, dass ein Bild mit ihm fürchterlich gewöhnlich wirken würde. Sie dachte an die Skizze, die sie tags zuvor begonnen hatte, auf einer kleinen fünfundzwanzig mal fünfundzwanzig Zentimeter großen Leinwand: ein altes Tor, das im langen Gras verrottete. In ihrer Vorstellung erwachte das Bild bereits zum Leben, und mehr noch, es fühlte sich wie ihres an.

Das warme Wetter tat dem Spargel gut, und auf Woodwater gingen sie bereits zweimal täglich zum Stechen aufs Feld. Einige der anderen Helfer murrten, weil sie so fast den ganzen Tag draußen waren, aber Jack zog die Arbeit an der frischen Luft der im Lagerhaus vor. Die Stangen in den Sortierer zu geben, zu verpacken und auszuzeichnen machte den Spargel für ihn im Übrigen zu einem bloßen Produkt – und ihn selbst zu einem Rädchen im Getriebe.

Die anderen Helfer unterhielten sich meist auf Rumänisch, obwohl sich ein paar Jack gegenüber Mühe gaben. Es störte ihn jedoch nicht, nicht am Gespräch beteiligt zu sein. So konnte er unangenehme Fragen vermeiden, zum Beispiel, wo er nachts schlief.

Am Ende der Reihe richtete er sich auf. Die Spargelbündel lagen ordentlich aufgestapelt da, und Mihail konnte sie einsammeln. Sobald die anderen mit ihren Beeten fertig waren, wurde es Zeit, das nächste Feld in Angriff zu nehmen. Schweiß perlte auf seiner Stirn. Er ging und setzte sich in den Schatten der Hecke, wo er eine Flasche Wasser hatte liegen lassen. Er trank. Cider wäre besser, sauer, trübe und erfrischend, aber ihm war schon seit zehn Jahren auf keiner Farm mehr welcher angeboten worden.

Das Feld hob sich schräg von ihm weg, braun und sanft schraffiert, bis es an den blauen Frühlingshimmel stieß. Früher einmal hatte es eine Reihe Ulmen am anderen Ende gegeben, doch die waren vor dreißig Jahren abgestorben und ihre Reste schließlich dem Sturm von 87 zum Opfer gefallen. Jack grub in seiner Tasche nach einer Eichel und drückte sie in die Böschung. Dann plötzlich war er von Distelfinken umgeben, die kurz um ihn herumzirpten, bevor sie weiterflogen.

Als er ihnen hinterhersah, wurde Jack auf eine Bewegung aufmerksam. Da waren Leute hinter der Hecke, ihre Köpfe hoben sich im Vorbeigehen kurz über die Weißdornblüten. Es war eine ziemlich große Gruppe, vielleicht zwanzig Personen. Sie liefen am Rand des Nachbarfeldes entlang und bogen durch das Tor in Richtung Spargelbeete. Er sah, wie sich ein paar der Helfer am Ende ihrer Reihen aufrichteten und hinüberblickten. Instinktiv drückte sich Jack zurück in die Hecke, froh über seine kakifarbene Cargohose und das dunkle T-Shirt. Als die Leute näher kamen, sah er, dass sie von einem Mann mit einem Priesterkragen angeführt wurden. Natürlich, dachte er, der Bittspaziergang. Sie liefen die alten Gemeindegrenzen ab.

Mihail war herübergegangen, um mit ihnen zu reden, und Jack konnte sehen, wie der Pfarrer eine Geste über die Felder hinweg zum Turm von St. James's machte, der gerade so zwischen den Bäumen zu sehen war. Die anderen waren jetzt auch alle mit ihren Reihen fertig. Mihail schüttelte dem Pfarrer die Hand und nahm, als die Gruppe weiterging, seinen Korb, um die Bündel von den letzten beiden Beeten einzusammeln.

Auf dem Weg zurück ins Dorf ließ Howard sich ein Stück zurückfallen. Der Einzige, der sich nicht tief im Gespräch mit jemandem befand, war der Junge, dem der aufgemotzte Wagen gehörte, und mit dem wollte er sicher nicht reden. Er fragte sich, warum der Kerl überhaupt dabei war. Wie der typische Kirchgänger sah er nicht aus. Wobei, klar, dachte er und sah Kitty an, man wusste nie.

Alles in allem war es okay gewesen, ja sogar ganz schön. Ein kleiner Spaziergang zu Orten, an denen er noch nicht gewesen war. Und über Farmland, über das er sonst nicht so einfach gehen würde. Diese Spargelbeete! Das war ihm alles nicht so klar gewesen. Er wurde von Hand geerntet. Nicht mit Maschinen. War wahrscheinlich billiger.

Er dachte an seinen Abend in London, der ihm keine Ruhe ließ. So ganz verstand er das alles noch nicht, wusste nicht, wie er es einordnen sollte. Okay, am Ende war es ein bisschen unangenehm geworden, aber es war doch gut gewesen, Geoff mal wiederzusehen, oder? Auch wenn hier und da eine Spitze in dem zu spüren gewesen war, was er gesagt hatte. Howard hatte Mühe, sich an einzelne Punkte zu erinnern, aber das Gefühl war da und blieb.

Und das war nicht alles. Ja, er vermisste London, aber das hatte er vorher schon gewusst, das war nur natürlich, fast sein gesamtes Erwachsenenleben hatte er in der Stadt verbracht. Aber da im Royal Oak hatte es einen Moment gegeben, in dem er sich vorgestellt hatte – was? Dass er wieder zurückkönnte? Kitty würde niemals mitkommen, das wusste er. Und trotzdem hatte er es ganz kurz gedacht. Himmel noch mal.

Aber das bedeutete nichts. Man konnte über alles Mögliche nachdenken, das hieß noch längst nicht, dass man es wirklich machen wollte. Und sieh dir nur Geoff an: Er hegte keinerlei Wunsch, so zu sein wie er, ein in die Jahre gekommener Mann, der sich zum Narren machte. Nein, was er tun musste, war, sich mit dem Umstand anzufreunden, dass sich die Dinge geändert hatten. Es wirklich anzunehmen, statt zu versuchen, einen Fuß in einem Leben zu halten, das der Vergangenheit angehörte. Erwachsen zu werden, wie Kitty sagen würde.

Er betrachtete die Leute, die da vor ihm hergingen. Zwei alte Männer, ein Pfarrer, Ehemänner und Ehefrauen, Kinder. Anständige Leute, Dörfler – was immer das heutzutage bedeutete. Er würde niemals anfangen, in die Kirche zu gehen oder im verdammten Gemeinderat hocken zu wollen. Aber vielleicht dazugehören, vielleicht musste er sich nur dazu entscheiden. Er beschleunigte seinen Schritt, um zu den anderen aufzuschließen.

20

Brennnesseln, Portulak, Löwenzahn.
Blutwurz (Hochlagen).
Ein kleinerer Hirschkäfer taucht auf.

Obwohl er erst in den frühen Morgenstunden schlafen gegangen war, erwachte James Albert Hirons bei Sonnenaufgang. Dieser Tage fühlte er sich direkt nach dem Aufwachen manchmal verwirrt und musste so lange ruhig daliegen, bis sich die Welt um ihn herum zusammengesetzt hatte. Heute nicht. Seine alten Knochen schmerzten, aber sein Kopf fühlte sich klar an.

Abends zuvor hatte er etwas Fisch kaufen wollen. Im Laden hatten sie jedoch Unsinn geredet und gesagt, sie verkauften keinen Fisch, nur Zeitungen, Magazine und Süßigkeiten. Darauf hatte er sich zu Edith umgewandt, aber sie war nicht da. Nach einer Weile dann hatte er sich erinnert, und die Scham war ihm zwischen die Rippen gefahren. Am Ende hatte ihn ein völlig

Fremder nach Hause gebracht, als wäre er nicht mehr bei Sinnen. »Nein«, murmelte er und schloss für einen Moment die Augen. »Nein.«

Er stand auf, langsam, ging und setzte sich auf die alte Porzellanschüssel, um zu pinkeln. Das Bad roch klamm, nur an sehr heißen Tagen tat es das nicht, und die Fugen zwischen den alten rosa Kacheln waren schwarz. Er gab sich Mühe, natürlich tat er das. Aber es war schwer. Und einige Dinge – wie die verdammte Matte da, grau und platt getreten –, die waren sowieso nicht wichtig. Nicht mehr.

Er räusperte sich und spuckte in die Schüssel, zog die Spülung und wusch sich das Gesicht mit kaltem Wasser. Seine Hände zitterten für einen Moment, als er sich mit seinem zerschlissenen gelben Handtuch abtrocknete. Gillian hatte ihm mal erzählt, die Gemeinde habe eine Frau geschickt, um den armen alten George Jefferies zu waschen. Der Gedanke war ihm unerträglich. Er wusste, er hätte das an Georges Stelle nicht ausgehalten. Nein, so weit würde er es nicht kommen lassen.

»Es ist besser, als in ein Heim zu müssen«, hatte Gillian ihm, dumm wie immer, erklärt.

»Ein Heim? Nenn das nicht so«, hatte er erwidert.

Die Sonne schien durch die Gardinen herein, und er konnte irgendwo in der Nähe eine Amsel singen hören. Der Frühling war fast vorbei, dachte er, stieg in seine Hose und hob die Träger über die knochigen Schultern. Der letzte, den er erleben würde. Da konnten einem die Tränen kommen. Kinder bemerkten, wenn die Bäume grün wurden, aber für die meisten Leute bestand das Jahr nur aus Weihnachten, Urlaubsreisen ins Ausland und den verdammten Schulferien. Gottes grüne Felder, von denen hatte er in Singapur geträumt, aber abgesehen von den verdammten irren Ökokriegern interessierte es heute keinen mehr, was sich da draußen tat.

Ausgenommen natürlich die Bauern, dachte er, ging sehr langsam die Treppe hinunter und schaltete den Wasserkessel ein. Denen fiel es auf. Und ihm, sogar jetzt noch. Ein kleiner Teil von ihm verstand sich immer noch als Landarbeiter, hatte es immer getan, trotz all der Jahre, in denen er Kessel und verflixte Waschtrockner gebaut hatte.

Es war erst schwer zu verstehen gewesen: Die Rationierungen waren noch in Kraft, den Bauern wurde gesagt, sie sollten mehr produzieren, und trotzdem gab es immer weniger Arbeit auf den Feldern. Aber er war auch erst 46 zurückgekommen, und dann war da erst mal das Sanatorium. Es dauerte ein paar Jahre, bis er seine Kraft wiedergewonnen hatte, und da hatten sie ihn längst ans Ende der Schlange weitergereicht. Vielleicht hatte Edith ja recht, und es war zu seinem Besten gewesen, aber irgendwo war er immer noch der Überzeugung, dass sein Leben ohne den Krieg, und Edith, ein anderes geworden wäre.

Einmal hatte er zusammen mit seinem Enkel im See nicht weit vom großen Haus in Lodeshill beim Angeln mit dem Magnet den alten eisernen Vorschneider eines Pflugs gefunden. Trotz all des Rosts sah man, wie abgenutzt, voller Kerben und oft gebraucht die Klinge gewesen war. Er versuchte, dem Jungen zu erklären, wozu sie diente, aber es war klar, dass er es nicht wirklich verstand. Natürlich hatte er sie wieder ins Wasser geworfen, wie alles andere auch. Wobei er sich danach ein-, zweimal gefragt hatte, wie alt sie wohl gewesen war. Es gab Dinge, die sich bis in seine frühen Lebensjahre hinein seit Jahrhunderten nicht geändert hatten. Das meiste war mittlerweile verschwunden.

Er trank seinen Tee schwarz, spülte die Tasse sorgfältig aus und stellte sie weg. Dann sah er sich in der Küche um und verabschiedete sich schließlich leise von Edith.

Es war Zeit. Bevor er ging, holte er seinen Orden, den Pacific Star mit seinem ehedem bunten Band, aus der Hosentasche, wo er ihn seit über einem halben Jahrhundert mit sich herumtrug, fuhr mit dem Daumen über die vertrauten Konturen und legt ihn behutsam auf den Dielentisch. Dann schob er seine Füße in die Stiefel, die er immer halb geschnürt ließ, damit er sich nicht bücken musste, zog seine Kammgarnjacke an und trat hinaus in den himmlischen Morgen.

Als er fort war, fuhr eine Brise durch die offene Tür, ließ die Seiten der *Racing Post* aufflattern, die den Orden bedeckten und wieder freigaben, das königliche von den unruhigen Händen des alten Mannes abgegriffene Abzeichen.

Der Umriss von Babb Hill war Teil von Jamies innerem Ich. So wie er wusste, unter welchen Türen er zu Hause den Kopf einzuziehen hatte und wie er seinen Namen schrieb. Er musste nicht erst am Horizont danach suchen, sondern war sich immer bewusst, in welcher Richtung er lag, und kannte seine Silhouette von allen Seiten. Er wusste, wie er aussah, wenn der Gipfel in Wolken gehüllt war, wie die Sonne auf seine Flanken fiel und die Wolkenschatten darüber rasten. Er wusste, wo sich die Dachse in ihn gruben, und kannte die Beschaffenheit der Erde, die sie dabei aus seinem Inneren holten. Er kannte die Farbe des Wassers in seinen Lehmgruben, trüb wie dünner Tee. Das alles war so selbstverständlich, dass es ihm, hätte er darüber nachgedacht, unmöglich erschienen wäre, dass Menschen im selben County wie er nur ein vages Bild von Babb Hill in sich trugen. Und obwohl er so oft davon träumte, dem allen zu entfliehen, war die Vorstellung, dass ihn das Wissen darum verlassen könnte – dass diese Orte eines Tages nur mehr eine Erinnerung und sonst nichts für ihn sein könnten –, etwas, das er nur schwer zu erfassen vermochte.

Er war, wie sein Großvater, früh aufgewacht und hatte beschlossen, noch vor dem Frühstück auf den Gipfel zu steigen. Er nahm eine kurze steile Route, mied die Leute mit ihren Hunden und die frühen Jogger, die auf dem Hauptweg unterwegs sein würden. Die nasse Erde unter den Bäumen war dick in welke Blätter von Hasenglöckchen und vergehendem Bärlauch gekleidet. Der Tau durchnässte seine Turnschuhe und verschaffte ihm kalte Füße, aber er wusste, dass er sich in der Sonne auf der Ostseite wieder aufwärmen konnte. Ein Specht trommelte und verstummte, und irgendwo tief zwischen den Bäumen gurrte eine Ringeltaube selbstgefällig vor sich hin.

An warmen Abenden waren oft Pärchen im hohen Gras von Babb Hill zu sehen. Jamie hatte es schon verschiedentlich erlebt, bleiche Knie und Hintern, die sich im fahlen Licht bewegten, Schreie, die ihm eine Gänsehaut bereiteten und ihn rot werden ließen. Oben auf der Spitze richteten sich manchmal Teleskope zum Himmel auf. Es war ein guter Ort, um nach Meteoren Ausschau zu halten oder Sternbilder zu studieren – Sterne, das sagte er sich immer wieder, die schon über die Männer gewacht hatten, die hier vor Tausenden Jahren mit dem Festungsbau beschäftigt gewesen waren. Die Festung gab es längst nicht mehr, aber der Berg war noch derselbe genau wie die Landschaft ringsum. Er fragte sich, warum das so schwer zu glauben war.

Im Moment lag der Gipfel verlassen da, und er war froh darüber. Er setzte sich mit dem Rücken zum Toposkop, das die rundum in der Ferne sichtbaren Objekte beschrieb, ins Gras und sah auf die Landschaft hinunter. Das Wäldchen, in dem die Habichte genistet hatten, lag hinter einer baumbestandenen Anhöhe verborgen, aber etwas weiter weg konnte er den Turm von St. James's erkennen, der die Position von Lodeshill zwischen den vier Farmen markierte, dahinter den in einer geraden Linie am Dorf vorbeiführenden Boundway. Irgendwo da lag der Rehbock, den er getötet hatte. Es sei denn, jemand hatte ihn für die Speisekammer mitgehen lassen, wie ihm Großvater gesagt hatte, dass er es tun sollte. Noch weiter weg war Connorville als blasser Fleck zu erkennen, und die glitzernde Autobahn, dann die bläuliche Andeutung von Berghängen. Bussarde kreischten aus den unsichtbaren Aufwärtsströmungen der Thermik über ihm.

Um ihn herum warfen die Grashüpfer, die bei seiner Ankunft innegehalten hatten, aufs Neue ihre winzigen Sägen an, und eine Elster kam spekulierend auf ihn zugelaufen, wie er mit den Armen lose um die Knie gelegt so dasaß. Die Sonne schien warm auf sein Gesicht, und fast konnte er glauben, wieder ein Kind zu sein, an einem Maimorgen hier oben zu sitzen und den ganzen Tag nichts anderes zu tun zu haben, als an diesem Ort zu sein, an dem er geboren war, hier zu sein, wie es die Tiere waren, gedankenlos und mit etwas, das vielleicht keine Liebe war, aber ein wenig von ihrer Tiefe und Einfachheit hatte.

Er blickte ins Tal unter sich, auf die fernen Hänge, wo die alten Farmen und Weiler erkennen ließen, wo es einst Quellen gegeben und wie hoch das Wasser gereicht hatte. Irgendwo dahinten lag Mytton Park, die nach außen hin nichtssagenden Hallen innen voller Aktivität, und das Röhricht im künstlich angelegten See filterte die Scheiße aus dem Wasser der Mitarbeitertoiletten. Es ließ ihn immer noch nicht los, warum Lee, Megan und die anderen ihn im Vault allein gelassen hatten. Hatte er sich blamiert – oder sie? Er konnte sich nicht erinnern. In ein paar Stunden, wenn er zur Arbeit kam, würde er es herausfinden.

Erst frühstücken und dann etwas am Corsa schrauben. Das Soundsystem war verkabelt, auch wenn er noch nicht die Gelegenheit gehabt hatte, es richtig auszutesten. Nicht in der Einfahrt, seine Mum würde ausrasten. Dafür musste er eine kleine Tour machen, die Lautstärke aufdrehen und den Bass spüren.

Heute Morgen wollte er ein paar Unterboden-LEDs installieren, die es aussehen lassen würden, als schwebte der Wagen auf einer Wolke aus blauem Licht. Das hatte er in einer Autozeitschrift gesehen, und es kostete nicht viel. Als die LEDs mit der Post gekommen waren, hatte seine Mum gemeint, dass es ähnlich sei wie bei einem der Vögel im Fernsehen, die ihr Nest rausputzten und darauf hofften, so ein Weibchen anzulocken. So, wie sie es sagte, klang es wie ein Scherz, aber es lag auch eine Spur Spott darin, den er jedoch nicht ganz zu fassen bekam. Er hatte gesagt, das sei Unsinn, mit Mädchen habe das nichts zu tun.

Als Jamie zurückging, zogen sich hinter ihm im Südwesten Wolken zusammen. Ein leichter Wind kam auf, fuhr in die jungen Eichenblätter, und es klang, als würden die Flanken von Babb Hill seufzen.

»Bricewold«, sagte Jack laut. Endlich wusste er, woran ihn dieser Ort erinnerte.

Er hatte eine schlechte Nacht gehabt. Träume hatten ihn heimgesucht und die Grenze zwischen Wachen und Schlaf unsicher werden lassen. Er fühlte sich von einer riesigen düsteren Menge umzingelt. Am Ende schrie er auf und befreite sich mit großer Mühe aus seiner Traumwelt. Aber es war niemand da.

Als es zu dämmern begann, setzte er sich auf und merkte, dass er noch todmüde war. Sein unterer Rücken war ganz steif, und so beschloss er, heute nicht nach Woodwater zu gehen. Stattdessen streifte er über das zum großen Manor House von Lodeshill gehörende Stück Grund und suchte sich seinen Weg durch den niedrigen Buchsbaumirrgarten zum Tennisplatz. In der Einfahrt stand kein Auto, und drinnen im Haus rührte sich nichts. Er hatte nachgesehen. Wem gehörte das alles wohl? Russen? Finanzleuten? Rockstars? Zweifellos Menschen aus einer ganz anderen Welt, die nichts mit der Familie zu tun hatten, die ihren Besitz über Generationen gepflegt hatte und von den Dorfbewohnern respektvoll gegrüßt worden war. Er stellte sich das lange Kutschenhaus vor, die Hundemeute, die sich am Tor sammelte.

Es war der Tennisplatz, der ihn an Bricewold denken ließ, ein verlassenes Dorf, das dem Verteidigungsministerium gehörte und in dem er vor vielen Jahren einen bitteren Winter verbracht hatte. Mit ein paar Dutzend anderen war er in die kleine Kirche marschiert, zu einer speziellen Weihnachtsmesse, und hatte sich hinterher in der Dunkelheit kurzerhand abgesetzt. Jemand in Twyford Down hatte ihn auf das Dorf gebracht, Soldaten trainierten dort, aber nicht sehr oft, und man konnte in den leeren Häusern kampieren. Auf gut Glück war er hingewandert. Er war die Protestierenden leid, ihre Streiterei und die Politik, und er hatte eine Wunde im Bein, die nicht heilen wollte.

Dass das Tal mit Bricewold der Armee gehörte, war sofort klar: Schilder informierten ihn, dass er sich in Lebensgefahr befand, und auf einem Feld rostete ein alter Panzer vor sich hin, ein Bussardwappen auf dem Turm, dem ein eiskalter Wind aus der Ebene von Salisbury die gesprenkelten Brustfedern zerzauste.

Das Dorf selbst war erstaunlich, ein Ort, dessen Bedeutung

sich verflüchtigt hatte. Abgesehen von einer Straße mit von Panzerketten aufgewühlten Erdbrocken wies allein der Weg zur Kirche, die zweimal im Jahr geöffnet wurde, Anzeichen von Nutzung auf. Der Pub, die Schmiede und das Schulhaus waren noch identifizierbar, aber fast alles andere war weg, ersetzt durch hässliche Würfel aus Betonschalsteinen, die zu Trainingszwecken errichtet worden waren. Das Land um die Gebäude war buckelig, grasbewachsen und stumm.

Er hatte sich ein kleines eckiges Haus mit der Aufschrift »18F3« auf einer der Mauern ausgesucht. Wie die anderen auch hatte es keine Fenster, aber es war möglich, drinnen ein Feuer zu machen, und er war eindeutig nicht der Erste, der das tat. Völlig leer, ohne Herd, irgendwelche Installationen oder Inventar, nicht mal mit Putz an den Wänden, war es nicht mehr als das merkwürdige Trugbild eines Hauses, eines, das dazu diente, darin den Tod zu trainieren.

Hin und wieder fielen vorbeiziehende Wacholderdrosseln ein und pickten die blutroten Beeren vom Weißdorn, aber abgesehen davon bewegte sich kaum etwas. Und doch gab es Zeiten während jener zwei Monate, die Jack dort verbrachte, in denen er sicher war, nicht der Einzige zu sein, der sich durch Bricewolds ausdruckslose Stille bewegte. Wobei er nicht hätte sagen können, ob es andere wie er waren, die dort Unterschlupf gefunden hatten, Leute aus den nahen Dörfern oder Geister. Manchmal spürte er die Vergangenheit direkt auf seiner Haut, manchmal hätte er nicht mit Sicherheit sagen können, was nun wirklich war und was nicht. Vielleicht war er ja verrückt, wie einige von denen in Twyford Down gesagt hatten.

Im Januar war er über eine Betonsteinwand geklettert, um Bricewold Court zu erkunden. Es musste früher ein wunderschönes Landhaus gewesen sein, so viel war klar. Aber jetzt hatte es das gleiche von der Armee draufgesetzte Blechdach wie der Rest des Dorfes, und seine zwei Dutzend großen Fenster waren mit Brettern vernagelt. Eine Stunde lang versuchte er hineinzukommen und stellte sich ein reiches Inneres voller Staub und Spinnweben vor, das erstarrte Denkmal einer Welt, die es nicht mehr gab. Aber er bekam keines der Fenster auf, und wahrscheinlich war auch da drinnen alles leer, nur düsteres Licht, hallender Raum und Staub.

Auf dem zum Haupthaus gehörenden Grund war bis auf ein paar kaputte Nebengebäude nichts übrig geblieben. Allein eine Lindenallee reckte ihre schwarzen Äste vor den Winterhimmel. Doch dann hatte er das Rechteck eines alten Tennisplatzes entdeckt, aufgerissen und überwuchert, aber noch erkennbar. Und einen Moment lang sah Jack Frauen in weißen Röcken und Blusen, hölzerne Schläger in Spannrahmen aus Eschenholz und einen Krug Limonade, darüber ein hübsches mit Kaurimuscheln beschwertes Spitzendeckchen. Wo waren die Muscheln jetzt?, fragte er sich. Wo waren die Schläger? Die Tennisspieler selbst, das wusste er, mussten längst unter der Erde liegen.

Der knallige rote Aschenplatz beim Manor House in Lodeshill sah aus wie erst kürzlich hinzugefügt. Jack setzte sich für einen Moment neben einen der Netzpfosten und spürte die Sonne auf seinem Gesicht, die ihn zurück ins Jetzt holte. Im letzten Jahr war ein Schmetterling dazu verleitet worden, seine Eier ins grüne Geflecht des Netzes zu legen, und hier und da waren sie geblieben, eine weißliche Kruste aus Hunderten winzigen Pocken. Jack fragt sich, ob die Raupen, ohne etwas zu fressen, lange überlebt hatten.

Die Morgensonne fiel auf die Rückseite des schönen alten

Hauses mit seinen Koppelfenstern, färbte sie golden, und nach einer Weile stand Jack auf und stieg die Stufen zur Terrasse hinauf. Eine verzierte Steinbalustrade umgab sie, und vor der Hauswand stand ein rissiger Steintrog, aus dem eine Glyzinie wuchs. Eine Sitzgruppe aus Teakholz wartete ordentlich zusammengeklappt an der Seite, und Jack fragte sich, wo wohl die Eigentümer waren und wie oft sie herkamen.

Er ging zu einem der schmalen Fenster, legte die Hände neben sein Gesicht und sah in den Raum dahinter.

Oben im Radiozimmer hob Howard den Blick und sah den obdachlosen Mann, der das Dorf so in Aufruhr versetzte, wie er versuchte, ins Manor House einzubrechen. Oder? Ganz sicher hatte er dort nichts zu suchen, aber nur ein Narr würde riskieren, die Alarmanlage in einem Landsitz wie diesem auszulösen. Trotzdem, vielleicht war er verwirrt, wie Christine Hawton gesagt hatte. Howard sah sich kurz selbst, wie er Kitty souverän erklärte: »Es ist okay, ich habe mit ihm gesprochen. Er ist harmlos.«

Er lief die Treppe hinunter und aus der Hintertür, aber als er sich durch die Nadelholzbarriere gezwängt hatte, die ihren Garten von dem des Manor House trennte, war der Mann von der Terrasse verschwunden.

21

Rote Lichtnelken, Windröschen, Ginster.
Fleckenfalter und ein Zitronenfalter.
Gemahlener Holunder. Heiß und feucht.

Es war das erste Mal, dass Jamie nicht wirklich zur Arbeit wollte, auch wenn das Gefühl etwas Vertrautes hatte. Nach seiner Schicht in der Bäckerei seinen Helm aufzusetzen, zu seiner fußlahmen Enduro hinauszugehen und sie anzutreten hieß, die Zähne zusammenzubeißen und sich durch etwas Dunkles zu drängen. Den ganzen Weg nach Mytton Park über rezitierte er Songtexte aus dem Radio vor sich hin, einzelne Sätze, die für sich keinen Sinn ergaben, ein-, zweimal auch laut – was er damit ausblenden wollte, konnte er nicht sagen.

Auf die Autobahn durfte er mit der Enduro nicht, auch nicht für die fünfhundert Meter bis zur Abfahrt, und so fuhr er über eine Fußgängerbrücke aus Beton, sah unter sich die Autos und

Lkws durchrasen und wurde von einem Schwindelgefühl erfasst, wie es auf einer Brücke über einen Fluss niemals vorkommen würde. Es war fast wie ein Impuls zu springen, und wenn nicht so direkt, dann doch wie der Schatten eines Impulses, der Geist eines Gefühls, wie es wäre, dort hinuntergeschleudert zu werden. Zu fallen. Doch dann brachte er den Blick zurück auf den Beton vor sich und fuhr weiter.

Hoch über der kleinen Brücke flogen drei Möwen mit gemächlichen Flügelschlägen dahin, und noch weiter oben steuerte ein A320 in Richtung Spanien, und sein Kondensstreifen zerfloss langsam in der dünnen Luft.

Megan war nicht im Büro, und er bekam seinen Ausweis von jemand anderem. Ohne weiter nachzudenken, ging er in seine alte Halle und bemerkte den Fehler erst, als sich Dave auf seinem Stuhl zu ihm umdrehte, die Seite drei vor sich auf dem Schreibtisch, und ihn überrascht begrüßte.

»Alles okay, Dicko? Bist du wieder bei uns?«

»O nein. Falsche Halle. Ich bin ein Idiot. Sorry, Kumpel.« Jamie drehte sich um und wollte wieder gehen.

Dave lachte. »Eines Tages vergisst du noch deinen Kopf, Junge. Und, bist du okay?«

»Ja, schon in Ordnung. Und selbst?«

»Ruhig hier. Wo bist du? Bei den Katalogen?«

»Ja, ist okay da.«

»Hab gehört, ihr wart Freitag unterwegs?«

»Ja, warum?«

»Spaß gehabt?«

»War okay.«

»Dieser Lee, hat er sich zusammengerissen?«

Jamie versuchte zu denken. »War zwischendurch mal 'n bisschen ätzend, aber schon okay. Warum, was hast du gehört?«

»Nichts. Nur … ich mag ihn nicht, kannst du ruhig wissen. Oder die Jungs, mit denen er rumhängt. Du bist ein Guter, Dicko. Denk dran.«

Drüben in 14B schallte ihm, kaum dass er hereinkam, ein lautes »*Dicko! Dicko! Dicko!*« entgegen.

Lee kam heran, den Helm mit dem Schirm nach hinten, und streckte ihm die erhobene Hand entgegen. Jamie brauchte einen Moment, um zu kapieren, dass er ihn abklatschen sollte.

»Passt schon, Lee«, sagte er, lächelte und schlug ihm gegen die Hand.

»Alles gut, Meister?«

»Geht schon.«

»Gutes Wochenende?«

»Ja, hat gepasst. Selbst?«

»So was von einen Schädel. Du?«

Jamie kam es jetzt schon komisch vor, dass er sich beim Hereinkommen so unsicher gefühlt hatte. Vielleicht waren sie nun echte Kumpel, er und Lee, vielleicht war alles okay. »Ja, schon ein bisschen«, sagte er und grinste auf seine Schuhe runter.

»Bist der Wahnsinn, Mann. Gut nach Hause gekommen?«

»Zu Fuß. War okay.«

»Fuck, zu Fuß? Ich glaubs nicht! Du hättest dir ein Taxi nehmen sollen, Kumpel.«

Durch die Halle schallten die unbestimmten Rufe von Männern, die Paletten und Kisten herummanövrierten, und der Lärm der Gabelstapler. Jamie zog seine Signalweste an und folgte Lee zu einem der Förderbänder.

»Seid ihr so nach Hause?«, fragte er.

Lees Blick wanderte zur anderen Hallenseite. »Ja … Ich meine, wir waren nicht noch viel länger da. Wir sind nach der ganzen Sache dann auch bald weg, du hast nicht viel verpasst.«

»Nach welcher Sache?«

Lee sah ihn überrascht an. »Was, kannst du dich nicht erinnern?«

Jamies Herz schien kurz auszusetzen. »Klar, ich … ich …«

»Der Türsteher hat dich mit Nicks Speed erwischt, Alter. Sie haben dich rausgeworfen. Na ja, hätte schlimmer kommen können. Mit Polizei und so.«

Howard war hin- und hergerissen, was den Landstreicher betraf, den er am Manor House gesehen hatte. Er überlegte, ob er Kitty im Studio anrufen sollte, aber er konnte sich bereits vorstellen, wie das Gespräch verlaufen würde. Sie hatte eine Schwäche für Leute, die anders waren, und mehr noch, sie war eigenwillig.

»Du kannst den Mann also nicht mehr sehen?«, würde sie trocken sagen. »Und er ist nicht eingebrochen. Im Grunde ist also nichts passiert.« Er beschloss, es stattdessen zu erwähnen, wenn sie nach Hause kam, aber als er wieder oben im Radiozimmer stand, stellte er fest, dass er zu angespannt war, um sich auf das Philco zu konzentrieren.

»Wem soll ich es verdammt noch mal erzählen?«, murmelte er, ging zurück nach unten und nahm seinen Schlüssel. Den Notruf anzurufen, ergab keinen Sinn. Vielleicht sollte er einfach eine Runde durchs Dorf drehen, um zu sehen, ob irgendwer unterwegs war. Der Pfarrer oder sonst wer.

Es war Nachmittag, und nicht ein Auto fuhr durchs Dorf.

Howard stand am Friedhofstor und starrte die Kirche an, aber er hätte nicht gewusst, warum dort jemand drin sein sollte, und er scheute davor zurück hineinzuschauen.

Er ging den Hill View hinauf und wieder hinunter, ohne dass er jemanden gesehen hätte, nahm dann die Straße hinaus zur nächsten Farm – aber natürlich, die stand ja jetzt leer. Sobald er sich daran erinnerte, machte er wieder kehrt. Gott, es war wie eine Geisterstadt. Er versuchte, sich vorzustellen, einfach an irgendeine Tür zu klopfen, aber ohne Erfolg.

Der Green Man war vielleicht noch die beste Option. Er würde nicht offen sein, aber es war sicher jemand da. Doch als er an die Seitentür bei der Küche klopfte, regte sich nichts. »Scheiß drauf«, murmelte er und ging zurück nach Hause. Wenigstens hatte er es versucht.

Später setzte er mit dem Audi rückwärts aus der Einfahrt und fuhr nach Connorville. Jenny würde am Wochenende kommen, und es gab da etwas, das er vorher kaufen wollte, auch wenn es vielleicht eine blöde Idee war. Sie würden sie wahrscheinlich sowieso nicht haben, dachte er, aber den Versuch war es wert.

Er freute sich schon sehr darauf, sie zurückzuhaben, zusammen mit Chris. Er sah sich selbst, wieder ganz ein Vater, wie er sie beim Essen alle aus tiefster Seele anlächelte, und stellte sich vor, wie Kitty ihre Hand auf seine legte und sein Lächeln erwiderte. Gott, wie in der verdammten Werbung. Er musste langsam verblöden.

Er parkte im mehrstöckigen Parkhaus und lief durchs große Einkaufszentrum. Es war ruhig. Frauen mit Kinderwagen standen vorm gläsernen Lift Schlange, daneben alte Männer mit Plastiktüten. Die Luft war trocken und wie aufgeladen.

Nach zwei Runden musste er einsehen, dass keiner CDs verkaufte. Das lief heute alles online, nahm er an. Er sah nach, wie lange sein Parkschein galt, und ging hinaus in die Fußgängerzone.

Schließlich fand er ganz hinten an deren schmuddeligem Ende einen Secondhandladen, der sich auf Bücher und Musik spezialisiert hatte.

»Haben Sie was von Simon & Garfunkel?«, fragte er an der Theke und fühlte sich aus einem komischen Grund wie bloßgestellt.

»Ist alles alphabetisch«, antwortete die Frau an der Kasse. »Versuchen Sie es unter ›S‹.«

Howard spürte, wie er rot wurde, und wandte sich ab. So offensichtlich war es nicht, nicht in einem Secondhandladen. Hätte ja auch alles nach Musikrichtungen geordnet sein können. Kein Grund, so rüde zu reagieren.

Aber er vergaß seinen Ärger, als er im Regal genau die CD-Version der Kassette fand, die er für Jenny immer im Auto hatte spielen müssen, als sie noch klein war: *20 Greatest Hits*. Selbst das Cover sah vertraut aus, und er musste lächeln, als er es in der Hand hielt, die CD umdrehte und die Liedtitel auf der Rückseite las.

Wo die Kassette ursprünglich hergekommen war, konnte er nicht mehr sagen. Sicher nicht von ihm, seine Musiksammlung bestand fast ausschließlich aus Rock. Aber es hatte eine lange Zeit gegeben – Jahre, wie es sich heute anfühlte –, da hatte Jenny diese Musik im Auto gewollt, wieder und wieder und wieder. Erst hatte er sie gehasst, aber nach und nach hatten sich die Songs in ihn reingestohlen, bis sie sie gemeinsam lauthals mitgesungen und sich über den Schaltknüppel hinweg angegrinst hatten.

Chris, der Ältere, fand es peinlich, und wenn Kitty mit im

Auto saß, hörten sie für gewöhnlich Radio 4. Es war kein Geheimnis, und sie wussten es beide – auch Jenny mit ihren nur, was, zehn Jahren? –, ohne es aussprechen zu müssen: Simon & Garfunkel gehörten nur ihnen und niemand anderem.

Howard war über die Maßen freundlich zu der Frau an der Kasse und hatte das Gefühl, damit nicht nur die moralische Überlegenheit wiedergewonnen zu haben. Zurück im Auto, schob er die CD in den Player und saß während der ersten drei Songs mit geschlossenen Augen da, klopfte den Takt aufs Lenkrad, flüsterte den Text mit und lächelte. Auf der Rückfahrt ließ er das Fenster herunter, trat aufs Gas, und die rastlose Frühlingsluft wummerte vorbei und blies den vielfältigen Duft der Maienblüte ins Auto.

Kitty hatte ein weiteres Bild angefangen. Sie drängten sich geradezu in ihrem Kopf, all die kleinen Dinge, die ihr bisher nicht wie taugliche Objekte vorgekommen waren, plötzlich aber so machtvoll wie rätselhaft zu erklären schienen, was das eigentlich für ein Ort war, an dem sie hier lebte. Es fühlte sich zum ersten Mal so an, als hätte sie etwas zu sagen, etwas, das nur sie sah, statt nach irgendeiner nachempfundenen Transzendenz zu suchen, wie sie ihre früheren Arbeiten charakterisierte. Sie konnte es kaum mehr ertragen, diese Bilder anzusehen, sie schienen ihr so prüde und epigonenhaft: Hasenglöckchen im Wald, ferne Berge, ein verfallenes Kloster. Himmel noch mal, dachte sie, wenn sie sie betrachtete, was um alles in der Welt war da mit ihr los gewesen? Das Bild, an dem sie gerade arbeitete, war der brutale Fuß eines Strommasten, der in Kuhdung und Löwenzahn verankert war. Es hätte nicht gegensätzlicher sein können.

Im Studio vergingen die Stunden, ohne dass sie es merkte. Ihr steifer Rücken oder dass Claire sich verabschiedete, war oft das Einzige, was sie begreifen ließ, wie lange sie schon an der Staffelei stand. An Tagen, an denen sie nicht ins Studio ging, wanderte sie mit der Kamera über die Felder, mit wachem Auge für all die Dinge, in denen sich die Wirklichkeit fand, die besonders waren und nicht der idealisierten idyllischen Vorstellung entsprachen, die, wie sie endlich erkannte, die tatsächliche Landschaft um sie herum verborgen hatte. Und heftiger denn je war ihr Gefühl, mit diesen Bildern etwas Wahres transportieren und sichtbar machen zu können. Dass sie eine Verbindung herstellen konnte.

Es war jetzt keine Woche mehr bis zu ihrem Termin bei der Neurologin: Der Gedanke war gleich wieder da, wenn sie aufstand und ihre Pinsel in die kleine Küche des Studios trug, um sie für den nächsten Tag auszuwaschen. Und morgen würde es wieder ein Tag weniger sein, dachte sie, und sah zu, wie die Farben in den Abfluss strudelten. Unter dem laufenden Wasserhahn drückte sie mit dem Daumen tief unten in die Pinsel, um die Pigmente zu lösen, die in den Borsten hingen. Claire hatte ihr einmal gesagt, sie solle das nicht tun, aber Claire war auch komisch mit ihren Pinseln. Man konnte immer neue kaufen.

Kitty schloss das Studio ab und stieg ins Auto. Manchmal wünschte sie, sie würde wirklich an Gott glauben, dann könnte sie sich, wenn etwas Schlimmes passierte, sagen, dass es Teil eines großen Plans sei. Hauptsächlich aber wäre es jetzt tröstend, ein Gebet zu sprechen und zu denken, dass ihr jemand zuhörte.

Wobei es nicht so war, dass sie an nichts glaubte. Sie glaubte an die Kirche, nicht als Organisation, aber an St. James's und Gemeindekirchen dieser Art, in die ein Dorf über Jahrhunderte

Ängste und Hoffnungen getragen, in der es Geburten und Ehen gefeiert und geschlossen und sich von seinen Toten verabschiedet hatte. Seit unerdenklichen Zeiten.

Die Vorstellung, dass das verloren gehen könnte – verloren *ging* –, war unerträglich.

Vernunft konnte sehr einsam machen, dachte sie, als sie den Motor anließ. Die kleinen zusammengefalteten Bitten in der Tafel hinten in der Kirche. Die uralten Fürbitten, in Blei auf römische Brunnen geschrieben. Was sonst konnte man tun, wenn alles gesagt und getan war? Wie sonst konntest du tatsächlich um Hilfe bitten?

»Da bist du ja«, sagte Howard, als sie hereinkam. »Möchtest du einen Drink? Ich mache mir einen.«

»Ja, tatsächlich«, sagte sie und zog ihren Mantel aus. »Ich hätte gern ein Glas Wein, bitte. Wie war dein Tag?«

»Gut«, rief Howard aus dem Vorratsraum. »Und bei dir? Geht es mit dem Malen voran?«

»Das tut es. Ich habe eine neue Serie angefangen.«

»Ach ja?«, sagte Howard. Er gab ihr den Wein, nahm den Sportteil der Zeitung und setzte sich zurück in seinen Sessel. »Mit dem Puck?«

»Nein ... Es ist ... nun, etwas komplizierter.«

»Ach ja?«, sagte Howard noch einmal und blätterte um.

Sie sah ihn einen Moment lang an. »Ist nicht so wichtig. Weißt du, ich denke, ich nehme ein Bad.«

»Okeydokey.«

Als sie zurück nach unten kam, las Howard noch immer Zeitung. »Ich mache jetzt das Abendessen«, sagte sie.

Nach einer Weile kam er in die Küche.

»Was ich sagen wollte. Ich habe den Obdachlosen heute gesehen.«

»Welchen Obdachlosen?«

»Den, der im Dorf herumlungert.«

Ein paar Monate nachdem sie ihre Affäre mit ihm beendet hatte, hatte jemand im Gespräch beiläufig Richards Namen genannt. Die Diskrepanz zwischen ihrer inneren Reaktion und ihrer gleichgültigen Antwort darauf war jetzt ähnlich heftig, und sie fragte sich, warum um alles in der Welt sie so ein Schutzbedürfnis für diesen Mann empfand.

»Ach ja? Wo?«

»Er stand hinter dem Manor House und sah durch eines der Fenster. Ich habe ihn beobachtet – er wollte nicht einbrechen, sonst hätte ich die Polizei gerufen.«

»Das ist sicher nicht notwendig. Er tut doch keinem was. Hat ihn noch jemand gesehen?«

»Ich weiß es nicht, ich glaube aber nicht. Es war keiner da. Warum?«

»Ich meine nur … Die Leute können komisch sein, wenn jemand ein bisschen anders ist. Mir gefällt der Gedanke nicht, dass einer wie er am Ende eingesperrt wird. Das wäre nicht richtig.«

»Er sollte nach Connorville gehen. Da haben sie ein Obdachlosenasyl.«

»Was, wenn er so etwas nicht will? Was, wenn er einfach nur draußen leben will?«

»Nun, das ist alles gut und schön, aber ich glaube nicht, dass das die Leute hier tolerieren werden. Denk an die Sinti und Roma, die sind hier auch nicht unbedingt willkommen. Der Pfarrer hat mir das auf diesem Bittspazierdings erzählt.«

»Ja, aber das ist doch etwas völlig anderes. Und er ist auch kein Sinti und Roma.«

»Was zum Teufel ist er dann?«

»Ich *weiß* es nicht, Howard. Hör zu, warum schenkst du mir nicht noch ein Glas Wein ein?«

Howard hob eine Braue, sagte aber nichts, holte die Flasche, die im Wohnzimmer neben seinem Sessel stand, und brachte sie in die Küche.

»Sollen wir uns nach dem Essen hinsetzen und sehen, was wir fürs Wochenende brauchen?«, fragte er, während er ihr nachschenkte.

»Du meinst, für die Kinder? Ich war beim Metzger und habe eine Lammschulter bestellt, und am Freitag können wir in den Supermarkt fahren. Warum, an was hast du sonst noch gedacht?«

»Nun, Wodka für Jenny. Und ich dachte, ich könnte ihr ein paar Stiefel kaufen für den Fall, dass wir einen gemeinsamen Spaziergang machen wollen. Sie wird nichts Rechtes für draußen mitbringen, du weißt doch, wie sie ist.«

»Sie kann meine tragen, wir haben die gleiche Größe.«

»Und wir müssen das Zimmer herrichten. Und am Freitag wasche ich meine Bettwäsche, und wir machen das Bett für Chris.«

Der Umstand, dass sie sich am Wochenende ein Bett teilen würden, flimmerte und knisterte einen Moment lang zwischen ihnen. »Sicher«, antwortete Kitty ein wenig schroff. »Howard, ich ...«

»Ich möchte nur, dass es schön wird. Ein schönes Wochenende.«

»Ich weiß. Ich auch.«

»Und dass sie einen Ort haben, wo sie hinkommen können.

Du weißt schon: ein Zuhause. Ich meine, ich weiß, es ist nicht ihr Zuhause, aber ich möchte, dass sich die Kinder willkommen fühlen.«

»Das *tun* sie, Howard. Aber sie haben jetzt ihre eigenen Leben.« Sie schnitt die Röschen vom Brokkoli und gab sie in den Topf, um sie zu kochen.

»Das weiß ich doch.«

»Tust du das?«, fragte Kitty plötzlich verstimmt, plötzlich vom Wunsch erfüllt, sich dem rosigen Bild, das er vom kommenden Wochenende entwarf, aus irgendeinem Grund zu widersetzen. »Du musst es aber auch akzeptieren, Howard. Die Kinder mögen zu Besuch kommen, und es ist schön, wenn sie es tun, aber wir sind jetzt nur noch zu zweit.«

22

*Malven, Strahllose Kamille, Labkraut (»Labkräuter«?).
Schönwetter. Segler, Schwalben, Mehlschwalben.*

Der Frühling war voll entbrannt, ausgelassen und zügellos. Das Gras wuchs üppig und hoch, die wohlgenährten Kühe gaben beste Milch, und die schmalen Straßen um Lodeshill wurden von Labkraut und Doldenblütlern gesäumt. Sie strichen seitlich über die Autos, wenn sie ganz auf die Seite fuhren, um aneinander vorbeizukommen, flüsterten an ihren heißen Flanken entlang und streiften den Staub ab, den sie von den fernen Straßen großer Städte und Autobahnen mit sich brachten.

Der Sommer lockte mit seinem bisher noch unberechenbaren Wetter. *Bitte, lieber Gott,* murmelten die Bauern und sahen wieder und wieder in die langfristige Wettervorhersage. *Nicht wie letztes Jahr.*

Es gab immer noch keine Information darüber, was mit Culverkeys geschehen würde, und während der Frühling voranschritt, fühlte es sich an, als würde das Dorf in Wartestellung gehalten. Den ganzen Tag wirbelten die Schwalben um das leere Farmhaus, beschrieben Bögen hoch zu den Traufen wie die Fäden einer Naht, die jemand festzurrte. Abends aber schien kein Licht aus den Fenstern auf den stillen Hof, wo vor hundert Jahren eine Dampfdreschmaschine gescheppert und gedröhnt hatte und noch viel früher lange, lange schon tote Männer mit hölzernen und ledernen Dreschflegeln das Korn aus den Spelzen geschlagen hatten. Jetzt kamen die Schreie lohfarbener Eulen mit jeder weiteren verstreichenden Nacht näher und näher an die dunklen Scheunen.

Im Green Man wurde nicht mehr viel darüber gesprochen. Es ergab keinen Sinn zu spekulieren, alle kannten die möglichen Ergebnisse. Die Bauern hatten das Thema abgehakt, wobei das ein Außenstehender kaum hätte sagen können. Das andere, worüber sie manchmal redeten, war Jack.

»Dieser Talling, ihr wisst schon, Kittys bessere Hälfte – die in Graingers altes Haus gezogen sind –, der hat ihn neulich ums Manor House herumstreichen sehen«, sagte Jim, der Wirt, und legte seine fleischigen Unterarme auf die Theke. Er hatte es von Jean Drew gehört.

»Hat er die Polizei gerufen?«, fragte Harry Maddock, einen Stiefel auf der Fußstütze unten an der Theke. Sein Jack Russell schlief und zuckte neben seinen Füßen.

»Wozu? Da hätte er übel was von seiner Frau zu hören gekriegt, nehme ich an. Nach allem, was Jean sagt.«

»Wie meinst du das?« Das war Charlie, der Taxifahrer, der sich an seinem Tisch an einem Bier festhielt. Abgesehen von den dreien war der Pub leer.

»Nun, sie wollte nicht, dass Jean es weitererzählt, aber sie denkt, der Kerl braucht Hilfe und nicht die Polizei.«

»Er sollte weiterziehen, das sollte er. Bevor jemand anders ihm den Weg zeigt. Und da hat sie's der Falschen erzählt, wenn sie wollte, dass keiner davon erfährt.«

»Wohl wahr«, sagte Harry mit einem Grinsen. »Ich frag mal auf den Farmen herum. Vielleicht wissen die etwas.«

»Komisch, dass du das sagst«, meinte Jim. »Nigel Gaster hat einen älteren Burschen im Spargel. Neulich abends hat er irgendwas über ihn gesagt, von wegen, dass er nicht zur Schicht erschienen ist. Aber ich hatte den Eindruck, da gings um einen Stammkunden, einen, der jedes Jahr kommt, und ich bin sicher, er würde keinen einstellen, der, ihr wisst schon, gestört ist.«

»Dachte, die Spargelstecher kommen dieser Tage alle aus Osteuropa?«, sagte Charlie.

»Und Studenten«, sagte Harry mit einem Nicken in Richtung von Jim. Das Nicken war wegen Jims Freundin, obwohl die nie auch nur das leiseste Interesse an einem Studium gezeigt hatte, auch nicht, als sie noch zur Schule ging, was lange her war. »Wo ist sie überhaupt? Mit ihren Freundinnen in der Stadt?«

Jim machte sich daran, die Gläserspülmaschine auszuräumen. »Nein, das ist freitags. Ins Vault gehen die immer, so heißt das Ding. Ich werd mich hüten, sie da aufzuhalten.«

»Wolltest du nicht auch mal mit?«

»Für so was bin ich zu alt.«

»Aber nicht zu alt für alles, wie?« Harry zwinkerte Charlie zu, der in sein Bier grinste. Es war eine komplizierte Mischung aus Neid und Spott, und Jim verstand das vollkommen.

»Wo wir von Kids reden, was ist mit deinem Lehrling?«, fragte Jim Harry. »Hat er gekündigt?«

»Hatte nicht mal den Anstand, es mir zu sagen«, antwortete Harry. »Drei Tage lang kein Wort. Ich musste bei seinen Eltern nachfragen.«

»Und was ist?«

»Will nicht früh aufstehen, will nicht abends arbeiten. Er hat einen Job in einem Computerspielladen in Connorville gefunden. In einem Laden. Ich sags euch.«

»Die wollen nicht mehr raus dieser Tage, das hab ich bei meinen beiden gesehen«, sagte Charlie. »Die wollen drinnen arbeiten, in einem Büro oder was auch immer. Warum? Für mich wars gut genug da draußen, mehr als das. Ich würde heute noch Traktor fahren, wenn es Arbeit gäbe, und nicht in einem verdammten Taxi hocken und die Leute rumkutschieren wie ein Chauffeur.«

»Was ich gerne wissen würde«, sagte Harry, trat einen Schritt zurück und verschränkte die Arme vor der Brust. »Wer ist in dreißig, vierzig Jahren noch auf dem Land?«

»Egal«, sagte Jim, hängte den letzten Krug auf und machte die Spülmaschine zu. »Was ist jetzt mit dir? Wen zum Teufel machst du jetzt zu deinem Helfer?«

Die Nacht war samtig, klar und kurz. Es schien, als hätten die Amseln im Dorf gerade ihren Gesang beendet, als die Frühschicht übernahm und den heraufziehenden Tag begrüßte.

Jack war schon halb auf dem oberen Feld, als Joanne Gaster hinter ihm herkam.

»Jack, tut mir leid«, sagte sie und berührte seinen Arm. Als er sich umdrehte, wusste er gleich, was sie sagen würde.

»Wir ... wir brauchen dich heute nicht, Jack.«

Er sah sie an, Verzweiflung machte sich in ihm breit. Es war nicht, weil er einen Tag nicht erschienen war. Sie mussten herausgefunden haben, dass er gegen seine Bewährungsauflagen verstoßen hatte. Irgendwie war ihm seine Vergangenheit in den Norden gefolgt. Es brachte nichts, Joanne zu fragen, wie sie es erfahren hatte. Sie würde irgendwas herumstottern, dass es langsamer ging mit dem Spargel oder sie bereits genug Leute hätten, auch wenn sie beide wussten, dass das nicht stimmte.

»Morgen auch nicht?«, fragte er, nur um sicherzugehen.

»Es tut mir leid.« Sie war rot angelaufen, aber zu ihrer Ehre musste gesagt werden, dass sie nicht wegsah. »Wenn ich was tun könnte …«

»Ist schon gut.«

Er drehte sich um, begann, den Weg zurückzugehen, den er gekommen war, und fragte sich, ob die anderen zu ihm hersahen. Er verspürte Scham, obwohl es keinen Grund dafür gab. Er fragte sich, ob noch irgendein Ort für ihn existierte.

Vorm Lagerhaus gab er Joanne sein Spargelmesser zurück.

»Das sollte ich dir wiedergeben.«

Einen Moment lang sah sie aus, als wollte sie ihm sagen, er solle es behalten – als was?, eine Art Kompensation? –, doch dann nahm sie es und strich mit dem Zeigefinger geistesabwesend über den runden Rücken der Klinge.

»Jack, hör zu. Bevor du gehst …«

»Ist schon gut.«

»Eine Tasse Tee. Bitte.«

Und so folgte er ihr aus der Morgensonne in die Küche, wo ein alter Collie in einem Korb zur Begrüßung mit dem Schwanz gegen den Korbrand schlug und sich gleich wieder schlafen legte. Jack zog einen Stuhl hervor, setzte sich an den Tisch mit seiner bunten Plastikdecke und faltete die Hände im Schoß, während Joanne Wasser aus dem Kessel in zwei Tassen schüttete.

»Milch und Zucker?«

»Bitte.«

Sie stellte die Tassen auf den Tisch und setzte sich ihm gegenüber hin.

»Wirst du zurechtkommen?«

»Natürlich.«

»Was wirst du tun?«

»Oh … ich finde schon was«, sagte er und sah in seine Tasse. »Oder vielleicht ziehe ich auch weiter. Ich nehme an, die anderen Farmen brauchen mich auch nicht.«

»Du scheinst hier in der Gegend nicht viel Glück zu haben, Jack.«

»Du weißt das mit Culverkeys also?«

»Nein. Ist da was passiert? Warst du deswegen so lange nicht hier?«

Jetzt war es an Jack, rot zu werden. »Nein, das war … Also, es gab einen Streit. Aber es war nicht meine Schuld. Philip Harland, er …«

»Den habe ich nie gemocht. Ich weiß, über Tote nichts als Gutes, aber …« Plötzlich wurde sie vertraulich, wollte auf seine Seite. Schlechtes Gewissen, nahm Jack an.

»Er hat versucht, mich zu betrügen. Um meinen Lohn. Ich habe beim Melken geholfen, das ist jetzt ein paar Jahre her. Am Ende der ersten Woche verschob er die Bezahlung, er meinte, sie machten es jetzt nicht mehr wöchentlich – aber das hatte er mir nicht gesagt, als ich angefangen hatte. Und dann, am Ende des Monats, war es nicht die volle Summe.«

Sie schüttelte den Kopf. »Ich weiß, er hatte finanzielle Probleme mit Culverkeys, aber das ist keine Entschuldigung. Wie viel hat gefehlt?«

»Ich weiß es nicht mehr, kann mich nicht genau erinnern.«

»Was hast du gemacht?«

»Ich habe ihm gesagt, der Betrag stimmt nicht, aber das wollte er nicht akzeptieren. Ich ... ich betrüge keine Leute. Nie. Aber er warf mir vor zu lügen.«

»Ganz unter uns, Jack, es tut mir nicht leid, dass er nicht mehr ist«, sagte Joanne. »Er hat sich Geld geliehen von uns, irgendwelche Lügengeschichten erzählt – nun, von Nigel, ich habs erst später herausgefunden –, und er hat es nie zurückgezahlt. Und wir waren nicht die Einzigen. Wenn man das alles zusammennimmt ... nun. Die einzige Überraschung ist, dass er es nicht früher getan hat.«

Jack spürte, wie es sehr still wurde. »Willst du damit sagen, dass er ... Hat Philip sich umgebracht?«

»Ich dachte, das wüsstest du. Schrecklich, wenn man drüber nachdenkt. Der arme Junge und seine kleine Schwester.«

»Seine ... Gab es da nicht zwei Jungen?«

»Nein, einen Jungen und ein Mädchen. Sie wohnen jetzt bei ihrer Mutter in Doncaster, das ist der beste Ort für sie. Und die Farm steht zum Verkauf, sieht also nicht so aus, als würden die zurückkommen.«

Jack wollte, dass sie aufhörte, wollte aufstehen und hinaus in den Sonnenschein und die Frühlingssonne, gleichzeitig aber musste er unbedingt noch den Rest erfahren – und Joanne genoss es eindeutig, dass ihr jemand zuhörte.

»Es war Nigel, der rüberging und ihn gefunden hat«, fuhr sie fort. »Er hat Rattengift genommen, weißt du, oben im Zimmer von seinem Sohn. Nigel sagte, der Küchentisch lag voller unbezahlter Rechnungen, letzter Mahnungen, Briefe von der Bank, von Tesco, vom Landwirtschaftsministerium, was weiß ich.«

Rattengift. Jack wurde schlecht. »Und da war Philip … Wie lange war er schon …?«

»Oh, nicht lange, haben sie gesagt, einen Tag oder so. Es war das Brüllen der Kühe, verstehst du, sie mussten gemolken werden. Das werde ich nie vergessen, bis zu meinem letzten Tag nicht.«

In den Vorgärten von Lodeshill leuchteten Blaukissen und Vergissmeinnicht, und in der Eibe neben der Kirche tobten die Ringeltauben, ob nun aus Wut oder Lust. Der Tag wurde wärmer, Wolken von Blattläusen erhoben sich, und die Mauerschwalben schrien hoch am blauen Himmel. Einen Kilometer nördlich zog ein Traktor eine Egge über den Hang eines fernen Feldes, begleitet von zwei herumspringenden Hunden. Das Rattern, das Brummen des Motors und die gelegentlichen Rufe des Fahrers, der die Tiere bei jeder Wende verscheuchen musste, wehten ins Dorf herüber.

Jamie war mitten in seiner Schicht in Mytton Park, als der Vorarbeiter kam und ihm sagte, jemand wolle ihn am Telefon sprechen. Er stellte die Kiste ab, die er gerade trug, holte sein Handy aus der Tasche und sah verdutzt darauf. Es gab drei verpasste Anrufe.

»Im Büro, Dicko«, sagte Andy und verschwand wieder.

Jamie steckte das Handy wieder ein und ging in den Glaskasten in der Ecke der Halle. Der Hörer lag auf einem Durcheinander von Lagerlisten, das Kabel eng verdreht. Er nahm ihn unsicher hoch.

»Hallo?«

»Ich bins. Ich habe versucht, dich auf dem Handy zu erreichen.«

»Mum? Was ist?«

»Dein Großvater. Er ist verschwunden.«

Howard und Kitty fuhren mit dem Audi zum großen Supermarkt in Connorville und kamen voll beladen mit Essen und Alkohol zurück. Als sie den Kofferraum in der Einfahrt öffneten, fiel Howard auf, wie heiß das Blech war.

»Der erste richtige Sommertag«, bemerkte er, reichte Kitty eine orangene Tüte und nahm selbst zwei.

Vom Hill View schallte das nachdrückliche Pochen eines Türklopfers herüber. Harry Maddock stand vor der Tür der Dixons, aber offenbar war niemand zu Hause. »Jamie?«, konnten sie ihn durch den Briefkasten rufen hören. »Bist du da? Ich habe einen Vorschlag für dich.«

»Es ist noch nicht Sommer, wir haben erst Mai«, sagte Kitty von der Tür aus.

»Mai ist Sommer, oder nicht? Egal, es sieht aus, als bekämen wir ein schönes Wochenende.«

»Kein Bedarf also für die Gummistiefel.«

»Die haben nur einen Zehner gekostet. Wir stellen sie in den Schuppen, was solls. Sie kann sie beim nächsten Mal tragen.«

Kitty betrat das Haus und stellte ihre Tüte in der Diele ab. Howard ging an ihr vorbei direkt in den Vorratsraum.

»Lass uns alles einräumen, und dann, dachte ich, mache ich Jennys Bett«, sagte sie über die Schulter und ging wieder hinaus zum Auto. »Du kannst staubsaugen.«

»In Ordnung.« Howard holte zwei weitere Tüten aus dem Auto, als der Jäger aus dem Hill View bog und davonfuhr.

»Sind die auch voll mit Alkohol«, fragte Kitty und deutete auf die Tüten, die er trug. Howard war bewusst, wie schwer sie aussahen, und hatte sie deshalb absichtlich selbst genommen. »Wie viel willst du eigentlich trinken?«

»Nicht für mich, Kitty, das ist für die Kinder«, rief Howard aus dem Vorratsraum. »Du hast doch alles in dem verdammten Einkaufswagen gesehen.«

»Kein Grund zu fluchen, Howard, Himmel noch mal.«

»Tut mir leid, Kitty, aber du kannst manchmal ein fürchterlicher Moralapostel sein.«

Kitty sah ihn an, sie spürte, wie ihr das Blut ins Gesicht stieg. »Ein ... *Moralapostel*. Das kann ich sein? Vielen Dank, Howard. Ich danke dir.«

»Mal ehrlich, ich trinke kaum noch was. Das weißt du. Aber du lässt keine Gelegenheit aus, mich an meine früheren Sünden zu erinnern.«

»Du trinkst kaum noch was? Dass ich nicht lache. Du kommst kaum einen Tag ohne aus.«

»Ist das so?«

»Das ist es, ja.«

»Und was stört dich das?«

»Oh, mir ist völlig egal, was du tust. Ich berichtige dich nur, wenn du sagst, dass du kaum was trinkst. Bleib zumindest bei den Tatsachen.«

Howard schlug das Herz bis zum Hals. Sie standen da und sahen sich über den Küchentisch hinweg an, beide schockiert darüber, was da plötzlich losgebrochen war.

Howard fuhr sich mit einer Hand über das Gesicht. Morgen kamen die Kinder. Er hatte verabredet, dass er Jenny in aller Herrgottsfrühe vom Flughafen abholen würde. Das konnten sie sich jetzt nicht leisten, nicht heute. Wenn sie es sich überhaupt leisten konnten.

»Hör zu, Kitty. Ich möchte nicht streiten. Nicht jetzt.«

»Meinst du, ich?«

»Nun, es sieht ganz danach aus. Was ist in dich gefahren?«

»Nichts ist in mich gefahren, Howard. Oh ... geh einfach staubsaugen, verdammt. Ich packe den Rest hier aus.«

Howard zögerte mit düsterer Miene.

»*Geh schon!* Himmel noch mal.«

Als er weg war, beugte sie sich über den Tisch und weinte.

Jamie fuhr mit seiner Enduro direkt auf die Autobahn, rauf auf die Kriechspur zwischen die rülpsenden Lkws und gleich wieder runter. Scheiß drauf, dass es nicht erlaubt war. Und scheiß auch auf die Arbeit. Megan hatte gewollt, dass er zur Personalabteilung ging und irgendeinen Zettel ausfüllte, weil er die Schicht abbrach. Sollten sie ihn doch rauswerfen. Es war ihm egal. Er hatte seinen Ausweis auf ihren Schreibtisch geworfen und war gegangen.

»Dicko! Sei nicht blöd!«, rief sie ihm hinterher.

Dicko. »Dämliche Schlampe«, flüsterte er leise in sich hinein und lief los.

Jamie parkte seine Enduro in der Einfahrt seines Großvaters und hängte den Helm auf die Lenkstange. Die Tür war offen. Seine Mum stand in der Küche und telefonierte, einen blauen Schulkittel über ihrem T-Shirt und den Leggings. Es war komisch, sie da zu sehen.

»Ich habe gefragt«, sagte sie gerade. »Sie sagen, sie haben ihn heute Morgen nicht gesehen ... Ich weiß, aber die Haustür stand weit offen.«

Ihre Lippen formten die Worte »dein Dad« zu Jamie hin, und er nickte und ging sich im Haus umsehen.

Oben im Schlafzimmer und Bad schien alles völlig normal. Das Bett war gemacht, die ausgeblichene Bademaste hing ordentlich über der Seite der Wanne. Jamie ging ins kleinste der Zimmer, das voller alter Möbel und Kartons stand. Es war kaum vorstellbar, dass seine Mutter als kleines Mädchen hier mal geschlafen hatte. Und doch, das was er jetzt aus dem Fenster sah, beim Blick nach hinten in den Garten, musste ihre ganze Kindheit über genau das gewesen sein, was sie gesehen hatte: Der Apfelbaum war größer geworden, der Schuppen etwas schäbiger, aber das meiste war wohl noch so wie früher.

Als er zurück nach unten kam, beendete seine Mutter gerade das Gespräch.

»Dein Dad ist unterwegs«, sagte sie. Ihre Stimme war knapp und klar, aber ihr Gesicht sah grau aus.

»Bist du sicher, dass er nicht im Laden ist, Mum?«

»Ich war da. Sie sagen, er ist heute nicht gekommen.«

»Aber ... da geht er immer hin, jeden Morgen.«

»Ich *weiß*, Jamie. Es ist was Schlimmes passiert. Ich kann es spüren.«

»Wie meinst du das?« Jamie wusste, dass das eine dumme Frage war, aber er konnte nicht anders. Er wollte nicht, dass irgendetwas von dem jetzt wirklich geschah.

»Er weiß, dass etwas mit ihm nicht stimmt, Jamie, aber er will es verdammt nicht zugeben. Es ist selbstsüchtig, nichts sonst. Genau wie damals, als ich ein kleines Mädchen war: Alle müssen sich die ganze Zeit um ihn sorgen, alle müssen um ihn herumtanzen, und dankt er es einem? Nein. Sag mir, wer wird ihn füttern müssen, wenn er den Verstand verliert? Wer wird ihn zu sich nehmen müssen? Ganz sicher keiner von deinen Onkeln, das kann ich dir sagen.«

»Aber du hast gesagt, er wird einfach nur alt! Hör zu, Mum, ich denke, er ist spazieren gegangen.«

»Du weißt, wie er an seinen Gewohnheiten hängt, Jamie. So war er immer schon, solange ich zurückdenken kann. Er ... geht nicht einfach so aus Spaß irgendwohin.«

»Vielleicht nicht aus Spaß, vielleicht ist er jemanden besuchen.«

»*Wen?* Er hat keine echten Freunde in Ardleton, wen soll er da plötzlich besuchen? Und er wusste, dass ich heute kommen würde, ich wollte mit ihm zum Arzt. Ich habe ihn vorgestern erst noch daran erinnert.«

Jamies Dad erschien in der offenen Haustür, noch in seinem Arbeitsoverall. »Habt ihr euch im Haus umgesehen?«, fragte er, als er hereinkam. »Nichts Außergewöhnliches?«

»Nein«, sagte Jamies Mutter, die Hände tief in den Taschen ihres Kittels. Jamie schüttelte den Kopf.

»Lasst uns nicht gleich in Panik geraten«, sagte sein Dad. »Gill, ich würde dich ja in den Arm nehmen, aber ...« Er zeigte auf seinen Overall.

»Sollen wir die Polizei rufen?«, fragte sie.

»Noch nicht. Suchen wir erst einmal richtig nach ihm. Der alte Dummkopf ist wahrscheinlich nicht weit. Mein Junge, warum springst du nicht ins Auto und fährst eine Runde durch die Stadt. Nimm deine Mum mit, dann könnt ihr nach beiden Seiten Ausschau halten. Ich fahr die Umgebung ab, für den Fall, dass er einen Spaziergang oder so was macht. Okay?«

Das Farmhaus von Culverkeys sah eindeutig verlassen aus, Jack konnte schon von Weitem sehen, dass es leer stand. Es strahlte etwas aus, was ihm sagte, dass schon seit einer Weile niemand mehr einen Fuß in den Hof oder in eines der Außengebäude gesetzt hatte. Dass die Tiere nicht mehr da sein würden, hatte er gewusst und auch nicht damit gerechnet, sonst jemanden anzutreffen, trotzdem, das alles so völlig ausgestorben daliegen zu sehen war ein Schock. Es schien unmöglich, als sollten so viele Jahrhunderte der Geschäftigkeit und Produktivität, so viele Hoffnungen ein Echo hinterlassen. Als könnte eine funktionierende Farm nicht so schnell sterben.

Und doch war es so. Er lehnte sich gegen das Tor, drehte gedankenverloren einen Hagedornzweig zu einem Ring und fragte sich, warum er hergekommen war. Er könnte schon Kilometer weit weg sein.

Er war der letzte Helfer gewesen, der gegangen war. Er hatte Philip allein auf der Farm zurückgelassen, ihn sich selbst überlassen – ihn, der sich am Ende umgebracht hatte. Natürlich hatte er nicht ahnen können, was passieren würde, trotzdem lastete das Wissen schwer auf ihm. Er hätte sehen sollen, dass der Mann in Schwierigkeiten war, hätte überlegen sollen, warum er ihm sein Geld nicht ganz auszahlen wollte. Er hatte sich nicht mal die Mühe gemacht nachzufragen, sondern war einfach davon ausgegangen, dass Philip Harland ein mieser Kerl war. Seine Fantasie und sein Mitgefühl hatten versagt, und Jack warf sich das heftig vor.

Er hatte schon damit gerechnet, dass ein paar Jugendliche aus dem Dorf ins Farmhaus eingebrochen waren, die Wände der leeren Zimmer mit Autolack besprüht, kleine Feuerchen darin gemacht und sie für sich in Anspruch genommen hatten. Aber vom Tor aus war klar zu sehen, dass das Haus unberührt war, was ihn freute.

Er wusste, dass er hineinmusste, obwohl er nicht hätte sagen können, warum. Es war viel zu spät, um irgendwas noch wiedergutmachen zu können. Er ging hinters Haus, schlug eine Scheibe des Küchenfensters mit dem Ellbogen ein, griff hindurch und öffnete es. Es war das erste Mal in seinem Leben, dass er in ein Haus einbrach.

Er stand in der Küche, hielt die Augen für einen Moment geschlossen und bereitete sich darauf vor, was das Haus ihm darüber erzählen würde, was innerhalb seiner Mauern geschehen war – aber es kam nichts. »Es tut mir leid«, flüsterte er nutzloserweise in die bewegungslose, alles verschluckende Luft.

Am Tor hielt Jack noch mal inne und warf einen letzten Blick auf das Farmhaus, als könnte es ihm noch etwas sagen. Aber es blieb stumm, und er wusste, dass ihm die Zeit davonlief.

Er fragte sich, wie schlimm es stand – ob sie die Polizei gerufen hatten und tatsächlich wollten, dass er verhaftet wurde. Vielleicht nicht Joanne Gaster, aber irgendeiner der Wichtigtuer aus dem Dorf. Er stellte es sich vor: den Polizeiwagen, die Theke auf der Wache, wie er seinen vollen Namen sagte, sein Haftstrafenregister zitiert wurde. Dann den Pflichtverteidiger, der ihn kaum eines Blickes würdigen würde, die Zelle, in die sie ihn sperrten. Zurück im System würde er sein. Die Erinnerung an seine letzte Zeit drinnen brach wie eine Welle über ihn herein, die Erinnerung an diesen riesigen Menschenkäfig, laut und neonhell, die Luft stinkend. Ich will mich nur frei bewegen können, dachte er, so leben, wie ich es für richtig halte. Ich tu doch niemandem etwas. Er spürte, wie sich sein Inneres zusammenzog und ein Schluchzer in seiner Kehle aufstieg. »Ich ertrage das nicht«, sagte er.

Er wusste, was das bedeutete: dass seine Zeit mit den Menschen vorbei war. Keine Farmjobs mehr, keine Feldarbeit, keine Putzerei. Keine Winter mehr in anderer Leute Vans oder Schuppen. Keine Geschäfte mehr, kein Geld. Er würde in Feld und Wald verschwinden, diesmal für immer.

Und er begann dort beim Tor, die Augen fest geschlossen, leise ein altes Lied zu singen, und während er sang, bildete er sich ein, dass sich das Holz des Tores unter seinen Händen erwärmte und nahe bei der Verriegelung ein ganz unmöglicher, neuer Trieb daraus hervorspross.

Ich träume von 'ner Maske an einem Baum
(Dran lang, ganz lang, so lang wie nie)
Ich träume von 'ner Straße zum Meeressaum
(Dran lang, ganz lang, so lang wie nie)

Als er fertig war, stand Jack noch eine Weile mit geschlossenen Augen da und spürte das kostbare Frühlingszwielicht um sich herum. Dann schulterte er sein Gepäck, nahm einen alten Feldweg in Richtung Copping Wood und beschleunigte seinen Schritt, als er eine ferne Sirene hörte, die nach und nach lauter wurde. Er würde noch eine weitere Nacht im Wald schlafen und bei Tagesanbruch nicht mehr da sein, ein kaum erinnerter Schatten, der sich an den Hecken entlangbewegte und wie ein Traum im Nichts verschwand.

23

Holunder, Schaumkraut, Hagebutten.
Ein totes Spechtmeisenküken auf einem Reitweg.
Sonne und Wärme.

Beide Autos standen in der Einfahrt der Manor Lodge. Kittys eng neben dem Haus, der Audi bereit für die Fahrt zum Flughafen am Morgen. Als sie im Dämmerlicht von ihrem Fenster aus darauf hinuntersah, wusste Kitty, dass Howard Jenny am liebsten allein abholen würde, und vielleicht sollte sie ihn nach ihrem Streit heute auch lassen. Es dauerte etwa eine Stunde bis zum Flughafen, und sie konnte sich bereits vorstellen, wie klaustrophobisch es sich im Auto anfühlen würde, nur sie beide, die kaum ein Wort miteinander wechselten, und so früh am Tag fast niemand sonst auf der Straße. Es war alles so schmerzhaft, so fürchterlich schmerzhaft, dachte sie. Die Kluft zwischen dem, wie die Dinge waren und wie sie sein sollten. Unüberwindbar.

Sie und Howard gingen sich den Großteil des Nachmittags sorgsam aus dem Weg. Howard saugte unten Staub, während sie das Zimmer ihrer Tochter fertig machte. Weil Jenny bereits zur Universität gegangen war, als sie nach Lodeshill kamen, war ihr Zimmer nie wirklich von ihr in Besitz genommen worden, und so fühlte es sich auch an. In den Ferien hatte sie darin geschlafen, ihre alten Kleider und Bücher waren noch da, aber so zu ihrem geworden wie das Zimmer in Finchley war es nie. Und weil sie nach dem Studium gleich ihr Praktikum in Hongkong angetreten hatte, waren ihre Dinge dageblieben und würden wohl auch weiter bleiben, nahm Kitty an, bis sie endgültig zurückkam und eine eigene Wohnung fand. Sie hatte Howard zu überreden versucht, alles in Kartons zu packen und auf dem Dachboden einzulagern, aber davon wollte er nichts hören.

»Aber dann hätten wir ein weiteres richtiges Schlafzimmer«, hatte sie gesagt, »nicht einfach nur unten das Schlafsofa.«

»Das Schlafsofa ist ganz okay. Lass Jennys Zimmer einfach, wie es ist«, hatte er kurz angebunden geantwortet. Es war eines dieser Gespräche gewesen, bei denen sie sich nicht ansahen.

Vielleicht sollte sie doch mit zum Flughafen fahren, dachte Kitty, damit die beiden sich nicht schon irgendwie verschworen hatten, wenn sie nach Hause kamen. Das würde allerdings bedeuten, dass sie das Sofabett für Chris heute Abend schon machen sollte. Wenn sie mit Howard fuhr, musste sie schon vor Sonnenaufgang mit aus dem Haus.

Seufzend ging sie nach unten und zog das Bett ab. Die Bettwäsche roch vertraut, menschlich. Howard wechselte sie nicht so oft wie sie. Sie konnte ihn im Wohnzimmer hören, wie er durch die Fernsehkanäle zappte. Wahrscheinlich trinkt er gerade was, dachte sie.

Nach Jennys Geburt hatte es eine lange Zeit gegeben, in der es mit seinem Trinken wirklich schlimm geworden war: mittags, abends, ohne Ausnahme und am Wochenende praktisch den ganzen Tag. Er war dick geworden und bleich, das Weiß in den Augen wie schmutzige Wäsche. Wenn sie ihn darauf ansprach, begann er zu lügen, und die Lügen schmerzten, weil sie so offensichtlich waren und von so wenig Achtung ihr gegenüber zeugten.

Sie hatte mit ihm darüber zu reden versucht, doch es führte nirgendshin, und sie hätte schreien können. Am Ende hatte sie ihm einen Brief geschrieben und ihm erklärt, wenn er so weitertrinke, werde sie ihn verlassen und die Kinder mitnehmen. Sie legte den Brief vorm Schlafengehen auf den Küchentisch und lag dann mit weit aufgerissenen Augen im Bett, bis er um ein Uhr morgens nach Hause kam. Und als er vorsichtig ins Bett schlüpfte, tat sie so, als schliefe sie. Was sie ihm zugestehen musste, er hatte es sich zu Herzen genommen, mehr oder weniger. Trotzdem, Vertrauen ließ sich nicht einfach so herbeizaubern.

Aber Kitty wusste auch, dass sie selbst alles andere als unschuldig war. Zu der Zeit damals war sie nicht richtig da gewesen, sondern hatte versucht, über ihre Affäre mit Richard hinwegzukommen. Er war immer noch präsent, immer noch real, und die tägliche Anstrengung, sich nichts anmerken zu lassen, bedeutete, dass sie einen Teil von sich vor Howard verbergen musste. Und Jenny war ganz und gar nicht das einfache zweite Baby, das alle versprochen hatten, sie war nervig und anstrengend. Sie schlief nicht und schrie viel. Sie wollte etwas von Kitty, das Kitty ihr nicht geben konnte. Später, als Teenager, hatte sie aufgehört, Kitty überhaupt noch um irgendetwas zu bitten, war abweisend und despektierlich ihr gegenüber geworden – wobei sich das, Gott sei Dank, wieder gegeben hatte, als sie von zu Hause ausgezogen war. Heute kamen sie einigermaßen gut miteinander aus. Aber Chris hatte es ihr immer leichter gemacht, ihn zu lieben.

»Oh, machst du das jetzt schon?«, fragte Howard, der vom Wohnzimmer hereinkam.

»Ja, du musst heute oben schlafen«, sagte sie kurz angebunden. »Morgen früh haben wir dafür keine Zeit.«

»Das heißt, du kommst mit zum Flughafen?«

»Ja, ich glaube schon. Ist das okay?«

»Natürlich, natürlich.«

»Hier, tu das in die Maschine, ja?«, sagte sie und gab ihm seine Bettwäsche. »Fünfzig Grad.«

Sie holte frische Bezüge und begann, das Bett zu machen. Nach ein paar Minuten kam Howard zurück, nahm das Buch, das neben dem Sofa lag, und seine Lesebrille und ging nach oben.

»Da stehen Schuhe unter dem Bett«, rief sie ihm hinterher. »Die nimmst du besser auch mit – nicht dass wir jemandem was vormachen wollen«, fügte sie leise hinzu. Howard hielt auf der Treppe inne und kam zurück.

»Kitty. Was ist? Freust du dich nicht, dass die Kinder kommen?«

»Aber natürlich tue ich das.«

Er sah sie eine Weile an, was sie ignorierte, während sie ein Kopfkissen ordentlich in einen frischen Bezug steckte.

»Hör zu, vielleicht ist es besser, wenn ich heute Nacht doch noch mal hier schlafe. Ich stehe früh auf, hole Jenny, und du kannst das Bett für Chris herrichten, wenn ich weg bin.«

»Nein, es ist absolut okay so. Ich bin sowieso bald fertig.«

»Ich möchte nur, dass es ein schönes Wochenende wird, Kitty, das ist alles. Für die Kinder.«

Ohne Vorwarnung wurde Kitty von solch einer Wut und einem Zittern erfasst, dass es sich anfühlte, als könnte es, von einer Sekunde auf die andere, in so etwas wie Gewalt umschlagen.

»*Zum Teufel* mit dir, Howard«, sagte sie mit bebender Stimme. »Da bist du nicht der Einzige! Warum muss *ich* immer die sein, die alles verdirbt, warum bin *ich* immer die, die schwierig ist, die verdammte – wie hast du gesagt? – *Moralapostelin*? Wir alle wissen, dass du willst, dass es ein schönes Wochenende wird, Howard, aber manchmal ist das Leben etwas komplizierter, manchmal kann man eine schöne Zeit nicht einfach so herbeizaubern, besonders wenn du keine verflixte Verantwortung dafür übernimmst, sondern die ganze Zeit nur rumjammerst, weil es irgendwie so aussieht, als könnte es nichts damit werden!«

»Himmel, Kitty, was ist mit dir los?« Howard war mit großen Augen einen Schritt zurückgewichen. Kitty spürte, wie sie zitterte. Sie nahm eines der klumpigen Kissen und hob es auf Schulterhöhe, nur um es gleich darauf mit aller Kraft zurück aufs Bett zu schmettern.

»Ich habe genug! Ich habe verdammt noch mal genug, Howard! Du *hörst nicht* zu, sondern wurstelst dich durch deine eigene unschuldige kleine Welt mit deinen komischen Selbstbildern im Kopf – erst warst du Mr Rockstar, dann Mr Durch-die-Nacht, während ich über Jahre zu Hause mit den Kindern festsaß, dann warst du der Vater des Scheißjahrzehnts mit Daddys kleinem Mädchen, und jetzt – na, was ist es jetzt? Jetzt bist du der verdammte Landjunker mit deiner Tweedjacke, oder hältst du dich immer noch für zu gut für ein Leben auf dem Land? Ich glaube nicht mal, dass du es selbst weißt, oder?«

Sie sahen sich an, Kitty entsetzt, aber irgendwie auch berauscht durch das, was da aus ihr herausgebrochen war. Sie atmete tief aus und wandte sich zitternd zu der abgezogenen Matratze mit ihren traurigen Flecken um.

»Oh, Himmel noch mal, Howard«, sagte sie und fühlte sich plötzlich erschöpft, »du bist so ein Witz.«

Überall im Dorf kehrten die Vögel heim zu ihren Schlafplätzen. Die Dohlen kehrten zu ihren Kaminnestern zurück, die Schwalben unter die Dachvorsprünge, und die Hecken entlang der stillen Wege waren voll mit Buchfinken. Die Krähen in den Pappeln beim Kreisverkehr von Connorville zeichneten schwarze Silhouetten gegen den Himmel, und ihr Geschwätz wurde leiser, als das Licht schwand. In Lodeshill wachten zwei kleine Eulen in einer Esche beim Green Man auf und begannen sich zu putzen und die Federn auszuschütteln. Eine vorbeikommende Waldschnepfe umkreiste The Batch auf trägen Flügeln.

In den Gärten der Häuser brüteten Singvögel warme Eier aus, und hier und da in den Hecken hockten halb befiederte Küken in ihren Nestern und schlossen die tagsüber weit aufgesperrten Schnäbel für die Nacht. Langsam verging die Sonne im Westen, und der Mond hob sich flach und hell über den Horizont. Es war eine windstille Nacht, ruhig, friedlich und warm. Feld und Wald versanken im Dunkel.

Sieben Kilometer entfernt, in Ardleton, in James Hirons' Haus, wo Jamie und seine Eltern nervös auf die Polizei warteten, brannten alle Lichter. Jamies Mutter saß am Küchentisch, die schweren Unterarme auf dem gelb gemusterten Resopal, das Gesicht erschöpft. Als sie von ihrer Suche zurückgekommen waren, hatte sie geweint, aber jetzt schien sie innerlich leer. Jamies Vater saß auf dem Platz des alten Mannes und hatte seine Hand auf ihre gelegt.

»Schaltest du bitte den Wasserkessel ein, mein Junge?«, sagte er. »Sie werden zweifellos bald hier sein.«

Jamie füllte den Kessel unter dem spuckenden kalten Hahn. »Hat jemand Hunger?«, fragte er.

»Ich könnte nichts essen. Nicht hier«, sagte seine Mutter.

»Das solltest du aber, Liebes. Das sollten wir alle.«

»Ich kann nicht.«

»Hast du eine Pizza-Nummer, Junge?«

»Kann sein. Moment.« Jamie holte sein Telefon aus der Tasche und sah durch die gespeicherten Nummern. »Sieht nicht so aus, aber es müssten Bohnen oder so hier sein, die ich machen könnte.« Er sah in den Brotkasten, doch der war leer und sorgfältig von Krümeln befreit. »Kein Brot. Moment ...«, und er begann, durch die Schränke zu sehen. Es war rein gar nichts da. »Hier ist nichts ... Die Schränke ... Kein Essen ... Nichts.«

»Kannst du kurz in den Laden laufen?«

»Nein, ich meine, hier ist überhaupt nichts mehr. Nichts.« Und er hatte recht: Jeder einzelne Schrank, den er aufmachte, enthielt nichts als saubere leere Fächer.

»O mein Gott.« Jamies Mutter stolperte zum Kühlschrank, riss ihn auf, und das summende Licht erleuchtete gähnende arktische Leere ... Jamie öffnete den Mülleimer und sah hinein: Unten drin lagen nur ein paar Teebeutel.

»Das verstehe ich nicht«, sagte Jamie.

Sie sahen sich immer noch an, als der Streifenwagen draußen vorfuhr und sein blaues sich drehendes Licht über ihre Gesichter wischte. Ohne ein Wort stand Jamies Dad auf und ließ die Polizisten herein.

Kitty saß mit zwei Tellern schnell kalt werdender Linguine und einem Glas Wein am Esstisch. Sie war nach oben gegangen und hatte an die Tür des Radiozimmers geklopft, aber es kam keine Reaktion.

Sie wusste, sie hatte sich schrecklich benommen, und auch, dass sie sich entschuldigen musste. Aber hinter dem Feld dieser speziellen Auseinandersetzung lauerte ein weit größeres, für das sie beide die gleiche Verantwortung trugen. Wie immer ihre Ehe heute aussah, sie hatten sie gemeinsam dahin gebracht, waren an all ihren Schwächen beteiligt, hatten Dinge verdrängt und Halbwahrheiten als Wahrheiten durchgehen lassen, hatten es versäumt, die richtigen Fragen zu stellen oder sich die Antworten anzuhören. Sie hatten unausgesprochene Regeln aufgestellt, die kaum mehr als solche erkennbar waren, an denen sie sich aber beide rieben. Heute mochte sie der Katalysator gewesen sein, aber sie hatten es gemeinsam so weit kommen lassen.

Sie konnte sich entschuldigen, und Howard würde ihre Entschuldigung zweifellos annehmen, damit das Wochenende mit den Kindern nicht gefährdet war. Und hinterher würde es eine noch größere Distanz zwischen ihnen geben, eine zusätzliche Skepsis. Oder sie konnte zu dem stehen, was sie gesagt hatte, und versuchen, es ihm zu erklären.

»Du musst Howard von deinem Arzttermin erzählen, das *musst* du«, hatte Claire erst vorher am Telefon gesagt, und vielleicht hatte sie recht. Ihm jetzt von ihren Ängsten zu erzählen, würde ihr aus der Patsche helfen, aber so unangenehm das alles war, spürte sie doch auch ein Körnchen Mut in sich, die Entschlossenheit, im trüben Licht des Gesagten zu leben, denn wenn einiges davon auch gemein und unnötig gewesen war, steckte doch auch viel Wahres darin.

Sie gab die Linguine auf und trank etwas Wein, ließ die Gedanken wie aus Gewohnheit zu ihren drei neuen Bildern wandern und fragte sich, warum sie solch eine Kraft aus ihnen zog. Es machte nichts, dass nur Claire sie bisher gesehen hatte. Das Gefühl, sie gemalt zu haben, war so ähnlich, als spräche sie ihren Namen laut aus, was ein Trost für sie in dieser Situation war. Selbst Claire dachte, sie seien gut, zumindest so gut, wie sie es sich zuzugeben erlaubte.

»Ich muss sagen, ich glaube, du hast da wirklich was, Kitty«, hatte sie gesagt und war hinter ihr und ihrer Staffelei stehen geblieben. »Ob man sich nun tatsächlich ein Bild von Müll oder einem Kuhfladen an die Wand hängen will, ist eine andere Frage. Aber wer weiß? Sie sind jedenfalls ungewöhnlich.«

Kitty wollte gerade aufstehen und das Essen zurück in die Küche tragen, als sie Howards Schritte auf der Treppe hörte. Sie nahm ihre Gabel und wandte sich ihrer Pasta zu.

Er kam herein und setzte sich, schob jedoch seinen Teller von sich weg.

»Willst du mir etwas sagen, Kitty?«, fragte er.

Das war ein weit mutigerer Anfang, als sie es ihm zugetraut hätte. Sie sah ihn überrascht an, er schien getroffen, aber offen. Sie legte ihre Gabel zur Seite und verschränkte die Hände auf dem Schoß unter dem Tisch.

»Es tut mir leid, Howard. Ich hätte das nicht sagen sollen. Du bist kein Witz.«

»Ja, das hättest du nicht sagen sollen.«

»Ich habe es nicht so gemeint. Nun, ich ... «

»Doch, das hast du, Kitty. Du hältst schon seit langer Zeit nicht mehr viel von mir.«

Sie nahm ihre Gabel, wickelte etwas Pasta damit auf und legte sie wieder hin. »Es gibt so viel, was wir nie ausgesprochen haben. Oder?«

»Willst du es jetzt tun?«

»Zum Teil, nehme ich an. Aber ... die Kinder ...«

»Scheiß auf die Kinder.«

»Howard!«

»Ich meine es ernst. Ich bin es leid, Kitty. Ich bin es leid, wie es mit uns läuft. Es ist nicht zu spät für dich, noch mal neu anzufangen, weißt du – wenn du das willst. Aber so können wir nicht weitermachen, so ständig aufeinander herumzuhacken. Das ist nicht gut.«

Kitty spürte, wie sich ihr Gesicht vor Schreck versteifte. »Ist das ... Willst *du* das? Noch mal neu anfangen?«

Howard zuckte mit den Schultern. »Und du?«

»Ich ... ich hab das noch nicht ...«

»Ach komm, Kitty, natürlich hast du schon darüber nachgedacht. Sag mir jetzt nicht, das stimmt nicht. Du sagst, ich höre dir nie zu, aber ich bin kein totaler Idiot. Du wolltest so lange schon ein neues Leben, raus aus London, und jetzt bist du hier, und das Einzige, was nicht mit reinpasst, bin ich. Ist es nicht so?«

»Aber ... Das ist was anderes, darüber nachzudenken und ... oder ...«

»So ein großer Unterschied ist es am Ende nicht. Es ist möglich, Kitty. Wenn wir es so wollen.«

»Und was würdest du tun? Zurück nach London gehen?«

»Ich weiß es nicht. Wahrscheinlich. Ich vermisse die Stadt. Es ist schön hier, aber ich gehöre nicht hierher.«

Kitty konnte kaum glauben, dass sie so miteinander redeten. Woher nahm er den Mut? Howard, der normalerweise so schroff war, so ... schwer zu erreichen.

»Hör zu, Howard, können wir ... Wir müssen doch jetzt nichts entscheiden, oder? Ich meine, die Kinder kommen morgen, und ...«

»Und noch was, Kitty: ›Daddys kleines Mädchen ...‹«

»Ich weiß. Es tut mir leid.«

»Ich liebe Jenny, natürlich tue ich das. Aber auch Chris.«

»Ich weiß.«

»Wirklich? Und es ist ja nicht so, als hättest du keinen Liebling. Nun, vielleicht keinen Liebling, aber ...«

»Chris war ein einfacheres Baby, das ist alles.«

»Ist es nicht, Kitty.«

»Ich liebe Jenny, Howard, das weißt du.«

»Aber es war lange schwierig.«

»So ist es mit Mädchen und ihren Müttern. Heute sind wir uns nahe.«

»Nun, in der Zeit hat sie mich gebraucht, sie hat einen von uns hinter sich gebraucht. Das war wichtig.«

»Für mich hat es sich so angefühlt, als schlügst du dich auf ihre Seite.«

»Da gibt es keine Seiten, Kitty, das solltest du wissen.«

»Das kannst du leicht sagen. Vergessen wir nicht, was sonst noch alles war.«

Howard atmete einmal tief durch und lehnte sich zurück. »Ich weiß, Kitty. Ich habe viel getrunken. Und davon haben wir uns nie losmachen können, oder?«

»Ich glaube nicht, dass du auch nur irgendeine Vorstellung davon hast, wie schlimm das war. Wie schlimm *du* warst.«

»Doch, das sehe ich ziemlich klar.«

»Nein, das denke ich nicht. Ich habe alles gemacht, Howard: mich ums Haus gekümmert, um die Kinder, das Essen, hab sie zur Schule gebracht. Oh, hier und da hast du auch mit angefasst, wenn ich dich darum gebeten habe, aber die Verantwortung, die lag bei mir. Ich musste die Erwachsene sein, jeden einzelnen Tag, *jahrelang*. Und ich konnte nicht mal mit dir reden, weil du die Hälfte der Zeit betrunken warst und die andere Hälfte bei der Arbeit. Ich habe mich gefühlt, als wäre ich völlig auf mich allein gestellt.«

»Es tut mir leid.«

»Das hast du schon tausendmal gesagt.«

»Und auch so gemeint, Kitty. Warum ist es nie genug?«

»Weil … Ich habe dich gebraucht, und du warst nicht da. Wie kannst du das *heute* wiedergutmachen?«

Kitty war sich bewusst, dass ihre moralische Überlegenheit brüchig war, aber ihre Untreue schien ihr irgendwie irrelevant. Schließlich hatte sie ihre Affäre mit Richard beendet, sie hatte das Richtige getan – so unglücklich es sie gemacht hatte. Und das alles änderte sowieso nichts daran, wie schrecklich Howard gewesen war.

»Und wie ist es jetzt, Kitty. Brauchst du mich jetzt auch noch?«, fragte er.

Sie sahen sich lange an, dann atmete Kitty aus und wandte sich ab. Brauchte sie ihn? Sie hatte es nicht gedacht, aber vielleicht täuschte sie sich.

»Howard, ich … «

»Nein, sag jetzt nichts. Belassen wir es für den Moment dabei. Denk drüber nach, ja?«

Kitty nickte langsam. »In Ordnung.«

Er streckte die Hand aus und berührte ihren Arm, sanft, zögernd. »Komm. Ich schenk dir noch was nach, ja?«

Und sie schob ihr Glas zu ihm hin. »Bitte.«

24

*Sternmieren, Wiesenkerbel, Sauerklee (Oxalis).
Maikäfer. Nachtschwalben zirpen auf Babb Hill.
Kein Lüftchen weht.*

Jamie fuhr nach Hause und holte ein paar Dinge für seine Mutter. Die Polizei hatte gesagt, sie würden einen Suchtrupp aussenden und dass jemand in Großvaters Haus bleiben solle, für den Fall, dass er zurückkam.

»Gibt es Anzeichen von Demenz?«, hatte ein Beamter gefragt. Der andere war oben, sie konnten ihn durch die leeren Zimmer gehen hören.

»Er … er war zuletzt ein wenig verwirrt«, sagte Jamies Mum. »Ein-, zweimal. Wer die Leute waren, solche Sachen.«

»Und er war traurig, Mum«, meldete Jamie sich zu Wort. Der Polizist sah ihn an.

»In welcher Weise?«

»Einfach … ich weiß nicht. Still.«

»Stehst du Mr Hirons nahe?«

Jamie zuckte mit den Schultern. »Ja, würde ich sagen.«

»Die dicksten Freunde sind sie, die beiden«, sagte seine Mutter. »Nur zu, fragen Sie ihn, wie mein Vater ist. Er ist der Experte.«

Da hatte sich Jamie von ihr abgewandt. Hatte aus dem Fenster gestarrt, zwar weiter zugehört, war aber nicht mehr Teil des Gesprächs, in dem es um Spürhunde, Hubschrauber und die nächtlichen Temperaturen ging. Es war Irrsinn, es war irreal. Es war verschissen noch mal unglaublich.

»Versuchen Sie, sich nicht zu große Sorgen zu machen«, hatte der Mann ihnen an der Tür gesagt. »Alte Menschen verlaufen sich schon mal, und normalerweise bringen wir sie heil und gesund zurück.«

Als sie weg waren, war seine Mutter zusammengebrochen, hatte die Hände im Schoß verkrampft und wieder gelöst, hatte Rotz und Wasser geheult, das Gesicht ganz fleckig, und die Tränen rannen ihr in die Falten des Halses. Sein Dad hatte ihn in den Flur geführt und gebeten, nach Hause zu fahren und ein paar Sachen zu holen. Er wollte bei ihr bleiben und sie beruhigen. Jamie war ohne ein Wort hinausgegangen, aber sein Dad war ihm gefolgt und hatte ihm unbeholfen eine Hand auf die Schulter gelegt, als er den Helm von der Lenkstange nahm. Er drehte sich um, die Schultern hochgezogen. Sein Gesicht fühlte sich ganz starr an, irgendwie, und er konnte seinem Vater nicht wirklich in die Augen sehen. Es war aber keine Wut, weil auf wen hätte er wütend sein sollen?

»Sie meint es nicht so, mein Junge«, sagte sein Dad. »Sie will ihm nur auch so nahe sein, so wie du. Aber er lässt sie nicht.«

»Vielleicht ist das jetzt ja ihre Chance«, hörte er sich sagen. »Wenn er wirklich krank im Kopf ist, wie sie sagt. Wenn sich einer um ihn kümmern muss. Hat sie sich das je überlegt?«

Zurück zu Hause, holte er seinen Rucksack aus seinem Zimmer, füllte ihn mit den Dingen, die sein Vater ihm genannt hatte, und zuckte innerlich leicht zusammen, als er etwas graue ausgeblichene Unterwäsche aus der Schublade in der Kommode seiner Mutter nahm. Er überlegte einen Moment, ob er ihr eine Puppe mitbringen sollte, konnte sich aber nicht dazu durchringen, eine von ihnen in die Hand zu nehmen.

Während er mit seiner Enduro über die düsteren schmalen Wege zurück nach Ardleton raste, versuchte er, sich etwas zu überlegen, was er sonst noch tun konnte. Scheiß auf das, was die Polizei sagte: Er würde nicht einfach nur warten, sondern selbst losgehen und suchen. Keiner von denen kannte die Gegend auch nur annähernd so gut wie er, geschweige denn die Plätze, zu denen sein Großvater gehen mochte. Und sich den Kummer und die Angst seiner Mutter die ganze Nacht anzusehen, das war ihm zu viel.

Eine halbe Stunde später lief er zu Fuß zurück, diesmal über die Felder. Seine bleiche Mutter hatte er mit Mrs Dudeney vom Eckladen am Küchentisch zurückgelassen. Sein Vater war mit ein paar Nachbarn die umliegenden Straßen absuchen gegangen. Auch Mr Dudeney war dabei sowie das Paar von nebenan. Sie wollten von Haus zu Haus gehen und die Leute bitten, in ihren Schuppen nachzusehen. Jamie wusste, dass das reine Zeitverschwendung war.

Die Frühlingsnacht war ruhig, und die Luft roch leicht nach Wiesenkerbel und Dung. Warme Luft stieg von den Feldern auf und fuhr ins Laub der Bäume. Leises Rascheln gab Zeugnis vom versteckten Leben von Feldmäusen und Kaninchen. Irgendwo links von Jamie rief eine lohfarbene Eule schrill ihre Fragen in die Nacht hinaus.

Er war jetzt froh über all die Male, die er mit Harry Maddock unterwegs gewesen war. Er fühlte sich wohl in der dunklen Landschaft, schritt ruhig voran und erschrak nicht leicht. Wichtiger noch war, dass er ein Gespür dafür hatte, was da sein sollte und was nicht. Er hatte das Gefühl, einen verirrten oder verletzten alten Mann eher ausmachen zu können als die Polizei – wenn er auch wusste, dass hier der Wunsch der Vater des Gedanken sein mochte.

Nach etwa einer Stunde traf er außerhalb vom Copping Wood auf den Suchtrupp der Polizei. Einer der Hunde habe angeschlagen, sagten sie ihm, aber sie hätten den Wald in Quadranten aufgeteilt, durchsucht und nichts gefunden. »War wahrscheinlich ein Wilderer«, sagte Jamie. Er sah zu, wie sie weiterzogen. Die Lichtkegel ihrer leistungsstarken Stablampen fuhren über das Feld hin und her. Jamie hatte nur seine Augen und seine Ohren, aber es gab ausreichend Mondlicht, und zudem fragte er sich, ob es nicht vielleicht klüger war, sich seinem Großvater sanft und ruhig zu nähern als mit grellen Lampen und Hunden. Von Zeit zu Zeit rief er seinen Namen, aber leise und versuchte, sich dabei seine Verzweiflung nicht anmerken zu lassen.

Harry wäre jetzt hilfreich, dachte er. Er hatte seine Nummer nicht mehr, aber er war nicht weit von Lodeshill, und so beschloss er, querfeldein zum Green Man zu gehen, um Harry, und wen sonst er noch antreffen mochte, dazu zu bringen, ihm suchen zu helfen. Er wünschte, das wäre ihm schon früher eingefallen.

Als er ins Dorf kam, war es dort noch ruhig. Die Polizei schien eindeutig davon auszugehen, dass der alte Mann es so weit nicht geschafft haben konnte. Sie hatten offenbar noch an keine Türen geklopft, und, soweit Jamie sehen konnte, gab es auch keine suchenden Lichtkegel. Die Kirche war dunkel, die Häuser erleuchtet, aber still, als wäre nichts geschehen. Das ließ die Tatsache, dass sein Großvater irgendwo da draußen in der Dunkelheit war, noch unwirklicher erscheinen.

Er öffnete die Tür zum Green Man, trat in die warme, nach Bier riechende Luft, und ihm wurde mit einem Schlag bewusst, wie müde er war und wie gerne er sich für eine Stunde hingesetzt und ein Bier getrunken hätte. Die Normalität lockte so sehr, dass er fast nachgegeben hätte. Dass Jim die Glocke läutete und »letzte Runde« rief, brachte ihn wieder zu sich.

»Wo ist Harry, Jim?«, fragte er und klopfte mit den Fingern nachdrücklich auf die Theke.

»Er war nicht hier, Junge. War er noch nicht bei dir? Ich glaube, er wollte dir ein Angebot machen.«

»Kannst du ihn anrufen? Ich brauche ihn. Ich brauche alle …« Jamie sah zu den Tischen und Nischen. Es war nur ein halbes Dutzend Leute da.

»Was ist denn, Junge?«

Aber Jamie richtete sich bereits an den ganzen Pub: »Hört mal alle zu, mein Großvater wird vermisst. Ihr kennt ihn alle: James Hirons. Er ist hier im Dorf geboren. Jetzt ist er verschwunden, und ich brauche eure Hilfe, um ihn zu finden.«

Der Wiesenkerbel am Feldrand hatte etwas Geisterhaftes im zunehmenden Halbdunkel, und Jamie folgte ihm zu einer Stelle, wo ein paar in Drahtgeflecht gewickelte Planken einen provisorischen Übergang über einen Wasserlauf bildeten. Wo bis kürzlich noch Philip Harlands Kühe zum Trinken gekommen waren, war das Ufer aufgewühlt, und er ging vorsichtig voran und sah unterbewusst, wie das Bingelkraut und der letzte verdorrende Blütenstand eines Hasenglöckchens im Mondlicht unter den Bäumen verschwanden. Das Geräusch des Wassers, das er überquerte, war schwach, aber zutiefst vertraut.

Der schmale Fußweg auf der anderen Seite wurde wenig genutzt und war teilweise von Brennnesseln überwuchert. Jamie war froh über den dicken Stoff seiner Jeans. Am obersten Draht des Zauns hing eine Reihe dunkler Umrisse über den düsteren Nesselblättern: zwei Dutzend Maulwürfe, jeder einzelne mit der Nase an einem der nach oben gerichteten Stacheln festgemacht, die Körper ausgetrocknet, die schaufelgleichen Pfoten stumm flehend den Sternen zugewandt. Am Ende hingen noch zwei längere Körper. Nerze, nahm Jamie angesichts der Nähe zum Wasser an. Das war nicht Harrys Werk, Philip musste vor seinem Tod noch einen Maulwurffänger geholt haben. Jamie stand einen Moment lang vor dem erbärmlichen Stacheldrahtgalgen, lauschte und rief dann: »Großvater?«, aber es kam keine Antwort.

Nach dem Pub war er kurz nach Hause gegangen, um eine Jacke und eine Taschenlampe zu holen. Als er wieder herauskam, sah er Jim an die Türen am Hill View klopfen. Er fragte sich, wie viele Leute kommen würden, um bei der Suche zu helfen. Bill war nach Hause gegangen, um zu sehen, ob er Harry Maddock ans Telefon bekommen konnte. »Den brauchen wir, Junge«, hatte er gesagt. »Harry wird ihn finden, keine Sorge.«

Howard und Kitty lagen nebeneinander in der Dunkelheit und lauschten auf die Stimmen, die sich draußen entfernten. Es hatte vor einer Weile geklingelt, aber ohne etwas dazu sagen zu müssen, waren beide nicht an die Tür gegangen.

»Wer, denkst du, ist es?«, hatte Kitty geflüstert.

»Ich weiß es wirklich nicht. Wahrscheinlich ist einem der Hund weggelaufen. So wichtig kann es nicht sein, sonst hätten sie noch einmal geklingelt.«

»Sie müssen wissen, dass wir zu Hause sind.«

»Ja, aber wir sind im Bett, Himmel noch mal. Es ist fast ein Uhr morgens.«

Kitty sagte eine Weile nichts.

»Denkst du, es ist irgendeine Art Notfall?«

»Wie was?«

»Ich weiß es nicht.«

»Ich bin sicher, wir erfahren es morgen«, sagte Howard und drehte sich um. »Ich versuch jetzt zu schlafen, Kitty. Ich muss in ein paar Stunden wieder aufstehen.«

Das Zubettgehen war ziemlich vorsichtig abgelaufen. Howard hatte unten herumgetan und gewartet, das wusste sie, bis sie in ihrem Nachthemd im Bett lag. Sie hielt die Augen fest auf ihr Buch gerichtet, als er hereinkam und sich neben sie legte. Ihr Takt beiderseits nach so vielen gemeinsamen Jahren war fast unerträglich.

Und dann klingelte jemand an der Tür, so spät in der Nacht. Irgendwie hatte ihr das auf eine merkwürdige Weise das Gefühl gegeben, sie wären wieder ein Paar. Wobei sie nicht hätte sagen können, warum das so war.

Sie sah jetzt, dass ihre Entscheidung, Howard nichts von ihrem Arzttermin zu sagen, nicht allein mit der Angst zu tun hatte, er könnte falsch reagieren. Es für sich zu behalten war auch eine Art Bestrafung. Und er hatte recht: Das war nicht gut. Und angesichts dieser neuen Aufrichtigkeit wagte sie sich zu fragen, ob sie wirklich ohne ihn sein könnte – für immer? Und wenn nicht, hatte er dann nicht das Recht zu erfahren, dass die Möglichkeit bestand, dass sie krank war?

»Howard«, flüsterte sie. »Es gibt da etwas, das ich dir sagen möchte.«

Seine völlige Reglosigkeit sagte ihr, dass er ihr zuhörte, ja dass er die Augen weit offen hatte.

»Was?«

»Howard, ich hätte es dir schon früher sagen sollen. Ich …«

»Kitty, bitte …« Er drehte sich zu ihr um. Sie spürte, wie sich die Matratze verschob, und wusste, dass er sorgsam darauf achtete, dass sie sich nicht berührten, und irgendwie war es genau das und nichts anderes, was sie zu weinen anfangen ließ.

»Es ist etwas … passiert …«

»Kitty, bitte, sag es mir nicht. Bitte.« Seine Stimme klang angestrengt, als arbeiteten die Muskeln in seiner Kehle nicht richtig.

Sie fühlte, wie sie ganz reglos wurde und die aufsteigenden Schluchzer in ihrer Brust erstickten.

»Nein, Howard, ich …«

»*Himmel noch mal*, Kitty, es ist so lange her. Ich kann nicht … Bitte, wer immer er war, was immer du getan hast, es ist nicht mehr wichtig.«

25

Mohn, Tollkirschen (»Belladonna« – hier?),
Wald-Geißbart-Samenköpfe.
Lohfarbene Eulen rufen und rufen.

An diesem Abend wurde ein Bauernsohn vor einer Kneipe aus Gründen niedergeschlagen, an die sich später keiner seiner Freunde mehr erinnern konnte. Sein Kopf schlug im Fallen kurz gegen einen grünen Verteilerkasten, und auch wenn er das Bewusstsein nicht verlor, wurde er doch zur Vorsicht ins Queen Elizabeth's gebracht, wo er plötzlich zu lallen begann. Er starb um zwei Uhr morgens an einer Gehirnblutung, während die Krankenwagenbesatzung draußen rauchte und auf ihren nächsten Einsatz wartete. Zu der Zeit waren das Blut und die Haare auf dem Verteilerkasten zu einer dunklen klebrigen Masse geronnen und würden vom Regen erst neun Tage später heruntergewaschen werden.

Die ganze Nacht über donnerten Lkws den hellen Autobahnsaum entlang, und im matten orangefarbenen Licht der Laternen trieben einzelne Autos durch Connorvilles Kreisverkehre. Weiter draußen lag stumm der Boundway, eine gerade Linie zwischen schlafenden Feldern. Gegen drei Uhr dreißig begann sich der Himmel im Osten aufzuhellen, aber noch kaum merklich. Es war eine ruhige Nacht, und der Tag würde nicht mehr lange auf sich warten lassen.

Jamie stand in der Dunkelheit hinterm Tor von Culverkeys und sah, wie zwei Katzen aus der Scheune in den Mondschatten des Hauses schossen. Es hatte immer schon Katzen auf der Farm gegeben, und er fragte sich, ob irgendwer nach Philips Tod daran gedacht und wie lange es gedauert hatte, bis sie aufgehört hatten, auf die Menschen zu hoffen und zur Natur zurückzukehren.

Vor ihm lag das Farmhaus, still und leer. Es hatte etwas Traumhaftes, wie es gleichzeitig das war, was es war und was es nicht war – das Zuhause von Alex, das Haus, in dem er selbst bis vor sechs Jahren halb gelebt hatte und das ihm fast so vertraut gewesen war wie sein eigenes. Als er es jetzt so betrachtete, schien es dumm zu glauben, dass sein Großvater darin sein könnte, aber er wusste, er konnte nicht wieder gehen, ohne sicher zu sein.

Die Tür vorne war natürlich verschlossen, aber Jamie rüttelte dennoch an der eisernen Klinke, nur für den Fall. Der Lärm schallte herausfordernd über den Hof und ließ das Herz in seiner Brust heftig schlagen. Als er verklang, sah Jamie, dass all ihre alten Schätze immer noch draußen auf der Fensterbank des Wohnzimmers lagen: die schmutzigen Tonscherben und Perlen, die Murmeln, Münzen und verrosteten Eisenstücke. Selbst in der Dunkelheit konnte er sehen, wie belanglos das alles war, wie erbärmlich, und doch hatte Alex' Vater es die ganze Zeit da liegen lassen. Er nahm eine Scherbe, auf dessen bleicher Glasur das Mondlicht schimmerte, und überlegte, ob er sie in die Tasche stecken sollte, legte sie dann aber zurück auf die Fensterbank.

Er ging um das Haus herum und sah, dass das Küchenfenster kaputt war. Eine lange Weile stand er da und betrachtete das zerschlagene Stück Scheibe. Sein Großvater hatte in Jamies Alter auf der Farm gearbeitet. Vielleicht wollte er sie noch einmal sehen, bevor sie verkauft wurde – oder vielleicht hatte seine Mum auch recht, und er war verwirrt und dachte, er wäre wieder der junge Mann von damals.

Jamie öffnete das Fenster und kletterte unbeholfen in die Küche, sein Atem ging flach und schnell. Als er drinnen war, griff er nach der Taschenlampe und schaltete sie ein. Wie oft hatte er hier in diesem Raum gegessen? Sicher Hunderte Male. Der Küchentisch und die Stühle waren nicht mehr da, und der Raum schien größer, aber irgendwie auch kleiner. Vielleicht weil er so leer und es so still war. Er konnte sich nicht erinnern, jemals allein in Alex' Haus gewesen zu sein.

»Großvater?«, rief er vorsichtig, doch das Wort kehrte gleich zu ihm zurück, als wollte das Haus es nicht annehmen.

Am Durchgang zum Flur tastete seine Hand automatisch nach dem Lichtschalter, doch der klickte nur. Er blickte sich zum halb offenen Küchenfenster um und konnte sehen, dass der Himmel schon tief dunkelblau war und nicht mehr schwarz, und von irgendwo draußen war das Lied einer Singdrossel zu hören.

Jamie wandte sich wieder dem Inneren des Hauses zu, das

immer noch dieses Traumgleiche hatte. Der Lichtkegel seiner Lampe hob einzelne Dinge abstrakt aus ihrem Kontext, ein Stück Fußleiste, ein sich lösendes Eck Tapete, einen Treppenpfosten, der einen zuckenden Schatten in den Flur dahinter warf. Das alles ließ das Dunkel noch dunkler und sein Hiersein nach all der Zeit noch merkwürdiger erscheinen, ganz so, als versuchte er, an seinem vertrauten Spiegelbild vorbei in tiefes, schwarzes, unergründliches Wasser zu blicken.

Das Esszimmer war völlig leer. Esstisch und Stühle waren offenbar verkauft, auch das alte Klavier, auf dem nie jemand gespielt hatte. Hier hatte er manchmal mit Alex gesessen und Schularbeiten gemacht, weniger oft, als sie älter wurden und Alex einen Computer in seinem Zimmer haben durfte. Jamie versuchte, sich die Familie vorzustellen, wie sie beim Essen zusammensaß, vielleicht mit Besuchern, aber es ging nicht.

Es gab so viel, was er nicht gewusst hatte von den Harlands. Den Großteil seiner Kindheit hatte er sich wie einer von ihnen gefühlt, war es aber nie wirklich gewesen. Als die Familie auseinanderbrach, war ihm das bewusst geworden.

Oben waren alle Türen zu bis auf die von Alex, die nur angelehnt war. Da auf dem Treppenabsatz, im Dunkeln, verspürte Jamie eine plötzliche Aufregung, den Drang zu schreien oder zu lachen. Als er nach der kalten Türklinke griff, schien sein Arm ganz schwach. Aber wie vertraut fühlte sich das Metall in seiner Hand doch an, auch wenn es anders leuchtete als die Klinken zu Hause. Wie gut erinnerten sich seine Muskeln doch noch an das Gewicht und den Widerstand der Tür, als er sie aufdrückte, um hineinzugehen.

Er betrat Alex' Zimmer und hob den Lichtkegel. Das Bett war weg, aber da standen der Schrank, der Fichtenholzschreibtisch und der Drehstuhl mit der kaputten Sitzfläche. In der Ecke lagen leere Flaschen, hauptsächlich Wodkaflaschen, aber auch Wein- und kleine Schnapsflaschen. An der Wand hingen verblichene Poster, eine stumme Erinnerung an den Jungen, den Jamie bis vor sechs Jahren gekannt hatte: ein vergessener Popstar, ein blauer Ford Mustang GT, Ronaldo, der ein Tor feierte.

Und darunter, neben der Stelle, wo das Kopfteil des Betts gewesen war, klebte ein rundes Dutzend Fotos an der Wand, die, da war Jamie sicher, früher nicht da gewesen waren. Er ging hin, stellte den Lichtkegel seiner Lampe breiter und hockte sich davor, um sie anzusehen.

Es waren die Harlands, die ihm von der Wand aus in Miniaturform zulächelten: Alex' Mutter mit einem Baby auf dem Arm. Alex und Laura in der Küche, mit einem Kälbchen, das sie mit der Flasche großzogen. Mr und Mrs Harland, jung, gebräunt und nicht viel älter aussehend, als Jamie jetzt war, irgendwo an einem Strand. Alex als Kleinkind bei seinem Vater auf dem Schoß, auf dem Traktor, die Arme des toten Mannes um ihn gelegt – ein Artefakt aus einer anderen Zeit. Jamie sah auch sich selbst auf einem der Fotos, wie er zusammen mit Alex den Zuchtbullen hielt. Da konnten sie erst sieben oder acht gewesen sein, und seine Augen füllten sich plötzlich mit dummen Tränen. So viel war verloren.

Er blinzelte sie weg. Da war er noch einmal, sogar jünger, bei einem Picknick, an das er sich nicht erinnern konnte. Er nahm das Foto von der Wand und stand auf, um es genauer zu betrachten. Er und Alex, noch absolute Knirpse, saßen auf einer bunten Decke, und was sie da aßen, mussten Wurstbrötchen sein. Ihre Mütter saßen hinter ihnen. Jamies Dad war nur halb zu sehen, er hatte die Hand auf der Schulter von Jamies Mutter.

Und es war seine Mum, von der Jamie den Blick nicht lassen konnte. Sie war schlank, lachte, trug ein leichtes Sommerkleid und eine Sonnenbrille, war ein völlig anderer Mensch – und unverkennbar herzzerreißend schwanger.

Er sah die Ratte aus den Augenwinkeln. Die Klappe in der Ecke von Alex' Zimmer, die auf den Dachboden führte, stand offen, und da war sie. Der hochschießende Lichtkegel war nicht schnell genug. »Himmel noch mal«, sagte Jamie, die Hände mit einem Mal schweißnass.

An die Wand gelehnt dasitzend, das Foto auf seinem Schoß, versuchte Jamie zu begreifen, was das alles bedeutete. Er fühlte sich seltsam leer und wusste, er sollte etwas Bedeutsames empfinden, doch es kam nicht. Alex war immer noch weg, Jamie war immer noch ein Einzelkind, seine Mutter war immer noch so, wie sie war. Nichts hatte sich geändert, und irgendwie hatte er das Gefühl, immer schon gewusst zu haben, dass sie ein Baby verloren hatte. Es passte, es ergab einen Sinn. Er wünschte nur, jemand hätte es ihm gesagt, Alex vielleicht oder sein Großvater, er hätte es verdient.

Er würde seine Eltern danach fragen, würde fragen, was geschehen war. Das Foto würde er ihnen zeigen, damit sie es ihm erklärten. Er versuchte zu überlegen, welche Stimmlage er benutzen, wie er beginnen sollte. Es war doch in Ordnung, wenn er fragte, schließlich hätte er beinahe eine Schwester oder einen Bruder bekommen. Vielleich konnten sie ihm sagen, was es gewesen wäre und wie es passiert war, ihm vielleicht sogar einen Namen nennen – wenn es denn einen gehabt hatte. Es würde nicht einfach sein, aber er wusste, es war richtig zu fragen.

Seine Mum würde sich natürlich aufregen, und das war nicht gut. Aber sie war erwachsen, oder? Und sie hatte seinen Dad, der sich um sie kümmerte. Nein, auch wenn es sie wütend machte, er würde fragen, was er fragen musste, und würde sie laut aussprechen lassen, was geschehen war.

Und wenn das getan war, würde er ihnen sagen, dass er auszog und Großvater sein Zimmer haben konnte. Er wusste noch nicht, wohin er gehen sollte – vielleicht erst mal zu einem von der Arbeit, der ein Stück Fußboden für ihn hatte. Es würde schon gehen, und es musste jetzt sein.

Aber erst mussten sie seinen Großvater finden, und alles musste wieder normal sein. Er sah auf sein Telefon, nur für den Fall, dass er einen Anruf verpasst hatte. Er wollte die Scheunen und Nebengebäude durchsuchen. Was dann, wusste er nicht.

An der Zimmertür angelangt, kehrte er noch einmal um und verriegelte die Klappe in der Ecke. Großen Schaden konnte eine Ratte in einem leeren Haus nicht anrichten, aber trotzdem, sie waren schmutzig, sagte sein Großvater immer. Er hasste Ratten, sie waren das Einzige, soweit Jamie wusste, was er wirklich nicht ertrug. Einmal, als sie mit dem Magnet unterwegs gewesen waren, war eine den Treidelpfad entlanggelaufen, mit nassem, stacheligem Fell, den muskulösen Schwanz starr nach hinten gereckt. Der alte Mann hatte den großen Magnet nach ihr geworfen, sie aber natürlich nicht erwischt. Dann hatte er Jamie von dem Rattenfänger erzählt, der mit seinem Terrier und seinem Sack voller Frettchen zweimal im Jahr auf die Farmen kam, von Unmengen von Nagern in Scheunen und Lagerräumen. Und er hatte – woran sich Jamie immer noch mit Entsetzen erinnerte –, er hatte beschrieben, wie die Männer die Felder im Sommer von außen nach innen gemäht hatten, sodass der letzte noch stehende Weizen, oder das Gras, voller verängstigter Tiere war, die ihrem Tod entgegensahen, nicht nur Ratten, sondern auch Kaninchen und sogar Hasen, während die grinsenden Landarbeiter mit ihren Gewehren und Hunden darauf warteten, dass sie zu fliehen versuchten.

Verdammt. Das war es. Plötzlich wusste Jamie, wo sein Großvater war. Er polterte die Treppe hinunter, das Foto hinten in der Tasche, warf sich durchs Küchenfenster hinaus auf den Hof und machte sich nicht die Mühe, das Tor hinter sich zu schließen. Er wusste mit absoluter, völliger Klarheit, wohin er musste. Aber dazu brauchte er das Auto.

26

Eine ruhelose Nacht, durchzogen von Träumen
vom Meer. Der Morgen warm und wolkenlos.
Eberraute, Wolliger Schneeball, die Blüte des Weißdorns
fast vorüber. Direkt nach dem Sonnenaufgang
habe ich den Kuckuck wieder gehört.

Es war kurz nach drei, als Howard endlich aufgab, schlafen zu wollen. Ein paarmal waren Stimmen auf der Straße zu hören gewesen, eine ferne Sirene, doch es war eine zu warme Nacht, um das Fenster zu schließen – und es waren sowieso nicht die Geräusche, die ihn wach hielten.

Kitty lag auf dem Rücken, das Gesicht dem Fenster zugewandt, das Laken und die alte seidene Tagesdecke ihrer Mutter um die Beine gewickelt. Es war dunkel im Zimmer, aber Howard konnte ihr weißes Nachthemd und die bleiche vertraute Form ihres Gesichts erkennen. Er saß lange auf dem Rand des Betts.

Unten trank er einen starken Kaffee und schüttete einen weiteren in eine Thermosflasche für die Fahrt. Bevor er das Haus verließ, nahm er die Simon-&-Garfunkel-CD, die er gekauft hatte, und ging leise nach oben, um ein paar Batterien für das Dansette Gem zu holen. Der Audi schien kaum ein Geräusch zu machen, als er langsam aus der Einfahrt fuhr und Lodeshill hinter sich ließ.

Der kleine Park auf der Seite vom Babb Hill war verlassen. Howard nahm das Radio und die Thermosflasche vom Beifahrersitz, schloss den Wagen ab und begann den Aufstieg. Es war eine warme, fast windstille Nacht, auch wenn sich die jungen Blätter oben in den Kronen der Bäume leise etwas zuflüsterten. Der Weg zum Gipfel war ausgetreten und einigermaßen eben, und als sich Howard an die Dunkelheit gewöhnt hatte, konnte er den Boden vor sich gut erkennen.

Es war erst das zweite oder dritte Mal, dass er auf den Gipfel stieg. Das erste Mal waren sie nach der Besichtigung der Manor Lodge hier gewesen, der Makler hatte davon gesprochen und ihnen erklärt, man könne neun Countys von der Spitze sehen, woraufhin sie gleich hergekommen waren. Im Auto hatten sie nichts zum Haus gesagt, sondern erst hier oben. Sie hatten die Aussicht genossen, während sie darüber redeten.

Er hatte natürlich schon gesehen, wie sehr sie es mochte. Er wusste, dass sie sich zurückhielt – nicht nur vor dem Makler, sondern auch vor ihm, weil sie ihrerseits wusste, dass er nicht wirklich umziehen wollte und zu viel Begeisterung nun, da sie ihren Willen bekam, unfreundlich gewesen wäre und ihm kaum Raum gelassen hätte, mit an Bord zu kommen. Oh, sie waren sich vielleicht nicht so nahe oder konnten immer alles besprechen wie andere Paare, aber wie gut sie sich doch kannten.

Und doch, dort oben im Dunkeln auf Babb Hill fragte er sich jetzt, ob es nicht vielleicht besser gewesen wäre, hätte er an jenem Tag der Wahrheit das Wort gegeben und gesagt, dass er sich nicht sicher sei. Dass er sich nicht wirklich vorstellen könne, in einem Dorf wie Lodeshill zu leben. Aber genau da lag eben der Hase im Pfeffer: Er war sich nicht sicher. Es mochte ja okay sein, und so hatte es keinen großen Sinn, es auszusprechen – nicht, wo Kitty es sich so sehr wünschte. Am Ende ließ er ihre Sicherheit für sie beide sprechen. Nur leider hatte sie sich nicht als ausreichend erwiesen, um die Übung gänzlich gelingen zu lassen.

Oben auf dem weiten baumlosen Rücken von Babb Hill ging Howard zum Toposkop und setzte sich auf den niedrigen Betonsockel. Es schien hier weniger dunkel als unten auf dem Parkplatz, so als könnte der Gipfel mit so viel Himmel in jeder Richtung alles verfügbare Licht auf sich ziehen. Viel vom Land vor ihm war unbestimmt und nicht erkennbar, Lodeshills Kirchturm verlor sich zwischen den schwarzen Bäumen, aber er konnte die Lichter der fernen Autobahn erkennen und dahinter Connorville wie ein flimmerndes Sternbild.

In etwa einer Stunde musste er zum Flughafen aufbrechen. Er schraubte den Deckel von der Thermosflasche und schenkte sich Kaffee ein, heiß, schwarz und süß. Wie ein Sack mit einer Leiche lauerte der Streit mit Kitty, und was als Nächstes kommen würde, im Hintergrund seiner Gedanken. Aber er wollte sich noch nicht damit beschäftigen.

Ein Licht bewegte sich stetig unter den Sternen durch, ein hereinkommendes Flugzeug. Howard versuchte festzustellen, in welche Richtung der Flughafen lag und von wo Jenny kommen musste, gab es am Ende jedoch auf. Vielleicht war es besser, ihr gegenüber ehrlich zu sein, wenn sie ankam, und auch Chris: ihnen zu sagen, dass sie Probleme hatten. Die Kinder waren erwachsen, es war nicht so, als stünde ihre Kindheit auf dem Spiel.

All die Jahre, in denen sie nicht vor ihnen gestritten hatten. Hatten sie es wirklich für sie getan? Er hatte es immer geglaubt, aber im Nachhinein betrachtet war es ja nicht so, dass sie alles herausgelassen hätten, wenn die beiden nicht da waren. Stattdessen waren sie stillschweigend übereingekommen, einige Dinge auf sich beruhen zu lassen, Dinge, die womöglich zu großen Schaden angerichtet hätten. Seine Trinkerei zum Beispiel. Ihre Affäre.

Howard schloss die Augen und legte den Kopf nach hinten gegen die Betonsäule. Sein Rücken tat weh, und der Boden fühlte sich trotz seiner Cordhose kalt an.

Es war so ruhig hier oben, so still. Er stellte sich die schlafenden Leute da unten vor, zu Tausenden lagen sie sicher in ihren Betten, tief in ihrem gewohnten Leben. Familien wie kleine Planetensysteme, lebenslang aneinandergebunden. Er dachte an Jenny und Chris, die auch jetzt noch durch die Anziehungskraft seiner und Kittys Ehe zu ihnen fanden. Sie waren immer noch eine Familie und würden es immer sein, ganz gleich, was passierte. Oder etwa nicht?

Er nahm noch einen Schluck Kaffee und griff nach seinem Dansette. Das Radio hatte etwas Tröstliches in seinen Händen. Wie der Knopf klickte und die Skala aufleuchtete, wie es sofort leise zu wimmern und zu plappern begann und ihn mit vertrauten Geräuschen umgab. Es holte ihn wieder zurück.

Langsam begann er, sich durch die Frequenzen zu bewegen, stellte sie scharf, lauschte, ging weiter, lauschte erneut. Knistern und Rauschen, entstellte Sprache, Musikfetzen und über allem das hochfrequente Klagen einer anderen Welt. Das Dansette war kein Kurzwellenempfänger, aber Radio Moskau, oder wie immer das heute hieß, sollte auch über die großen Masten laufen, sich huckepack auf der Mittelwelle mitbewegen und sogar auf Fernsehsignalen, was hieß, dass es sich überall auf der Skala finden konnte – wenn die Gerüchte denn stimmten.

Er gab sich eine halbe Stunde, der Himmel über ihm ging in ein tiefdunkles Blau über, und nach und nach verblichen die Sterne im Osten. Er hätte absolut nicht sagen können, warum er das Signal auffangen wollte, es war wahrscheinlich sowieso ein Märchen. Aber es zu hören wäre ... nun, was? Ein kleiner Sieg, ein Moment des Verbundenseins. Aber da war nichts, das so klang, als könnte es aus Russland kommen, rein gar nichts. Nur das gewohnte Geplapper und die Interferenzen, die ihm so vertraut waren.

Es war fast Zeit, zu fahren und Jenny abzuholen. Er fragte sich, ob Kitty schon wach und wütend auf ihn war, weil er ohne sie gefahren war. Er stellte sich vor, wie sie allein durch die Zimmer des Hauses geisterte, stellte sich vor, wie sie allein dort lebte, unbeobachtet, für immer. Falls es so kam, falls er auszog, wäre sie aufs Neue ein eigenständiger Mensch, mit ihren eigenen Plänen, Gedanken und Wünschen. Er fühlte sich fürchterlich verlassen.

Und was war mit ihm, wer würde er ohne Kitty sein? Er versuchte, sich so zu sehen, wie es andere zweifellos täten, ohne sie als Teil von sich oder vielleicht auch Teile von ihm wettmachend: nur mehr ein trauriger Ruheständler in einer miesen Wohnung irgendwo, mit einem Haufen alter Radios und höchstwahrscheinlich auch einer Leberzirrhose. Schließlich war er tatsächlich fast Rentner. Von nun an gings bergab.

Tatsache war, er konnte sich ein Leben ohne sie nicht vorstellen, nicht nach all der Zeit. Sie hatten ihre Probleme, das wusste er. Sie hatten einige schlechte Angewohnheiten – nicht zu reden war sicher eine davon. Aber keine Ehe war vollkommen. Er verstand Kitty nicht immer, aber er liebte sie, und war das nicht alles, worauf es ankam?

Selbst als er getrunken hatte, war er in keine anderen Betten gestiegen, nicht mal an jenem schrecklichen Abend, als er sie aus dem Auto eines anderen Mannes hatte kommen sehen und ihr Ausdruck, als sie ihm nachsah, alles gesagt hatte. Nicht mal, als sie aufgehört hatten, sich gegenseitig zu berühren. Er hatte einfach keine andere gewollt.

Howard schaltete das Radio aus und ließ sich erneut von der Stille des Berges umfangen. Nach einer Weile stand er auf, nahm das Radio und ging hinunter zu seinem wartenden Auto. Er würde Jenny vom Flughafen abholen, und sie konnten sich auf der Rückfahrt seine Simon-&-Garfunkel-CD anhören. Und dann, wenn Jenny sich eingerichtet hatte, würde er Kitty hoch ins Radiozimmer holen, die Tür hinter ihnen beiden zumachen und sie fragen, ob sie reden wollte.

Halb fünf an einem Maimorgen, eine lange gerade Straße zwischen Feldern. Jack war auf dem Boundway, als die Dämmerung im Osten heraufzog, und die Luft um ihn herum füllte sich langsam mit Gesang. Amseln, Drosseln, Zaunkönig auf Zaunkönig.

Er lief in seinem gewohnten leichten Galopp am Straßenrand entlang. Ich will nur für mich sein, dachte er. Ich will den Rest meiner Tage so leben, wie ich es für richtig halte. Ich will doch weiß Gott niemandem etwas tun.

Krähen begannen aus Wäldern und Dickichten zu rufen, und hinter den Weißdornhecken rechts und links der römischen Straße waren überall auf den immer noch düsteren Feldern frühe Kaninchen zu sehen. Die Gänseblümchen am Straßenrand waren geschlossen, die Grashalme schwer von Tau und gefallenen Maiblüten, die wie Konfetti an Jacks Stiefeln klebten.

Als er den Blick von seinen Schuhen hob, sah Jack, dass sich ungefähr fünfzig Meter weiter etwas auf der Fahrbahn befand. Er blieb stehen und kniff die Augen zusammen. Im frühen Morgendunkel war nur schwer zu erkennen, was genau es war. Ein angefahrenes Reh? Ein Futtersack? Was immer es sein mochte, es bewegte sich nicht.

Jack verharrte reglos und lauschte aufmerksam. Abgesehen von den erwachenden Vögeln und dem fernen Rauschen der Autobahn war es still. Kein Auto, das sich näherte, keine Stimmen, keine menschlichen Geräusche. Er ging ein paar Schritte weiter, blieb erneut stehen und behielt den Blick auf den Umriss auf der Straße gerichtet, der sich nicht rührte.

Ein paar weitere Schritte, und der Umriss wurde zur Gestalt eines alten Mannes mit dünnem weißem Haar auf einem mit Leberflecken bedeckten schutzlosen Kopf. Er saß auf der Straße, den Blick von Jack abgewandt, und er trug ein altes Kammgarnjackett. Hinten aus seiner Tasche hing etwas, das wie eine Wäscheleine aussah. Jack ging bis zu ihrem Ende und blieb stehen.

»Ist alles in Ordnung?«

Keine Reaktion. Jack fragte sich, wie es die Knochen des alten Mannes ertragen konnten, da so auf der kalten Straße zu sitzen.

Er versuchte es noch einmal lauter: »Ist alles in Ordnung?«

Immer noch nichts. Jack scharrte mit den Stiefeln über den Asphalt, hustete, wartete. Dann umkreiste er die reglose Gestalt, ging in die Hocke und sah dem alten Mann ins Gesicht. Seinen Rucksack stellte er auf die Straße neben sich.

Die Augen des Mannes waren geöffnet, aber er sah an Jack vorbei. Seine Hände lagen merkwürdig und nutzlos in seinem Schoß.

»Ist es hier?«, fragte er und richtete seine milchigen Augen endlich auf Jack. »Ich warte schon so lange.«

Jack griff nach seinen Händen. Sie waren eiskalt. »Ist was hier? Wie heißen Sie?«

»Ich muss zurück zu Edith, sie wird sich Sorgen machen. Ich nehme immer diesen Bus. Ich weiß nicht, wo er hin ist.«

Jack schloss einen Moment lang die Augen. »Wie lange sitzen Sie hier schon, Mr ...?«

»Hirons. James Albert Hirons. Wo ist Edith, wissen Sie das?«

Jack versuchte nachzudenken. Wenn er nur ein Handy hätte. »Woher kommen Sie, Mr Hirons? Von zu Hause?«

»Zu Hause? Wo ist das?«

»Das frage ich Sie. Wo wohnen Sie? In Lodeshill?«

»Ich wurde 1919 in Lodeshill geboren.«

Jack stand auf und blickte die Straße hinauf und hinunter, hockte sich wieder hin und nahm die kalten Hände des alten Mannes. Wenigstens hatte er keine Blutergüsse oder Abschürfungen. Es sah nicht aus, als wäre er gestürzt. Jack versuchte zu denken. Er musste ihn auf die Beine bringen und sehen, ob er gehen konnte. Ihn von der Straße bekommen.

»Haben Sie sich verletzt, Mr Hirons? Tut Ihnen etwas weh?«

»Weh?

»Haben Sie Schmerzen?«

»O nein.«

»Gut. Denken Sie, Sie können aufstehen für mich, wenn ich Ihnen helfe?«

»Aufstehen? Natürlich kann ich das, Junge. Komm, gib mir deine Hand, die alten Knochen.«

Jack legte die Arme um den Körper des alten Mannes und hob ihn vorsichtig hoch. Er wog so gut wie nichts. Es war, als hielte er ein Vögelchen.

»Kein Getue«, schimpfte der alte Mann, hielt sich aber gut an Jack fest, als sie Schritt für Schritt an den Straßenrand gingen.

»Können Sie allein stehen? Geht das für einen Moment? Sehen Sie ...« Jack legte die Hand des Mannes auf einen festen Ast in der Hecke. »Ich hole nur gerade mein Gepäck.«

Der alte Mann lächelte. »Hast du dir das Reh geangelt, Junge?«

Jack hängte sich den Rucksack auf den Rücken und zog die Gurte fest. Dann nahm er vorsichtig die Hand des alten Mannes aus der Hecke und legte ihm einen Arm um die Schultern. Zusammen begannen sie, sehr langsam den Weg zurückzugehen, den Jack gekommen war. Nach Lodeshill.

»Was für ein Reh war das?«

»Du weißt doch, auf der Straße. Nicht weit von hier, oder?«

Wenn er ihn nur nach Hause bekommen und seiner Frau übergeben konnte. Dann konnte er verschwinden.

»Hunderte Rehe im Ocket Wood. Immer schon. Wir sind da hin, weißt du, in der Brunftzeit.«

»Wann war das?«

»Oh, nach dem Krieg, Junge. Vorher war Edith noch ein Mädchen, weißt du. Sechs Jahre jünger als ich. Aber er hat uns alle zu Männern und Frauen gemacht ...« Seine Stimme versiegte einen Moment lang. »Jedenfalls, sie ... nun«, er gluckste und sammelte sich wieder. »Du würdest es nicht glauben. Nicht dass sie eins von diesen leichten Mädchen gewesen wäre, verstehst du?«

»Natürlich nicht.«

»Sie sagte, wir sollten gleich heiraten und ein kleines Haus in der Nähe von ihrer Mutter mieten, aber ich wollte es richtig machen. Ich hab hart gearbeitet und gespart, vierhundertfünfzig Pfund für das Haus, habe ich dir das je erzählt? War eine Menge Geld damals.«

Lodeshill war keine zwei Kilometer entfernt. Jack fragte sich, ob der alte Mann sein Haus finden würde und ob er ihn bis an die Tür bringen sollte. Ob er es riskieren konnte, gesehen zu werden. Er hatte das Gefühl, dass sich etwas entschieden hatte, ohne dass er hätte sagen können, was.

»Ich habe in Changi immer an all das hier gedacht«, fuhr der alte Mann mit einer schwachen Geste um sich herum fort. »Die Felder, den Gesang der Vögel. Ob es schon Mai war. Wetter zum Heumachen.«

»Changi? War das ... war das ein Gefangenenlager?«

»Singapur. Ich war ja noch ein Junge. Dreiundzwanzig. Ich hatte einen tollen Freund, Stan. Kam aus Chorley. Eines Tages haben sie ihn geholt, zum Eisenbahnbau, haben sie gesagt. Ich habe ihn nie wiedergesehen.«

Stan. Merkwürdigerweise fühlte Jack, wie sich seine Augen mit Tränen füllten.

»Ich habe mir immer vorgestellt, ich würde The Batch pflügen, weißt du? Mit einem Gespann. Schöne Tiere, Suffolks. Rauf und runter. Wieder und wieder in meinem Kopf. Gerade Furchen und um die große Eiche herum. Hat mich bei Verstand gehalten.«

»Waren Sie vor dem Krieg Bauer?«

»Ein Landarbeiter, Junge. Das habe ich dir doch gesagt.«

»Und als Sie wieder zu Hause waren, haben Sie's da getan?«

»Was? The Batch gepflügt? Nein. Als ich zurückkam, ging das nicht mehr mit Pferden. Und Edith war stolz, dass ich in die Fertigung gegangen und vorwärtsgekommen bin. Als ich Vorarbeiter wurde, hat sie mir ein Steak gebraten und dafür gesorgt, dass es alle Nachbarn mitbekamen.«

»Aber Sie haben es vermisst.«

»Hin und wieder. Edith habe ich's nie gesagt.«

»Warum nicht?«

»Sie hatte nichts übrig für dummes Geschwätz, sie musste die Kinder großziehen. Und man kann die Uhr sowieso nicht zurückdrehen.«

»Das ist wohl wahr.«

»Ich musste dafür sorgen, dass Essen auf den Tisch kam, Junge. Ich musste mich damit abfinden. Oh, heute ist das anders, heute kommen sie aus der Schule und wollen eine Karriere, wie sie so sagen, aber wir waren einfach froh, eine ehrliche Arbeit zu haben.«

»Und haben Sie jemals jemanden aus Singapur wiedergesehen? Aus dem Krieg?«

»Nein.«

»Haben Sie mit jemandem darüber gesprochen?«

»Nein.«

»Warum nicht?«

»Was gabs da zu reden, Junge? War alles vergangen und am besten vergessen.«

»Und haben Sie das? Es vergessen, meine ich?«

»Oh, so was wie Changi vergisst du nicht. Nicht wirklich.«

Sie gingen eine Weile schweigend weiter, Jack mit dem Arm leicht hinter James Hirons' Rücken, um seinen Stolz zu wahren. Er dachte über das Leben des alten Mannes nach, eine einzigartige Erinnerungslandschaft, Teile davon sonnenbeschienen und zugänglich, Teile im Schatten und ausgeklammert, und das alles zusammen würde bald … verloren sein.

»Ich würde es aber noch einmal gerne sehen. Bevor ich gehe.«

»Das Feld, das Sie gepflügt haben?«

»The Batch.«

»Wollten Sie dahin?«

»Dahin?«

»Jetzt. Sind Sie deshalb losgegangen?«

»Nein. Ich war … Ich habe …« Er befühlte seine Jackentaschen und sah Jack an, plötzlich voller Kummer. »Wer sind Sie überhaupt? Was soll das hier?«

»Ich bringe Sie nur nach Hause, Mr Hirons, sonst nichts. Zu Ihrer Frau. Edith, richtig?«

»Ich bin verdammt noch mal nicht plemplem, wissen Sie. Noch nicht.« Er schüttelte Jacks Arm ab und machte sich etwas größer, und einen Moment lang konnte Jack den Mann sehen, der er einmal gewesen war.

»Das weiß ich.«

»Nun, warum reden Sie dann von meiner Frau?«, fragte der alte Mann. »Edith ist nicht zu Hause. Sie ist tot.«

Als Kitty aufwachte, war es noch dunkel, aber sie wusste, auch ohne sich umzudrehen, dass das Bett neben ihr leer war. Dann war die Erinnerung an ihren Streit wieder da und sank ihr in den Magen und dass die Kinder heute kamen. Sie stand auf und schob den Vorhang zur Seite: Ja, der Audi war weg.

»Bitte, lass es … in Ordnung kommen«, sagte sie und setzte sich mit geschlossenen Augen auf den Rand des Bettes. Ihre Nägel gruben sich in ihre Handflächen.

Sie dachte über das nach, was Howard wusste und nicht wusste, und für was für einen Menschen er sie hielt, leidenschaftslos und krittelnd, eine Malerin schrulliger Bilder, eine religiöse Konvertitin. Sie war nichts von alledem, nicht wirklich. Sie war ganz anders, jemand, den er nie wirklich gesehen hatte.

Kitty fragte sich, wer ihm von ihrer Affäre erzählt hatte und wie viel er wusste. Lieber Gott, all die Jahre, und er hatte nichts gesagt. Jahrzehnte normalen Familienlebens, in denen sie gedacht hatte, dass sie die Einzige mit Geheimnissen wäre. Der arme Howard. Kein Wunder, dass er trank.

Aber jetzt würden sie darüber reden müssen, oder? »Bitte«, flüsterte sie wieder, den Kopf über die Knie gebeugt, die Hände kalt und zu Fäusten geballt. Die Kinder würden beide in ein paar Stunden bei ihnen sein.

Es hatte keinen Sinn, zurück ins Bett zu gehen, sie würde nicht wieder einschlafen können. So stand sie denn auf, zog eine Hose und eine Bluse an, ging nach unten in die Küche und schaltete den Wasserkessel ein. Aber als das Wasser langsam heiß und der Kessel lauter wurde, begann das Haus sie einzukerkern, und sie wollte nicht mehr hier sein. Noch bevor das Wasser kochte, hielt sie den Schlüssel in der Hand und hatte die Haustür hinter sich zugezogen. Die jungen Schwalben unter der Dachtraufe über ihr zappelten ungeduldig in ihren Lehmnestern.

Die Kirche war kühl und leer, die Luft völlig still, und die

Dachbalken mit ihren geschnitzten Verzierungen lagen im Schatten verborgen. Sie setzte sich in eine der hinteren Bänke. Es war ein Moment des Trostes, nicht mehr, ein Weg, die Grenzen ihres Lebens für ein paar Minuten zu verlassen. Der Versuch, den Weg nach vorn zu sehen.

»Bitte, Gott, hilf mir«, flüsterte sie. Das war alles, wozu sie jetzt fähig war.

Wenn sie nur wüsste, was sie wollte. Wenn sie es nur sagen könnte. Andere Leute schienen das zu können. Sieh dir nur Claire an. Sie hatte gewusst, wann es mit ihren beiden Ehen vorbei war, wenigstens erzählte sie es so. Aber vielleicht konnte man immer nur eine blinde Wahl treffen und sie dann hinterher vor sich rechtfertigen. Vielleicht gab es einfach nicht die Möglichkeit, sicher zu sein, was richtig war. Oder was die Zukunft bringen würde.

Auch für sie nicht. Sie sagte sich immer wieder, dass sie es sich nur einbildete, aber ein-, zweimal in letzter Zeit hatte sie sich kurz schwindelig gefühlt, ganz so, als schwebte sie dahin.

»Du brauchst Howard an deiner Seite, falls das Ergebnis kein gutes ist«, hatte Claire ihr am Telefon gesagt. »Kitty, Liebes, warte nicht zu lange damit, es ihm zu sagen.«

Aber so einfach war es nicht. Es gab zwei Gespräche, die sie zu führen hatten, wie ihr jetzt klar wurde, eines über die Vergangenheit und eines über die Zukunft. Und ihr Arzttermin gehörte in beide nicht hinein, er sollte es nicht, so viel schuldete sie Howard. Wenn ihre Ehe am Ende war und er zurück nach London wollte, würde sie ihm die Möglichkeit geben – ohne irgendeine Krankheit, die alles verdarb. Schließlich, andersherum, falls ihm etwas zustieß, war sie auch nicht sicher, ob sie ihn für den Rest ihres Lebens pflegen könnte.

Nein, wenn da etwas nicht in Ordnung war – was sie immer noch nicht wirklich glauben konnte –, würde sie allein damit zurechtkommen. Es würde ihre Strafe für die Entscheidungen sein, die sie getroffen hatte.

Um die Ecke, am Hill View, zog Jamie die Plane von seinem Corsa. Es war nicht weit, aber er brauchte das Auto, um seinen Großvater zurückzubringen – wenn er, bitte, gottverdammt, recht hatte.

Der Motor erwachte röhrend zum Leben. Jamie spürte es in seinem Blut, es pulste ihm durch den Körper. Oft hatte er von diesem Moment geträumt, aber nicht so. Seine Träume, so lange gehegt, waren in diesem Moment zu nichts nütze.

Er stieß rückwärts aus der Einfahrt und holte sein Handy aus der Tasche.

»Dad? Ich bins.« Er nahm das Telefon in die andere Hand, um den Sicherheitsgurt anzulegen, und schaltete schnell durch die Gänge, während er das Dorf hinter sich ließ. »Ich weiß, wo Granddad ist. Ich glaube, er ist zu The Batch gegangen. Sagst du es Mum? Von Culverkeys. Sag ihr, ich nehme den Corsa. Ich bin schon unterwegs.«

Dann warf er das Telefon auf den Beifahrersitz neben sich, bog im aufsteigenden Morgenlicht auf den Boundway und beschleunigte die lange gerade Straße zwischen den schlafenden Feldern entlang, fuhr voraus, so wie wir alle es tun, ins Bekannte und Unbekannte, hinein in alles, was da kommen sollte.

Epilog

Am Vormittag schließlich räumten sie die Autos von der Straße, wobei du, nachdem du deine Aussage gemacht hattest, lange vorher schon hattest gehen dürfen. Es wurde ein herrlicher Tag, der Himmel war tiefblau, die Luft warm, und es ging ein leichtes Lüftchen. Ein Kuckuck rief seinen Namen aus einem nahen Gehölz.

All die Jahrhunderte schon liebe ich dieses Geräusch.

Einer der Polizisten sammelte das Handy und die aus den Autos geflogenen CDs ein und fegte die Glasscherben und Metallsplitter von der Straße, nur die Bremsspuren blieben zurück. Und auch ein paar Münzen lagen noch herum, aus welchem der Wagen sie auch stammen mochten. Sie eine nach der anderen einzeln einzusammeln hätte sich womöglich falsch angefühlt. Sie werden mit der Zeit in der Erde verschwinden.

Als alle weg waren, blieb der Geruch von frisch geschnittenem Gras. Die Reifen des kleineren Wagens hatten, als er auswich, um den Audi nicht zu rammen, der vom Babb Hill auf den Boundway bog, das Bankett aufgerissen – so zumindest hattest du es dir bei deinem Eintreffen erklärt. Die kräftige Weißdornhecke hatte den Corsa mit seiner auffälligen Lackierung aufs Dach geworfen.

Die Hecke war zwischen den Kriegen von einem Mann aus dem Ort angepflanzt worden, aber das weißt du nicht.

Ich kann das alles von meiner Warte aus sehen. Du zitterst immer noch, als du dich zurück in dein Auto setzt, langsam auf der Straße drehst und von den zuckenden Lichtern und Warnwesten wegfährst, dahin zurück, woher du gekommen bist. Du fährst auf die Autobahn, aber nur bis zur ersten Tankstelle. Da stellst du dich auf den halb leeren Parkplatz, und obwohl es noch früh ist, nimmst du dein Handy und rufst die Menschen an, die dir lieb und teuer sind.

Ich kann sehen, dass du so etwas noch nie erlebt hast, dir nie bewusst war, dass eine hässliche neue Wirklichkeit ohne jede Vorwarnung aus dem Alltag hervorbrechen und die ganze Zukunft verschlingen kann. »Ein Toter«, hast du einen der Polizisten sagen hören, als du zurück in dein Auto gestiegen bist.

Du hast gezögert, wolltest dich schon umdrehen und fragen, wer? Der junge blutüberströmte Bursche im umgedrehten Corsa? Der so völlig reglos im Audi liegende Ältere? Oder der abgerissen aussehende Mann auf dem Asphalt, der so verdreht und zerdrückt aussah? Einen Moment lang hast du meine Hand gehalten, während ich dalag, und fast hätte mich deine Wärme zurückgeholt. Ich bin dir so dankbar dafür.

Aber du hast nicht gefragt. Es war nicht deine Geschichte, und wer sollte dir vorwerfen, dass du sie hinter dir lassen wolltest?

Nach dem Telefonieren stellst du fest, dass du Blut an deinen Händen hast, an den Bündchen deines Pullovers, und du steigst aus und gehst langsam in die von Neonröhren erleuchtete Toilette der Tankstelle, wo du dich im Spiegel siehst, bleich, die Augen weit offen. Du trägst das Blut von jemandem an dir, zum ersten Mal. Du fühlst dich schwach.

Du trinkst einen Kaffee im Raststättenbereich, denn plötzlich wird es schlimmer, und du willst nicht zurück ins Auto. Es ist immer noch früh, und nicht alle Läden und Imbisse, die es dort gibt, haben schon geöffnet, aber einige der anderen Tische sind besetzt, mit einem älteren Paar und einer Frau mit zwei kleinen Kindern, von denen eines immer wieder verzweifelt weint. Du fühlst dich so weit entfernt von allem, als befändest du dich in einer anderen Welt. Kurz stellst du dir vor, ein Gespräch anzufangen, obwohl diese Menschen dir alle völlig fremd sind – einfach nur, um es laut auszusprechen, es wirklich werden zu lassen und die Erfahrung mit ihnen zu teilen: Ich habe vor einer Stunde einen schrecklichen Autounfall gesehen, und einer der Beteiligten hat, glaube ich, sein Leben verloren.

Du tust es nicht. Du trinkst deinen Kaffee aus, gehst wieder zur Toilette und versuchst noch einmal, das Blut aus deinen Sachen zu waschen. Schließlich kehrst du zu deinem Auto zurück. Du schaltest dein Navi ein und lässt es eine neue Route berechnen. Dann machst du das Radio an, um Gesellschaft zu haben, und stößt auf die Lokalnachrichten. Von einem Unfall wird noch nichts berichtet, es geht um eine Landwirtschaftsausstellung, ein Wohnprojekt, und offenbar wurde ein vermisster Rentner heil und unversehrt irgendwo in einer Dorfkirche gefunden. Weil nicht alles endet, auch wenn es sich manchmal so anfühlen kann.

Von da, wo ich liege, kann ich, als du schließlich wegfährst, sehen, dass hier und da noch Splitter in deinen Reifen stecken, dazu winzige zerriebene Weißdornblüten im Profil.

Es ist das Letzte, was ich sehe, bevor ich loslasse.

Ich danke ...

... meiner Agentin Jenny Hewson und meiner Lektorin Alexa von Hirschberg, die beide geholfen haben, diesen Roman in eine Form zu bringen, und auch meiner Korrektorin Katherine Fry, die mir gezeigt hat, dass man Strichpunkte zu sehr lieben kann.

... Kathy Belden in der New Yorker Bloomsbury-Dependance, deren Unterstützung mir sehr viel bedeutet hat; und dem ganzen wunderbaren Bloomsbury-Team in England.

... Lucie Murtagh, deren hübsche Illustrationen Jacks Notizbücher zum Leben erweckt haben; und David Mann, der dem Buch seinen schönen Originalumschlag gegeben hat.

... dem immer wieder so inspirierenden Pete Rogers. Du weißt, warum.

... den weisen Frauen Julia Tracey (www.juliatracey-counselling.co.uk) und Martha Crawford (www.subtextconsultation.com).

... Peter Francis und Stephen Moss, die sich die Zeit genommen und das Manuskript gelesen haben.

... Jeff Barratt und dem Caught-By-The-River-Net: Wir sehen uns an der Theke!

... Jo und Tom Ridge, die mir ein Stück Dorfleben geliehen haben.

… Steve Harris von On The Air Vintage Technology.

… Twitter und all den hilfreichen Seelen, die dort herumsegeln, besonders Fiona Baker, Pete Ledbury, Andrew Pimbley, Tim Reid, Gail Robertson, Alan Simpson, Karel Wareham, Gaz Weetman und John Wilson.

Und danke auch euch, Ant und Scout, die ihr mein Zuhause seid.

Lesen Sie außerdem von Melissa Harrison:

Leseprobe

Prolog

LETZTE NACHT LAG ICH wieder wach und musste an den Tag denken, da ich in Hulver Wood in die Jagd geriet. Ich war noch ein kleines Mädchen, es war Dezember wie heute, und ich hatte mich hinaus in den eiskalten Nachmittag gewagt, um ein paar grüne Zweige für das Haus zu schneiden. Keiner von den anderen machte sich viel aus Schmuck, aber ich liebte es, wie das Licht des Feuers auf den glänzenden Stechpalmenblättern spielte, die ich über den Kamin im Wohnzimmer hängte.

Der Frost hatte die Ackerfurchen verhärtet, und an den Rändern der Felder wuchs blasiges, undurchsichtiges Eis aus den Wagenspuren. Ich hatte einen Sack und eine Gartenschere dabei, und meine kalten, steifen Finger steckten in einem Paar alter Arbeitshandschuhe meines Bruders. Eine weiße Eule begleitete mich, etwa auf Kopfhöhe flog sie auf der anderen Seite der Hecke. Vielleicht hoffte sie darauf, dass ich eine warmblütige Kreatur daraus hervorscheuchte.

Es war ein trüber Nachmittag in Hulver Wood, nicht ein Vogel war zu hören. Ich drang tiefer und tiefer in den Wald vor, blieb bei einem Stechpalmendickicht mit blutroten Beeren stehen und bewegte die Zehen in meinen Stiefeln auf und ab, um gegen die schmerzende Kälte der Erde anzukämpfen.

Ganz in der Nähe wurde ein Jagdhorn geblasen, der Ton schnitt durch die Dezemberluft. Mit klopfendem Herzen stopfte ich die stachligen Blätter in den Sack und verknotete ihn notdürftig. Aber die Jäger waren schon viel zu nahe, ich sah sie oben von der Böschung von The Lottens auf mich zuströmen, die Hunde vorweg und voller Begeisterung hinter ihnen die rosa und rot gekleideten Reiter, die ihre Pferde mit donnerndem Hufschlag vorantrieben.

»Weg da! Weg!«, schrie der Hundeführer, als die kläffende Meute den Wald erreichte. »Himmel noch mal, Mädchen, verschwinde!«

Aber ich erstarrte und zitterte am ganzen Leib, als sich die Hunde wie anbrandendes Wasser um mich sammelten, bevor meine Beine mich davontragen konnten.

I

ICH HEISSE EDITH JUNE MATHER und wurde nicht lange nach dem Großen Krieg geboren. Mein Vater besaß sechzig Morgen Land, die Wych Farm, die nicht weit von hier liegt, glaube ich. Vor ihm beackerte mein Großvater Albert das Land und vor ihm dessen Vater, der noch mit Ochsen pflügte und die Saat mit der Hand ausbrachte. Ich möchte mir gern vorstellen, dass mein Bruder Frank oder vielleicht einer seiner Söhne heute die Farm betreibt. Ich war mein Leben lang nicht mehr dort, und wegen all der Dinge, die damals geschehen sind, habe ich nie etwas darüber in Erfahrung bringen können.

Ich war ein merkwürdiges Kind, das sehe ich heute – ganz sicher nach den stoischen, alltagsorientierten Maßstäben der Bauersleute dort. Ich vertiefte mich lieber in Bücher, als dass ich mit anderen Kindern spielte, und wurde oft von meinen Eltern gescholten, weil ich die mir aufgetragenen Dinge nur halb erledigte, abgelenkt durch die reichere, lebendigere Welt in meinem Kopf. Und manchmal redete ich, ohne es zu wollen, laut mit mir selbst, für gewöhnlich, um einen unliebsamen Gedanken oder eine ungute Erinnerung loszuwerden. Vater tippte sich dann mit dem Finger an den Kopf und meinte, ich sei »nicht ganz bei Trost«, nur aus Spaß, da bin ich sicher, aber vielleicht hatte er ja, im Nachhinein betrachtet, recht.

Ich war dreizehn Jahre alt damals, 1933, als unsere Gegend von der berühmt-berüchtigten Dürre heimgesucht wurde. Sie kam auf leisen Sohlen: Die Heuernte verlief noch bestens, und als die Schober gefüllt waren, freute sich mein Vater, weil er wusste, das Heu war trocken und würde nicht verderben, was bedeutete, dass die Pferde genug Futter hatten, um über den Winter zu kommen, und wir nichts zukaufen mussten. Aber ohne jeden Regen trockneten die Felder aus, und bis August war selbst der Pferdeteich beim Haus zu einem zähen, grünen Schlammloch geworden. Ich weiß noch, wie John Hurlock, der sich um unsere Pferde kümmerte, eimerweise Quellwasser zu Moses und Malachi schleppte, wenn sie um drei Uhr vom Feld kamen. Als wäre es gestern gewesen, sehe ich, wie gierig und laut die großen Pferde tranken und wie John am Ende die Eimer neu füllte, um Wasser über ihre zuckenden Flanken zu gießen und den weißen Schweiß aus ihrem kastanienbraunen Fell zu waschen. Oh, meine geliebten Tiere, wie sie es vermisst haben müssen, in den kühlen Teich zu steigen und dort ihren Durst zu löschen.

Frank war da schon sechzehn und arbeitete wie ein Erwachsener auf dem Hof mit. Vater baute mittlerweile genauso auf ihn wie auf John. Meine Schwester Mary hatte im Frühjahr ihren Clive geheiratet und bereits einen kleinen Jungen. Einmal in der Woche spannte Mutter unser Pony Meg an und fuhr mit einem Brot oder Pudding hinüber nach Monks Tye, auf der Farm sahen wir jedoch herzlich wenig von meiner Schwester. Und ohne Mary fühlte ich mich in einem seltsamen Schwebezustand, wie in Wartestellung für das, was als Nächstes kommen sollte, wobei ich nicht hätte sagen können, was das sein sollte. Es war ein bisschen wie beim Versteckenspielen, wenn man darauf wartet, gefunden zu werden, das Spiel aber schon viel zu lange dauert.

Natürlich bedeutete die Trockenheit, dass die Weizenernte litt, pro Morgen gab es kaum sechzehn Scheffel.

»Im nächsten Jahr lassen wir Seven Acres brach liegen«, sagte Vater, als John und Doble, unser Stallarbeiter, zum Essen hereinkamen, nachdem das letzte Korn eingebracht war. Es war kein Erntefest, aber es gab Ale, Schinken und einen Boiled-Butter-Pudding, und Mutter hatte aus ein paar Gerstenähren einen kleinen Mann geformt und auf den Küchentisch gelegt. Frank, der mir gegenübersaß, hob bei Vaters Worten alarmiert den Blick. Die Männer nahmen ihre Plätze ein, und John sagte, dass Seven Acres schon im Jahr zuvor brach gelegen habe.

»Willst du mir sagen, wie ich den Hof zu bewirtschaften habe?«, fragte Vater, aber John antwortete nicht. Mutter setzte sich, ich murmelte ein Gebet, und wir begannen zu essen.

Der Herbst jenes Jahres war der schönste, an den ich mich erinnern kann. Vier Wochen über die Erntezeit hinaus blieb das Wetter gut, und nur langsam verließ die Sommerwärme die Erde.

Im Oktober färbten sich die Bäume auf dem Hof gleichsam über Nacht in flammendes Orange, Rot und glänzendes Gold. Es ging kaum ein Wind, um das Laub herunterzublasen, und so bedeckten Wälder und Dickichte das Land wie Kostbarkeiten. Auf den mächtigen Hecken lagen feine Bartflechten um wie ins Bunt hineinemaillierte Hagebutten und Schlehen. Die Erlengehölze entlang des sich dahinwindenden

River Stound waren voller Wettersterne und Pfifferlinge, und es roch intensiv nach herbstlicher Fäule. Über Long Piece und The Lottens bot der Himmel ein strenges, äquinoktiales Blau mit Kiebitzschwärmen, die ihre breiten schwarzweißen Flügel aufblitzen ließen.

In der Morgendämmerung versilberte Tau die Spinnenfäden zwischen den Grashalmen, sodass die Pferde Pfade auf den Weiden hinterließen wie langsame Boote auf stehendem Wasser. Überwinternde Drosseln pickten die Beeren von den Wegesrändern, und nachts empfingen die vier großen Ulmen, nach denen der Hof benannt war, die Kaltwetterversammlungen der Krähen.

Der Tau befeuchtete auch die Stoppeln auf den ausgedörrten Feldern und bedeckte sie mit einem höhnischen Grün, das Großvater an die Rasseschafe denken ließ, die einst auf ihnen überwintert hatten.

»Die Wolle lohnt dieser Tage den Aufwand nicht«, sagte Vater. »Ich hab's dir doch erklärt.«

»Mir gefällt es nicht, gutes Futter zu vergeuden«, sagte der alte Mann und pochte mit seinem Stock auf den Boden, »und das tun wir damit.«

Das Jahr ging weiter, und die Herbststürme rissen das Laub von den Ästen unserer Ulmen, bis sie kahl und nackt dastanden. Ich las *Das Mitternachtsvolk* und verbrachte meine Tage damit, so zu tun, als wäre ich Kay Harker und durchlebte imaginäre Abenteuer mit Rittern, Schmugglern und Straßenräubern, Rollicum Bitem Lightfoot, dem Fuchs, und einem so furchterregenden Hexenzirkel, dass ich das Buch am Ende in einen Futtersack wickelte und unter der Miste versteckte für den Fall, dass sie aus den Seiten hervorbrechen und mich holen wollten – so tief war ich mittlerweile in meine Fantasie eingetaucht.

Vater schickte Doble mit einer Hippe los, die Hecken um das zu stutzen, was sie über den Sommer zugelegt hatten. Stück für Stück arbeitete Doble sich voran und sandte von überall Rauchsäulen in den Winterhimmel. Ein paar Meilen entfernt in Stenham Park gab es eine Fasanenjagd, und Vater und John waren Treiber. Vier brachten sie mit zurück, dazu noch zwei Hasen, die sie auf dem Rückweg beim Hulver Wood geschossen hatten.

Ende November droschen wir das Korn. Ich wurde im Morgengrauen vom Lärm der Maschine geweckt und sah aus meinem Fenster, wie sich das riesige, seltsame Ungetüm über den Zufahrtsweg auf den Hof zubewegte. Der Maschinist thronte darauf, gefolgt von seinen bunt zusammengewürfelten Helfern. Die Räder schienen fast noch die Hecken zu überragen, und ich war froh, dass es nicht geregnet hatte. Einmal war das Ding im Matsch stecken geblieben, und es hatte bis zum Nachmittag gedauert, es wieder freizubekommen. Darauf war ein raues Wortgefecht zwischen Vater und dem Fahrer darüber entbrannt, wer für die verlorene Zeit zu zahlen hatte.

Unten kochte Mutter Tee und briet Speck.

»Ich warte seit einer halben Stunde auf dich, Kind. Schneide Brot für die Drescher, unsere Männer haben schon gegessen. Und wasch dir das Gesicht.«

Ich holte zwei Laibe aus der Vorratskammer. Sie waren rund und fest und in weißen Stoff gewickelt. Mutter bekam das Brot nie so locker hin, wie sie wollte, und gab dem Ofen die Schuld, aber ich mochte, wie es an den Backenzähnen klebte und einem das Gefühl gab, gut genährt zu werden. Vater sagte immer wieder, Mutter solle den Ziegelofen benutzen, doch sie meinte, der sei altmodisch und schmutzig und koste sie zu viel Zeit.

Als das Frühstück fertig war, ging sie zur Hintertür, wischte sich die Hände an der blauen Schürze ab, die sie immer umgebunden hatte, und rief den Maschinisten und seine Leute. Sie nahmen die Mützen ab, als sie hereinkamen, und setzten sich etwas scheu an den Küchentisch. Ihre Fremdheit und ihre ungewohnte Art zu reden schüchterten mich ein, und so nahm ich mein Marmeladenbrot und ging damit nach draußen.

Doble war in der Scheune und bereitete alles vor, und der Terrier, den die Drescher mitgebracht hatten, jagte um seine Füße herum nach Ratten. Die Schober waren bereits von ihrer Heuabdeckung befreit, und Vater und John standen neben der Maschine, um zu sehen, ob die Trommel auf der richtigen Höhe war. Frank war auf den ersten Schober geklettert und warf die Garben auf die Plattform hinunter, sein Atem stieg weiß in die Morgenluft. Wie ich mir wünschte, dort oben bei ihm stehen und mit ihm die Garben nach unten werfen zu dürfen, aber auch wenn ich beim Heumachen, Unkrautbeseitigen und Aufstellen der Garben auf dem Feld half, blieb das Dreschen doch Männersache.

Während ich mich also stattdessen über meine Hausaufgaben beugte und den Geruch klammer Bücher, von Tinte und Kreide einatmete, schrumpften die Getreideschober draußen stetig weiter. Nachmittags um vier ging ich wieder hinaus. Die Maschine rasselte und lärmte noch immer, und die Männer bedienten sie, als wäre sie eine Art heidnische Gottheit.

In der Scheune türmte sich das frische gelbe Stroh, es gab Säcke mit Spreu und Saatkorn und zwei Haufen des wertvollen Getreides, das auf den Lastwagen des Händlers wartete, der es bald schon holen würde.

»Was für ein Durcheinander, was für ein heilloses Durcheinander«, murmelte Doble vor sich hin. Er sammelte die Hölzer und Latten ein, die er »Sprossen« nannte und mit denen das Stroh oben auf dem Korn gehalten worden war. Doble hasste es, wenn in der Scheune Unordnung herrschte, ganz so, als wäre das Lagern des Korns eine Zumutung und nicht ihr eigentlicher Zweck.

Ich ging die Katzen suchen, weil ich das Gefühl hatte, mich nützlich machen zu sollen, und sie würden sicher gebraucht werden, um die Mäuse aus der Scheune zu halten, bis der Lastwagen kam. Nibbins, die Matriarchin, schlief im Stall, aber ihre erwachsenen Jungen, wild und unberechenbar, wie sie waren, konnte ich nirgends finden. Ich klatschte in meine kalten Hände in ihren rauen Wollhandschuhen, und Nibbins hob den Kopf, sah mich an, rührte sich aber nicht vom Fleck. Sie wusste ohne Frage, dass der kleine Terrier wieder auf dem Hof war.

»Noch einen Tag«, sagte Mutter im Haus. Sie sah müde aus, mehr noch als sonst. »Das sagt dein Vater.«

»Nur zwei Tage?«, fragte ich, nahm meinen Ranzen vom Rücken und hängte ihn hinten über einen Küchenstuhl. »Behalten wir etwas über? John sagt, Weizen bringt oft zu Beginn des Sommers einen besseren Preis.«

»Nein, dein Vater will alles dreschen lassen. Es ist bloß … nun, es ist nicht sonderlich viel. Und so spart er Lohn, nehme ich an.«

Weihnachten kam und ging weit ruhiger als gewohnt, jetzt, wo Mary nicht mehr im Haus war. Wie immer brachte John zwei riesige Eschenholzbündel, die er in der Milchkammer hatte trocknen lassen, und Mutter entzündete sie mit einem Holz, das sie vom letztjährigen Feuer aufbewahrt hatte. Aber wir hatten keine grünen Zweige, um das Haus damit zu schmücken.

Die Felder ruhten wie immer bis zum Pflug-Montag, der in diesem Jahr auf den 8. Januar fiel. Schnee hatte es keinen gegeben, aber der Boden war gefroren. Es war nicht nass, was ein Segen war, denn ein nasser Winter setzte allen hart zu, besonders wenn der Weg ins Dorf so vermatschte, dass er unpassierbar wurde.

Das Licht verblich nachmittags um drei, und die Nächte waren kalt und lang. Nach einigen Tagen im neuen Jahr gingen mir die Bücher aus, und trotz Mutters schlimmen Warnungen vor einer Lungenentzündung ging ich, während sie buk, hinaus, um mir die Bäume anzusehen.

Die Stelle, wo die beiden Wiesen an Crossways grenzten, war lange ein ganz spezieller Ort für die Kinder der Mathers gewesen: ein enger Kreis verkrüppelter Eichen, die, wie Vater sagte, vor vielen Jahrhunderten aus einem Baum im Unterholz entstanden waren. Was sie für uns so magisch machte, waren die mächtigen Feuersteine, die sie mit ihren Wurzeln umschlossen und die geradezu aus ihren knorrigen Stämmen herauszuwachsen schienen. Einer war ein sogenannter Hexenstein mit einem Loch in der Mitte, der bei weitem größte seiner Art auf unserem Land. Als ich noch wirklich klein war, glaubte ich, die uralten Eichen hätten die Feuersteine aus der Erde geholt und zeigten sie uns aus irgendeinem rätselhaften

Grund. Damals zählte ich diese Bäume zu meinen engsten Freunden.

Natürlich gab es eine Vielzahl alter Geschichten über den Ort: dass es ein Feental sei und jedes Pferd, das hier vorbeigeführt werde, ihre Musik hören könne und hinunter in ihre Silbersäle gelockt werde. Dass hier eine sächsische Königin in einer lange versiegten Quelle getauft worden sei, die alle Erde von den Eichenwurzeln gespült habe. Und dass es zunächst nur eine Eiche gegeben habe, die vom Teufel mit einem Schlag in sechs geteilt worden sei, vor Wut, weil er einen Sensen-Wettstreit mit Beowa verloren habe, den wir John Barleycorn, also Gerstenkorn, nannten. Ein Stamm enthielt ein paar Glieder einer Eisenkette, die sich tief in die Rinde gegraben hatten. Als ich noch klein war, hatte Frank mir gern damit Angst gemacht, dass er mir erklärte, da sei ein Mörder angekettet worden und gestorben und zur Wintersonnenwende kehre sein Geist zurück, dürfe sich aber pro Jahr nur einen Hahnenschritt weiter auf den Friedhof zubewegen. Was natürlich kompletter Unsinn war. An der Eiche waren bloß eine Weile lang Tiere festgemacht worden.

Generationen von Mathers hatten als Kinder unter den Bäumen gespielt: Vater und seine jüngeren Brüder und ohne Zweifel auch Großvater und seine Geschwister. Frank und sein Freund Alfred Rose schlugen hier ihr Lager auf, wenn sie Cowboy und Indianer spielten, und Mary und ich hatten zwischen den Wurzeln Kaufladen gespielt, Bücher gelesen oder waren einfach hierhergeflohen, um den anderen zu entkommen. Nicht lange, bevor sie heirateten, fand ich heraus, dass Mary auch mit Clive hergekommen war, als er ihr den Hof gemacht hatte. Ich hatte Mühe, ihr das zu vergeben.

Ich war seit fast einem Monat nicht mehr bei den Eichen gewesen und konnte den Gedanken nicht ertragen, dass sie da allein in der Kälte standen. Für mich waren etliche der Bäume auf unserem Land lebendige Wesen, was bedeutete, dass sie über ihre eigenen Gedanken und Gefühle verfügten. Die große Eiche am Weg zum Beispiel liebte mich und grüßte mich herzlich, wenn ich an ihr vorbeikam. Dabei wollte sie immer wissen, wie es mir ging und was ich im Schilde führte. Und die vier starken, schützenden Ulmen um unser Haus mochten mich von meinen Geschwistern am liebsten, Alfred Rose dagegen nicht.

Ich legte eine Hand auf den Stamm jeder einzelnen Eiche und sagte leise »Hallo«, stand eine Weile in ihrem Kreis, froh, sie in ihrer Wintereinöde getröstet zu haben, und spürte, wie sich ihre Einsamkeit löste.

Die Bäume mochten einsam sein, aber ich hätte niemals zugestimmt, dass ich es auch war. Einsamkeit war etwas, das alte Leute befiel, aber ich war jung und hatte meine Familie um mich, und so konnte es sie für mich nicht geben.

Als ich klein war und mir noch ein Bett mit Mary teilte, bat ich sie manchmal, mir vor dem Einschlafen Geschichten zu erzählen: die von den Bällen, die einst in Ixham Hall veranstaltet worden waren, von dem Mädchen aus dem Dorf, von dem es hieß, dass es mit Zigeunern weggelaufen sei, oder auch meine Lieblingsgeschichte, die vom Ende des Großen Krieges. An jenem Wintertag auf unser ödes, lehmiges Land hinauszusehen, ließ mich erneut daran denken.

Ich nehme nicht an, dass sich Mary tatsächlich an all die Einzelheiten der Geschichten erinnerte, die sie mir erzählte.

Aber über die Jahre schmückte sie ihre Erinnerungen mehr und mehr aus, und sie bekamen ihren festen Platz in unserem Leben, sodass es mit der Zeit war, als erinnerte ich mich ebenfalls an sie. So beschrieb sie mir, wie sie und Frank, als er noch ein Baby gewesen war, eines Nachmittags bei Doble in der Scheune waren. Frank quengelte, und Doble wiegte ihn auf einem Heuballen, während sie auf dem Dreschboden mit ihren Klammerpuppen spielte. Nach einer Weile blickte sie auf den Hof hinaus und sah einen fremden Mann die Pferde hereinbringen: einen Mann in Uniform, der die Zügel hielt und die müden Tiere auf den Hof führte. »Schau, Doble, ein Soldat!«, rief sie, und er schrie auf und rannte zum Scheunentor, aber es war nicht sein Sohn Tipper, sondern John Hurlock, der Horseman, und Doble stand mit hängenden Armen da und schluchzte wie ein Kind.

Der Krieg musste seit Wochen vorbei sein, wobei Mary sich nicht erinnern konnte, davon gehört zu haben – oder von den Waffenstillstandsfeiern, die es, wie ich annehme, im Dorf gegeben hatte. Und Doble musste wissen, dass sein Sohn tot war, von einer Granate in den Dreck Flanderns geschmettert. Ich denke, es war Johns Anblick, in Uniform, ohne Tipper und Onkel Harry. John war unser einziger Überlebender, ein Mann aus einem anderen County. Sonst war der Wych Farm niemand geblieben.

Natürlich fasste Doble sich wieder und holte Baby Frank und Mary, und auch Vater und Großvater kamen, von wo immer sie gearbeitet hatten, um John zu Hause willkommen zu heißen. Mary erzählte mir, wie der arme Doble Johns Hand umfasste, sie schüttelte und gar nicht wieder aufhören wollte. Und dann kam der Teil, wie John die Pferde in den

Stall brachte, wie er darauf bestand und darum bat, eine Weile mit ihnen allein gelassen zu werden. Er sagte zu Vater, dass er seit seiner Einberufung vor zwei Jahren ständig an diesen Moment habe denken müssen.

Wer in der Geschichte fehlt, ist Mutter. John muss vom Bahnhof in Market Stoundham direkt zu den Pferden aufs Feld gegangen sein. Und wenn sie auf dem Feld waren und Vater auf dem Hof, wird Mutter mit ihnen gearbeitet haben, denn genau das tat sie, die selbst Tochter eines Horsemans war, während der langen Kriegsjahre. Und so stelle ich mir, wenn ich an das Ende des Krieges denke, im Unterschied zu Mary etwas vor, was ich nicht gesehen habe und wovon ich mir auch kein genaues Bild zu machen verstehe: John, wie er in seiner verdreckten Uniform über die schweren Erdklumpen steigt, während meine Mutter den Pflug hinter den sich plagenden Pferden führt. Wie sie ihn sieht, die Pferde zügelt und Worte hin- und herfliegen, die ich nicht hören kann, so sehr ich mich auch anstrenge.